Benderson / Apollo

Titel der amerikanischen Originalausgabe: USER

Amerikanische Originalausgabe by
Plume, an imprint of Dutton Signet,
a division of Penguin Books USA Inc.

1. Auflage 1996

Covergestaltung, Layout und Satz: MM, Berlin
Druck und Bindung: TRIGGER, Berlin
Printed in Germany 1996
ISBN 3-929010-43-7

Bruce Benderson

Apollo

aus dem Amerikanischen
von
Johannes Fischer

MAAS

FÜR

Clay, Carlos C., James, Zack, Eddie M., Angel, Carlos, Tony R., Angel., Cisco, Carlos, Jarratt, Frenchy, Izod, Freddie, J.R., Sandro C., Sugar Bear, E. T., Tallulah, Nico, Pasquale, Rubber Band, Dice, Legs, Murphy, Ed R., Jason, Carlos, Angel, Lucas, Willie, Hector, Scorpio, Paris, Hammer Love, Bam Bam, George, Peter, Frank, Johnnie, Alex, Lionheart, Arsenio, Yvette, Little Angel, Shady Louie, Mike, Carlos R., Alberto, Keith, Green Eyes, Dennis, Antonio, Eric, Joey, Che Che, Chino, Tina, Coco, The Kid, Cheyenne, Rámon, Dr. Stephen Feld, Samantha, Hector Xtravaganza; Francisco, Sandy, Consuela Cosmetic, George A., Stuart, Douglas, Roxanne Spillane, Pepper, and Beverly:

Meinen Dank an Ursule Molinaro, Kevin Mulroy und Matthew Carnicelli für ihren Rat zu diesem Manuskript.

An Anthony Colon, für seine stille Courage und Weisheit.

Dank an Joey P'tail, Kathy, Mayler und die Belegschaft bei T.'s.

Er umarmte eine Leiche: einen Körper, der so kalt war, daß ihn fror ...

– J.-K. HUYSMANS, *Là-bas*

I

Mrs. Buster Huxton III, Vorname Sofia, eine sechsundachtzigjährige Portugiesin, wohnt noch immer in der eleganten, dreistöckigen Wohnung über ihrem Pornokino in der Achten Avenue. Ihr Reich beginnt hinter einem muffigen, gummibeschichteten Samtvorhang, den man beim Eintreten zur Seite schieben muß. Während sich die Augen langsam ans Dunkel gewöhnen, werden schwitzende Wände sichtbar. Du fummelst dich den Gang entlang, findest Halt an den klebrigen Lehnen der Ledersitze und schlüpfst in eine der Reihen, wobei dein Schuh wahrscheinlich einen Abdruck in irgendeiner schleimigen Flüssigkeit hinterläßt.

In der zweiten Reihe sitzen Männer mit schütterem Haar und eingefallenen Schultern, die einen Tänzer namens Apollo beobachten, der gleich in einem schwarzen Show Strap auf die Bühne steigt. Nur von Rampenlichtern beleuchtet, liegt der Raum in orangem Dämmer und die verlorenen Silhouetten der verstreuten Zuschauer ragen hier und dort ins schummrige Licht. Gleich wird Musik aus den scheppernden Lautsprechern dröhnen; der Tänzer, ein blaßhäutiger Mulatte mit trauerumspieltem Mund, wird barfuß auf die Bühne springen und geschmeidig ein paar geometrische Posen durchtanzen. Er wird sich auf den abgewetzten Teppich zurückfallen lassen, im Zickzack durch die Reihen wieseln und im Schutz der plärrenden Musik die gestrandeten Männer, einen nach dem andern, wegen einer Privatvorstellung anhauen.

Nenn mich Apollo – den Tänzer, den du aus den Schatten beobachtet und Mulatte genannt hast – und du, mein Freier, bist irgendeiner im Kino, den ich mit Glück oder auch Nachdruck zu einer Privatvor-

führung überreden konnte. Kostet dreißig, hab ich dir gesagt, aber jetzt in der Nacht krieg ich dafür bloß zwei oder drei Päckchen Dope. Ich hab noch ein Briefchen zerbröseltes Dilaudid von einem Arzt, den ich bedient hab. Und was ist mit Zigaretten und nem Bier für später?

Ich weiß schon, wie ich dir klarmache, noch nen Zwanziger auszuspucken. Genau dann, wenn ich sage, ich hab nicht genug, um nach Connecticut zurückzukommen, wirst du am wehrlosesten sein. Anders gesagt, gleich nachdem du deine Ladung losgeworden bist. Dann, nehm ich an, bist du genau so high wie ich. Das kann man nicht erklären. Vielleicht nur, weil ich so nah an deinem Gesicht bin. Das seltsame Gefühl, wenn meine Augen nach hinten rollen, das Dilaudid durch meine Venen rast und anfängt, an meinem Hirn zu lecken.

In einem Zimmer unter der Bühne, im Keller, pumpt ein Kopf zwischen Apollos gespreizten Schenkeln auf und ab. Der Geschmack des Gummis überspielt den Geruch nach Schweiß und modrigem, rissigem Vinyl. Rauf und runter gleiten Lippen und Zunge, und der Nasenrücken stupst eintönig seinen Bauch. Jede dunkle, prickelnde Welle Dilaudid, die an sein Hirn spült, wird von der zärtlichen Zunge an seinen Körperteilen entgegnet.

Ähnlich gut wird sich auch Mrs. Huxton in ihrem Luxusappartement über dem Kino fühlen. Alles voller Teppiche. Ich habs mal gesehn. Im Wohnzimmer des ersten Stocks steht ein silbernes Teeservice. Blitzblank polierte Möbel im Licht eines Kerzenleuchters, und sie, wie sie die Fernbedienung aufs Kabelfernsehen richtet ... Außer Keller und Kino, und Mrs. Huxtons drei luxuriösen Etagen darüber, gibts sonst nichts in dem vierstöckigen Gebäude. Ihre gealterten Kinder drängen sie, zu verkaufen und in eine sicherere Gegend zu ziehen. Doch wies scheint, sieht sies als ne Art Auftrag, die Geschäfte ihres Mannes weiterzuführn, der in genau demselben Block hier angefangen hat mit dem winzigen Stripteaseschuppen, der heut zwar nicht mehr viel einbringt, aber als Immobilie ein paar Millionen wert ist. Am Abend als er schließlich abgekratzt ist und seine Leiche die Treppe runter, am Eingang vorbei, getragen werden mußte, ham sie angeblich das Licht angedreht und die Typen mit runtergelassnen Hosen verscheucht, und die kriegten Freitickets fürs nächste Mal. Das war Jahre bevor ich überhaupt auf der Welt war ...

Außerhalb des Verschlags, im dämmrigen, nur von einer einzigen Birne erhellten Korridor, lungert ein fetter Mann in verwaschener Kleidung am Eingang einer schmuddligen Toilette. Mit gierigem Blick fixiert er einen Tänzer in prallem Jock Strap, der ein gestähltes Bein ins Waschbecken zwängt, um einen kräftigen Fuß zu waschen, die Wade des anderen Beins ein fester Muskelknoten. Im schemenhaften, purpurnen Licht durchfurchen die Schatten der Muskelstränge den gebeugten Rücken. Er hebt den Kopf, wirft dem fetten Mann einen Blick gelangweilter Aufforderung zu, der sich daraufhin schwerfällig in Trab setzt und dabei mit den Lippen ploppt wie ein Meerestier.

Weiter weg, wo vom Korridor zwei Stufen zu einem Notausgang führen, kauert ein Junge und versucht zitternd ein Streichholz anzureißen. Der Kopf des ersten Streichholzes bricht ab, Funken sprühen in die Dunkelheit und lassen kurz einen knallroten Bürstenschnitt und wächserne Haut erkennen. Noch ein Zündholz flammt auf, zeigt ein opalines Glasrohr, in dem Rauch phosphoresziert, geschürzte Lippen und verkniffene Gesichtszüge. Er saugt und behält den Atem, sobald die Pfeife hell glüht, und das Streichholz verlischt.

In der Garderobe, vor einem klapprigen Schminktisch, an dessen Spiegel die Birnen fehlen, sitzt ein schmollmundiger Teenager mit vollen, glänzenden Locken und schmutzigen Händen, der die Augen über dem Mathematikbuch auf seinem Schoß verdreht, als hätte er im Dämmerlicht einen Auftritt.

Im Zimmer des sogenannten Mulatten kündigt inzwischen lautes, erregtes Grunzen einen bevorstehenden Ausbruch an. Die Hand des Gentlemans reißt an dem bleichen Penis, der aus dem offenen Hosenschlitz ragt, Stöhnen, und eine Ejakulation trifft die schwarze Wand. Die Lippen krampfen um das halbsteife Glied des benebelten Tänzers und lassen dann ab. Er setzt sich auf und räuspert sich, wischt den Mund mit dem Handrücken; er stopft sein Hemd zurück, zieht den Reißverschluß hoch, macht den Gürtel zu und kramt in seiner Hose nach den bereits abgezählten dreißig Dollar ...

... Mein Schwanz schrumpft aus dem Präser, den ich auf den Boden werfe, zu den andern. Ich rede schnell, aber sanft, um die Stimmung nicht zu ruinieren, in schwerem Straßenslang, der euch nicht selten einen ziemlichen Schreck einjagt. Ich stell mich zwischen dich und die Tür, deinen einzigen Fluchtweg:

„Du warst zu lahm, Süßer ... Ich brauch ein Taxi zum Bahnhof ... Mann. Ich muß auf jeden Fall mit dem letzten Bus nach New Haven. Komm schon, sag ich, laß noch zwanzig springen!"

Ich mach weiter ohne nachzugeben. Dilaudid ist ne Droge für Krebspatienten, soll Schmerzen lindern und beruhigen, aber mich macht der Rausch manchmal geschwätzig und fickrig. Ich weiß, es muß sich ziemlich irre anhörn für nen Freier, der grade gekommen ist und jetzt raus will aus dem kleinen Zimmer, wo ich ihm den Weg blockier. Aber vermutlich hörts sowieso keiner, wenn du losbrüllst ... Und glaub mir, in Mrs. Huxtons Welt können solche Szenen manchmal als ziemlich übler Traum enden. Selbst ein echter Schrank wird sich in der Wut noch zweimal überlegen, ob er ne dicke Lippe riskiert. Es kann schon Ärger geben, wenn du allzu lang in der andern Tasche nach mehr Geld kramst ... Selbst wenn du dich hier in dem winzigen Zimmer vor mir aufbauen willst, schau ich dir immer noch direkt ins Gesicht. Das Dilaudid macht mich irgendwie mutig, während du nur hin und her überlegst.

Niemand könnte den Streit bezeugen. Der dicke umherschlendernde Mann im Flur und der Tänzer am Waschbecken sind zusammen in einem anderen Verschlag verschwunden. Beim ersten Anzeichen von Unruhe haben der Crackraucher und der Junge mit den Locken und dem Mathematikbuch die Beine in die Hand genommen, zwei Stufen auf einmal. Doch in einem Zimmer drei Stock höher, hinter Betonrosten und Entlüftungsrohren, abgeschottet von der Achten Avenue, wälzt sich vielleicht eine alte Frau unruhig im Schlaf.

Die sogenannte Live Show ist jetzt vorbei. Ein lauer Film färbt die Leinwand: das Schlafzimmer eines Landhauses in Südkalifornien; in Acrylfarben sieht man einen Sonnenuntergang am Meer, farblich mit der violetten Bettwäsche abgestimmt, auf der sich zwei zottlige Teenager räkeln, deren ineinander verschränkte Gliedmaßen nicht mit der unterlegten wilden Discomusik klarkommen ...

Hinten, beim verhangenen Eingang hebt Casio, Ex-Gang-Mitglied und seit seiner zweiten Haftentlassung Rausschmeißer dieses Schuppens, die Braue über einem dunkelumrandeten Auge, als er dumpfe Stöße aus den Privatkabuffs hört. *Was ist da zu Bruch gegangen?* Könnte sein, daß einer der Jungs einem Freier Ärger macht. Wegen all der Neubauten, die das Viertel umkrempeln, hat sich die Lage verschärft; die Stadtverwaltung wartet nur auf einen Vorwand, den Laden dicht zu machen. Unwillkürlich stellt der Türsteher die nachtwachen Lauscher auf, duckt sich reflexhaft wie ein Tier ... baut sich innerlich mit dem Dope auf, das er vorhin gedrückt hat, um den letzten Rest Machismo in Habachtstellung zu bringen.

Aber vielleicht wars bloß ein zurückschnalzender Sitz. Oder ein ältlicher Kunde, der über einen Stuhl gestolpert ist. Er lauscht angestrengt. Er hört nur die Synthesizer-Disco aus dem Pornofilm, gelegentliches Seufzen oder Einatmen. Dann wieder: Das unverwechselbare Geräusch eines Körpers, der gegen eine dünne Wand prallt.

Er geht los Richtung Treppe, zögert. Er hat keine Lust, da runter zu gehen, bevor er weiß, um welchen der fünf Jungs, die high raus und reingehen und wieder raus- und reingehen, es geht.

Carlos is kein Problem. Der is so drauf, der will kein Ärger – ne Papiverrückte Schwuchtel, die losgeht wie ein Barriohomeboy, aber immer zurücksteckt. Und der Weiße-wie-sieht-er-noch-aus, Red? Auch wenn er noch son Crackdruck hat, wird der sich sofort verdrücken, wenn er mich sieht, weil, ich hab ihn damals mit der Tunte erwischt, wie ers fürn Lungenzug mit ihr hinter der Leinwand getrieben hat.

Aber der Halbblutnigger mit seinem Gequatsche über diese Miss Huxton, der der Laden gehört und die ihn zum Tee einlädt? Der is irre genug, aufs Ganze zu gehen ... Wie so Milchschnitten halt sind. Dem müßt ich womöglich den Arsch aufreißen.

Grimmig marschiert er die Stufen hinunter, mag eigentlich nicht den Starken markieren. Doch der Freier mit dem schütteren Haar ist schon um Apollo herumgeschlüpft, nachdem der ihn an die

Wand gedrängt hatte, ist aus dem Verschlag geflüchtet und hat sich unter die Treppe verdrückt.

Der gedopte Tänzer stolpert aus dem Zimmer, auf der Suche nach dem verlorenen Schein. Und was sich als nächstes abspielt, sieht nur in Apollos Kopf nach Verschwörung aus. Nur er könnte erklären, was sich an der Treppe abspielte, wieso ihn das Zusammentreffen mit dem früh gealterten Casio, seinem bösen Blick und der ständig gerunzelten Stirn in Wut brachte – Wut wie damals im Süden, in brombeerbekleckerten Shorts, als er sich genauso und ohne Grund verdächtigt fühlte ... und sich einen dornigen Ast geschnappt und geschwungen hatte ...

Warum ihn das fiese, falsche Lächeln des Rausschmeißers mit Ekel erfüllte, nur ein Sklave in Mrs. Huxtons Reich zu sein ...

Bis dann Casios Auge unter Apollos narbiger Faust explodierte. Der Rausschmeißer wankte auf den Hacken, taumelte zurück, kam wieder auf die Fußspitzen, suchte sich zu fangen, bis er schließlich auf dem Treppenabsatz kenterte und liegenblieb. Sein Kreuz schlug mit einem feuchten Knacken auf den Boden, und er lag da mit verdrehtem Rücken, während sich der Freier fasziniert und entsetzt in seinem Versteck duckte.

Casios Augen öffneten sich schwer, er kam kurz zu sich und sein Mund stand weit offen. Das Geläute in seinen Ohren war nicht abzustellen.

Apollo, der Angreifer, rannte auf die brütendheiße Straße. Die blutende Faust pulsierte. Ein Schauer mag kalt sein verschwitztes Rückgrat hinuntergefahren sein, als er sich fragte, wie schwer er Casio verletzt hatte. Er hoffte auf Schutz vor Rache – in der Transvestitenbar ein paar Blocks weiter die Avenue hoch.

Tina, eine Transe und die Besitzerin des Ladens, schlüpfte gerade aus einem dreiviertel Nerz, den sie trotz der sommerlichen Hitze trug, um ihren teuren grünen Hosenanzug zu betonen. Der Nerz glitt in die Hände eines ihrer Kellner, der ihn beflissen in den Lagerraum im Keller schloß. Tina wischte mit dem Zeigefinger von der Mitte ihrer Silikonbrust zum Eingang, wie ein B-Film-Sultan, der ein subversives Element verbannt. Am Eingang stand der hemd-

und atemlose Apollo (ohne Ausweis) mit blutverkrusteten Knöcheln im orangenen Licht.

Mit wütendem Blick hielt er die Stellung, bis Tina einen Schritt vortrat. Da verdrückte er sich in die Straße. Tinas auf ihn gerichtete Hand öffnete sich. Mit affektierter Geste tätschelte sie ihre provinziell extravagante Frisur.

„Ich liebe die Kleinen," spottete sie, „sie lassen sich so nett herumschubsen."

Der gedemütigte Flüchtling war ins Niemandsland der Achten Avenue zurückgestoßen, die Schmach, von einer autoritären Tunte rausgeschmissen worden zu sein, tat weh. Mit verkrusteter Faust lief er weiter nach Norden. Aber je weiter er lief, desto mehr verflüchtigte sich die Sorge um das, was geschehen war ... Er ließ ein wenig Dampf ab und kickte eine Schachtel fort, die immer noch die drei Flaschendeckel und die Erbse enthielt, die er früher am Abend für ein Hütchenspiel benutzt hatte, um ein paar deutsche Touristen zu neppen. Ohne Hemd stolperte er durch den verseuchten, kupferfarbenen Dunst, wurde zu einem immer kleineren Flecken. Ihm selbst schien der Fleck seines Selbst so schnell zu schrumpfen, daß er sich wie einer seiner Kunden im Dunklen fühlte. Sein Drogenhoch schwand dahin, wie er selbst, und er brauchte bald einen neuen Schuß. Besonders nach allem, was heute nacht geschehen war.

Während er die Blocks entlanglief, traf er noch andere Exilierte, von Tina Verstoßene, wie Angelo, ein hochgeschossener Junge mit fauligen Zähnen, dessen Sprache nur noch ein Dauernuscheln war, weil das ständige Crackrauchen seinen Kiefer zerfressen hatte, und dessen nackte Zehen aus zerlöcherten Turnschuhen lugten. Angelo versuchte ihn mit einem möglichen Deal weiter nach Westen zu locken, doch Apollo ging weiter, vorbei an Big Cubby, dessen nackter Oberkörper voller Tätowierungen war, die angeblich die Etappen seines Lebens darstellten, wie Kreuzstationen, und der Sprüche über Apollos Hintern abließ und ihn nebenbei um einen Dollar anhaute.

Eine glänzende Limousine rollte an Apollo heran und schien auf sein Tempo herunter zu drosseln. In seiner Vorstellung konnte es nur Mrs. Huxtons Fahrer sein, den sie für ihre seltenen Ausfahrten einsetzte, oder den Transport menschlicher und anderer Fracht. Für ihn war Mrs. Huxton das ordnende Prinzip in all dem Chaos, die höchste Autorität, sogar noch vor Tina und den Cops. Sie stand für den Sinn und den Zweck aller Dinge. Ihr hehrer Kodex schien selbst das Drogenritual zu regeln, die Drehtür, in der sie ihn seine Runden drehen sah. Würde sie anordnen, er solle vorgeführt und bestraft werden für seine Tat, müßte er sich wahrscheinlich fügen; doch die Limousine nahm erneut Fahrt auf.

Die Luft verursachte ein Stechen in seinen Lungen. Heut nacht stank die Straße noch übler als das Theater oder die Bar. Die stanken nach Ungezieferspray, dreckigen Toiletten und schalem Bier, die Straße jedoch war geschwängert vom Geruch verschmutzten Flußwassers oder verfaulender Kleidung. Er rang nach Luft und latschte gegen einen Mülleimer.

Der Kunde im Kino – der Schwanzlutscher mit den schütteren Haaren und den Hängeschultern – hatte ihm nicht mehr Geld gegeben, nachdem er ihn gegen die Wand geknallt hatte, sondern sich mit einem kranken Lächeln vorbei an Apollo aus dem Zimmer gezwängt. Schlimmer war, daß ihm das Geld, das er bekommen hatte, aus dem Strap gerutscht sein mußte, vermutlich als er die Hosen hochzog, nachdem er Casio fertiggemacht hatte. Nichts steckte im Strap oder seinen Hosentaschen, außer einem gefalteten Stück Papier mit den paar Krümeln Dilaudid, das er von dem leicht verrückten Arzt bekommen hatte, der in seinen Pausen geradewegs aus der Notaufnahme eines nahegelegenen Krankenhauses ins Theater zu kommen pflegte. Dies und das Percodan, das er manchmal von einem AIDS-kranken Freund abzweigte, waren Apollos einzige pharmazeutische Downer-Reserven.

Er observierte die weitläufige Avenue und fühlte sich wie ein lebender Köder. Jeder, der auf diesem Abschnitt nicht in Bewegung war, schaffte offensichtlich an, dealte oder wollte kaufen. Schwankend, auf spindeldürren Beinen, wie ein krankes Huhn, kam ihm Gloves entgegen (Georgie Golden Gloves, heißt er nicht so?), dann und wann sein Gleichgewicht sichernd wie ein Schattenboxer. Er war der Angeldust-Schädel, der immer ein abgegriffenes Foto bei sich trug, das ihn als Verlierer einer Golden Gloves Meisterschaft zeigte.

Apollo stapfte in die Mitte des Gehwegs und Georgie lief auf ihn auf.

„He! Ich hab ein Problem, ich muß hier raus, schieb n paar Dollar rüber", knurrte Apollo, als Georgie ihm entgegenfingerte.

Apollo warf sich noch einmal gegen ihn und half mit der Schulter nach. Aber Georgie war halb betäubt und antwortete aus der Angel-dust-Welt im Tonfall Al Pacinos aus „Scarface".

„Ich hab n bißchen was beiseite geschafft, aber ich hab dich nie beschissen, Frank."

„Dann gib mir ne Kippe" erwiderte Apollo den Quatsch.

Aber Georgie Golden Gloves wackelte schon den Block hinunter.

Ein Nachbeben des Dilaudid, bis eben in einem Blutgefäß blockiert, setzte eine kleine Welle Hochgefühl frei, und Apollo konzentrierte sich darauf, sie zu reiten. Die Erinnerung ans Kino wurde weggespült, als er daran dachte, wie clever er sich am Morgen einer Verhaftung entzogen hatte. Ein glänzender Triumph, aus seiner Dilaudid-Warte.

Er war im „Dark Park" in der Bronx gewesen, um 5:00 Uhr morgens, hatte versucht, was zu kaufen, ohne Ausweis, mit Rasiermesser und Drogenbesteck, als ihn die Bullen anhielten.

... die beiden weißen Bullen winkten ab, auf den sind wir nich scharf, der P.R. (Puerto Rico) Bulle meinte, überlaßt das Arschloch mir.

Also kontrollierten sie mich, aber obwohl der Name richtig war, stimmte das DOB nicht (und das steht für Date of Birth, Blödmann). Biste schwarz oder Latino? Ich hab Kinder, hab ich geheult. Also ham sie mir nur ne Vorladung verpaßt – n DAT, Desk Appearance Ticket. Und mich laufen lassen. Wie kann man soviel Glück haben, fragst du dich? Na, Leute lieben dich, beten für dich ...

Er verscheuchte die Erinnerung, als er bemerkte, daß er sie nur vor sich hin leierte wie für jemand wichtigen. Entscheidend ist, daß dus im richtigen Moment richtig rüberbringst! philosophierte er auf seinem Drogengipfel. Aber dann warf ihn die zurückflutende Welle

Dilaudid auf den Arsch, und dem Stolz auf die Episode ging die Luft aus. Er gähnte und linste mit grimmiger Wachsamkeit in das kupferfarbene Licht der heruntergekommenen Achten Avenue.

Mercedes stürmte über die Straße. Der schwarze Transvestit in wahnsinnigem Gold Lamé Outfit blieb am Rinnstein stehen, schob das Oberteil mit einem Ruck hoch, daß die Brüste hervorsprangen, und befummelte und knetete sie für ihn. Durch den verschmutzten Flimmer und aus der Distanz verklärte sich ihr Bild.

Flink nach beiden Seiten blickend, zog sie ihren Mini hoch, den Slip runter, hielt ihren Schwanz zwischen die dunklen, sehnigen Schenkel geklemmt und führte nur für ihn einen Mösentanz auf. Die verblüfften Insassen eines Oldsmobile, von einer roten Ampel zum Halten gezwungen – Theatergänger – drückten die Sicherungsknöpfe runter und schlichen glotzend weiter. Entzückt mimte Apollo ein Abspritzen in Richtung der Queen. Nur für den Bruchteil einer Sekunde blitzte in seiner Erinnerung eine zersplitterte Version von etwas auf, was etwa zwei Monate – ein Jahr? – zurücklag. Damals war er ihr Liebhaber gewesen.

Sowas ähnliches jedenfalls. Aber dann, eines Nachts, brauchte ich – etwas – aus ihrer Handtasche.

Naja, Geld für nen Fix, und als sies mitkriegte ... Tja

Sie hatte ihn auf der Neunten Avenue gestellt ... Und er hatte das Pech, gerade eine andere Queen anzuquatschen, als sie ihn entdeckte ... *„Mercedes, echt, ich hätt dich gefragt."*

„Ich stech dich ab, du Hurensohn!" und griff in ihre Handtasche.

„Mensch, hör auf, steck den Scheiß weg, hier sind Bullen."

Mercedes' große Hand mit den zentimeterlangen Fingernägeln schwang die blitzende Klinge hin und her. Zuerst schlitzte sie sein Hemd auf, dann schnitt sie quer über seine Brust. Sie stach nach seinem Gesicht, aber er wehrte sie ab, hielt ihr dafür den Unterarm hin.

Erschöpft ließ sie die Klinge sinken, aus ihren Augen floß Maskara in Tränenbächen herunter. Ihr geglättetes Haar war in Unordnung und klebte schwitzig an den Wangen ihres Nubakopfes.

Es war nicht so wild, in der Öffentlichkeit von einer Queen aufgeschlitzt zu werden, aber als er feststellte, daß eine ihrer silikongepolsterten Wangen leicht unter den kräftigen Backenknochen gerutscht war, ballten sich seine Finger zu einer harten Faust. Sie hieb auf Wange und Lippen, brach ein Stück Schneidezahn raus.

„Macht ihnen der Kerl Ärger, junge Dame?"

„Ja, Officer, er wollte mich vergewaltigen." Den Kopf gebeugt, hielt sie ihren blutenden Mund. Sie schluchzte.

„An die Wand! Die Arme hoch!"

„Sehn sie nich, daß sie n Typ is, Officer?"

„Halt die Schnauze!"

Der Bulle fand prompt sein Besteck und ein pralles Briefchen, also wurde er nach Rikers verfrachtet, blutend wie ein Schwein, und saß drei Monate ein, ohne Aussicht auf Kaution.

Die Transe war verschwunden. Hatte dort, wo sie an der anderen Straßenseite aufgetaucht war, nur einen trüben Hauch verschmutzter Luft hinterlassen, getönt vom roten Neon des Pornoschuppens darüber. In der Sicherheit noch drauf zu sein, redete Apollo sich ein, nichts mehr für sie zu empfinden – oder irgendeinen anderen auf der Straße. Der Gedanke war so betäubend, daß er sich tranceartig hineingleiten ließ und die Ausdehnung dieses Gefühlsmangels erforschte.

Er erinnerte sich an ein Gespräch über Freier mit einem anderen Stricher bei Tina. Der Stricher hatte seine Handfläche an einer imaginären Wand auf und ab geführt, als würde er sie verputzen. Die Wand trennt „die" mit dem Geld von „uns" auf der Straße. *„Die sind nich wirklich"*, wiederholte er einige Male. *„Die gibts gar nich"*, meinte er. *„Aber wir, wir sind hier draußen, uns hats am Arsch. Wir wissen, wos langgeht."*

Ein wehmütiges Bild des Jungen – zerissene Jeans, großer Arsch, blaues Unterhemd – irrlichterte in Apollos angeknalltem Kopf. Ein weißer Junge, der ebenfalls anschaffte und auf Dope war. Und dann, eines Nachts –

Was war? Ja, klar. Ich bin mit meinem Kumpel seinem Kunden im Bett gelandet. HiHiHi.

Ein hämisches Grinsen huschte über Apollos Lippen. Bewundernd dachte er an seine eigene Anmut. Selbstzufrieden führte er sich seinen Körper vor Augen, erinnerte sich an heißen Atem, hungrige Umarmungen.

Ich hab eigentlich gar nich vorgehabt, meinen Kumpel reinzulegen. Aber wies halt so is, die Droge wirkt manchmal wie n rücksichtsloses Aphrodisiakum. Wenn einer sagt, Drogen bringen nichts beim Sex, kann er sein Arsch nich vom Ellbogen unterscheiden. Wenn ich drauf bin, kann ichs nem Kunden manchmal so richtig besorgen. Also hat der Freier ihn rausgeschmissen. Und mich dafür reingeholt.

Glas splittert! Apollo und Freier springen aus dem Bett, mitten in der Nacht. Das Unterhemd und die zerissenen Jeans! Apollos guter, alter Kumpel (dünn geworden, kein dicker Arsch mehr) hat das Küchenfenster eingeschlagen, kauert darunter.

War ich da schon bei dem Kunden eingezogn? Ja, so hab ich wohl die Jacke verlorn ...

Apollos Gedanken flirrten noch einmal zurück zu der fleißigen Zunge des Typen, den feuchten Innenseiten der Schenkel, die sich spannten und lösten, und dann – krach! ... *Mein alter Kumpel schiebt ihn, mitm Gesicht nach vorn, zum Kühlschrank und will ihn dran festbinden. Über die Seilschlingen drüber guckt mich der Freier flehend an, wieso ich ihm nich helf. Aber was verdammt soll ich machn? Du behandelst n Stricher nich so, machst ihn zu deinem Lustknaben und schmeißt ihn dann wegen nem andern zum Müll. „Tu ihm halt nich weh," hab ich zu meinem alten Kumpel gesagt. Immerhin, die Suppe hatte er sich selbst eingebrockt ...*

Weil Apollo ihm nicht beigestanden hatte, ließ der Freier ihn danach fallen. Apollo linkte denselben Stricher, besorgte ihm ein Paket – zehn Päckchen Dope – und verschnitt es mit Talkum und Babypuder. Danach hatte er sich geschworen solo zu bleiben und hielt sich bisher daran. Jemandem zu trauen in dieser Welt unerwarteter Klemmen und blitzschneller Entschlüsse, war ganz klar ein Fehler. Wie zur Bestätigung des Gedankens bemerkte er Angelo, den Crackhead von vorhin, wie er mit einem Bier in einer Packtüte aus dem rund um die Uhr geöffneten Obst- und Gemüseladen wankte. Ein langer Kerl mit totem Gesicht und Strickmütze stolperte neben ihm her.

Apollo linste hinüber zu den beiden durch das kupferne Licht, das plötzlich verdichtet schien und alles wie durch Gallert verzerrte. Auf der Mütze war ein helles weißes X, aber es war zu heiß für eine Mütze. *Der Typ macht sich nen Kopf, wegen seiner krausen Matte.*

Durch die Lichtschlieren sah Apollo, wie Angelo einen Arm brüderlich auf die Schulter des Typen kriechen ließ. *Aber das ist doch der Kerl, von dem Angelo behauptet, er hätt seinen Cousin gekillt!*

Für einen Moment wunderte sich Apollo, wie Angelo mit einem Typ herumziehen konnte, der Verwandte umbrachte. Aber selbst der Gedanke fing an, sich wie im Gallertlicht zu brechen. *Wars nich so, daß Angelos Cousin auf Codein war in der Nacht? Hat Angelo nicht erzählt, daß der Typ heimlich Augentropfen in den Drink vom Cousin gekippt hat, die ihm den Rest gegeben ham? Son Typ, der dauernd mit ner Strickmütze mit nem X drauf rumrennt?*

Er linste noch mal hinüber. Die X-Mütze ließ ein paar Scheine zu Angelo rüberwachsen, der sie schnell wegsteckte.

Is das echt der Kerl, der angeblich der Mörder is?

Entweder sah er aus, wie in Angelos Vorstellung einer aussah, der seinen Cousin umgebracht hatte – wobei Angelo wahrscheinlich breit war, als er sich das ausmalte –, oder der Typ war wirklich der Mörder und jetzt, auf Droge, erinnerte sich Angelo nicht mehr. Oder er dachte einfach nicht mehr dran. Würde man ihn jetzt fragen, würde er die Augen ausknipsen und erklären, „He, weißt du warum ich weiß, daß ers nich war? Weil, ich bin damals die ganze Nacht mit denen zusammen gewesen!“ Weil, der Bursche mit der X-Mütze war sein Kumpel, steuerte ein paar Mäuse zum nächsten Bündel Rockets bei.

Apollo spielte mit dem Gedanken, rüberzurennen und Angelo ein paar Scheine rauszuleiern. Doch er fragte sich, wie das wohl der X-Mützen-Typ fände. So lief das hier. Gerade legst du noch den Arm um einen und im nächsten Moment schwörst du, ihn allezumachen.

Wozus überhaupt n Freund gut, wenn er dir nix abgibt? Wie man so blöd sein kann, jemand so viel zu geben. Sobald du weißt, er tuts, fühlst du dich wie: Ach bitte, laß mich nich hängn, ich hab so Hunger! Das ist son mieses Gefühl, daß du lieber einfach zulangst, das is mutiger. Beides das gleiche Spiel, so tun, als gings mich was an, so tun, als ... gings mich nix an ...

Abschätzig sah Apollo dem finsteren Pärchen nach, wie es den Block runterging und schließlich vom glibbrigen Licht verschluckt wurde. Seine Gedanken drifteten zurück in die Zeit, als er sich Gefühle für jemanden eingestanden hatte und dafür in den Knast gewandert war. Der Mann war am College gewesen. Wahrscheinlich hatte er es gut gemeint – wie ein Weißer halt. Heute – nach kaum einem Jahr – sprachen sie sogar wieder miteinander. Der arme Kerl zeigte schon HIV Symptome und von ihm bekam Apollo ab und zu ein paar Percs.

Sie hatten sich damals andauernd etwas vorgemacht. Er hatte Apollo sogar helfen wollen, das Dope hinzuschmeißen und in Therapie zu gehen.

... Also kauft er tütenweise Dope und fütterts mir nach und nach, versucht mich runter zu dosieren. „Ich liebe dich", hört er nicht auf zu versprechen ...

Bis Apollo daran glaubte. Aber wann immer er sich dankbar zeigen wollte, wurde es am schlimmsten – er bekam eine Gänsehaut. Er spürte wie ein Kraftfeld aus Depression sich um ihn legte, wie es nach innen drückte und alles andere außen vor ließ. Es speiste sich aus dem Verlangen nach Dope und fraß alles auf, was er je an diesem Kunden gemocht hatte ...

Eines Nachts im Sexkino bekam Apollo das Zittern, weil er mehr Dope brauchte. Der Typ wollte kein Geld springen lassen.

Ich nehm an, den hat man als Kind in Watte gepackt und deshalb hat er einfach nich den Mumm gehabt, mit meiner Suchtmacke klarzukommen und is irgendwie zum Arschloch geworden.

In Apollos Kopf fing es an zu kreischen. Er schwitzte und kotzte.

Du sagst, du kümmerst dich um mich und dann läßt du mich hier mit Dünnschiß im versyphten Klo allein ...

Apollo zog ihn auf wackligen Beinen raus aus dem Theater, auf die Straße, wollte es ihm genauer erklären ... *„Laß mich nich ohne einen Pfennig im Regen stehn. Ich hab dir klar gesagt, daß ich bloß diesmal noch deine Hilfe brauch ...*

... trippelte unruhig hinter dem blinkenden Fleck Bargeld her, der in einem Taxi zu verschwinden drohte, unterdrückte den Schmerz in seinen krampfenden Beinen, um ihn zu erwischen, bevor er im Taxi war, spürte die Wut hochkommen auf das, was da zu einem verweigerten Geldschein schrumpfte ...

Der Typ lag auf dem Pflaster und Apollo trat besinnungslos auf ihn ein.

Ich hab meinen Freund nicht wirklich angegriffen, mein Affe is durchgedreht.

Er vereinte sich mit dem Typen, paarte den eigenen Schmerz mit seinem durch die Stiefelspitze.

Natürlich erstattete der Mann Anzeige, und Apollo saß wieder ein.

Einige der Knackis schalteten Annoncen in Schwulen-Zeitschriften, schrieben, sie seien einsam und suchten einen Schwulen, dem sie schreiben und den sie umsonst anrufen konnten. Wenn es anlief, mußte man so lange von seinem großen Schwanz schreiben, bis der Typ in die Knie ging. Man erzählte, was man alles anstellen würde, wenn man rauskäme, um ihn dann nach Geld und Zigaretten anzubaggern.

Manche bekamen von den Leuten draußen jede Gefälligkeit. Sie schickten Zigaretten, Bücher, Verpflegungsgeld, und riefen Verwandte an. Gelegentlich wurde der Einsitzende davon abhängig, so daß die Großzügigkeit des anderen merkwürdige, unerhörte Bedeutung bekam. Sexuelle Identität dehnte sich wie Gummiband ...

Wieder einmal hatte Apollo Glück einen zu ködern, der nichts sehnlicher wünschte, als ein netter Kerl zu sein. Solche komischen Figuren gab es immer mal wieder. *„Schreib keine Sexbriefe. Laß uns offen miteinander sein.“* Sie schrieben sich ein paar „spirituelle“ Briefe, diskutierten die Probleme der Dritten Welt und das Vollzugssystem, worüber er bei seinem ersten weißen Sugar Daddy einiges gelernt hatte. Der Typ machte ihm Komplimente wegen seiner Intelligenz. Es gab sensibles Gerede über Beziehungen, die Bedeutung von Freundschaft und Träume, die Apollo hatte.

„Möge dieser Brief dich bei bester Gesundheit finden ...“ begann Apollo jeden seiner Briefe und verfluchte seine ewige, verdammte, vezweifelte Not, die immer wieder ihr häßliches Haupt erhob. *„Ich hoffe von ganzem Herzen ...“ „Verzeih meine Bitte ...“ „Ich hoffe, es geht Dir gut und nebenbei, könntest Du vielleicht ...“ „Ich bedaure, daß wir uns unter diesen für mich so ungünstigen Umständen kennenlernen mußten, aber wenn du vielleicht ...“*

Diesmal wars übler denn je. Wenn du allein in der Zelle sitzt und das Licht geht aus, überfällt dich oft quälende Angst. Deine Einsamkeit scheint grenzenlos. Du bist versucht zu hoffen, daß vielleicht gerade dieser Mensch ... Später scheint es dir völlig absurd.

Er hatte Alpträume von Folter und Sadismus, war Hexer und Verhexter zugleich. Mitten in der Nacht schreckte er kerzengrade von der Pritsche hoch und dachte, es wäre nur gerecht, seinen Freund zu warnen, mit wem der es zu tun habe.

„Ich sollte Dir ohne Umschweife sagen, es fällt mir nicht leicht, jemandem zu vertrauen.“ „Ich sage es nicht gern, aber ich bin voll Bitterkeit und Haß.“ Er schrieb sogar, warum er saß – weil er den einzigen Menschen, den er jemals gemocht hatte, vor einem Sexclub zu Klump getreten hatte.

Aber seine Offenheit ging nach hinten los. *„Ich werde mein Glück versuchen ... Ich glaube, ich kann damit umgehen.“* waren die Antworten des Typen. Eine Gefühlslawine kam ins Rutschen. Ein unerträgliches Bedürfnis zu glauben, der Typ könnte tatsächlich alles verstehen. Wilder Zorn über die wahrscheinlichere Möglichkeit, daß er es nicht könnte. Er rang den Zorn nieder, schob ihn von sich.

„Lieber Gefährte!“ Aber es war schon zu spät. Das Zeichen war ihm bereits eingebrannt.

Es gab süße Augenblicke, seine schwächsten, wenn er in tiefe Träume von einem Freund und Beschützer versank, der sich um alles kümmerte. Eine Art Frankenstein-Flickwerk aus Kumpel-Vater-Bruderfigur mit einem fremdartig beängstigenden erotischen Aspekt. Es vergiftete ihn wie Dope. Noch schlimmer war, davon runterzukommen. Ein Gefühl von Ungerechtigkeit zerrüttete ihn, machte ihn mordgierig.

„Dies ist unser letzter Brief. Zu unser beider Wohl halte ich es für besser, wir beenden unseren Kontakt. Ich werde niemals fähig sein, Dich glücklich zu machen."

Aber der Bursche schrieb weiter. War er der Gauner des Jahrhunderts? Fast hätte er Apollo in einen passiven, infantilen Zustand gelullt. Ein verzweifeltes, unerträgliches Verlangen, aus dem Sex troff. Es fühlte sich an wie Inzest. Er tagträumte, in seinen Armen zu liegen wie irgendeine Art Frau. Wenn er sich nicht zusammenriß, würde er zur Knastmöse verkommen ...

Zu Weihnachten kam das Paar Nikes, um das er gebeten hatte. Zusammen mit dem Brief, der ihn an die Decke gehen ließ. *„Das sollte Dich doch davon überzeugen, daß ich wirklich nur das Beste von Dir denke."*

Was sollte das schon wieder heißen? Mußte einer, der genau wie jeder andere ein paar Schuhe an den Füßen brauchte, niederknien und dem den Schwanz blasen, der sie ihm gab? Er schrieb einen dankbar klingenden Brief, aber er hatte das quälende Gefühl, mit jedem Wort das Ego des Kerls zu füttern.

Einen Monat später besuchte ihn der Typ. Apollo hob die teuren Sneakers für die Zeit nach dem Knast auf und dachte nicht daran, sie zu tragen. Ohne zu bedenken, daß der Typ die Gemeinschaftsverhältnisse in Gefängnissen nicht kannte, borgte er sich neue Sneakers von einem Kumpel, um sich für den Typ herauszuputzen. Tauschte eine Schachtel Zigaretten gegen Haargel, besorgte sich ein gebügeltes Hemd, legte sogar ein bißchen geklautes Parfüm auf. Er putzte sich die Zähne ...

Im Besucherraum, umgeben von Pärchen mit Zungen in den Mündern und Händen unter den Hemden, wurde ihm ein wenig mulmig beim Versuch sich vorzustellen, womit er seinen Wohltäter erfreuen müßte, wenn er wieder draußen wäre – *die haarigen Arme, die Lehrerklamotten.* Er verscheuchte den Gedanken, schwor sich tapfer, seinen Gönner nicht zu enttäuschen.

Der Typ starrt auf meine Sneakers!

„Ich hab gedacht, du brauchst so dringend Sneakers."

„Tu ich auch. Die hier hab ich mir von jemandem geborgt."

Der Kerl glaubt mir nich! Apollo schätzte sich glücklich, eingesperrt zu sein, denn er wollte nichts mehr, als dem Kerl das Gesicht aufzuschlitzen und ihm die Schuhe in die Wunden zu drücken. Alles, was er befürchtet hatte, bewahrheitete sich in einer erdrückenden Woge.

Als er die Sneakers akzeptierte, hatte er sich selbst zum User gestempelt, sich mit Schleim beschmiert. Und zwar auf Befehl des anderen, der von Anfang an am längeren Hebel saß.

Aber für den Typen war es scheinbar kein großes Ding gewesen. Er blieb bei seinen süßlichen Briefen, beschwor hohe Ideale, bastelte ein nobles Bild.

Obwohl er auf seinen Gefühlen saß wie auf heißen Kohlen, war Apollo bemüht, mitzuspielen und eine günstige Gelegenheit zum Ausstieg abzuwarten.

Jetzt hatten die Briefe und Anrufe einen weinerlichen Unterton, weil der Vater des Typen im Sterben lag. Apollo heuchelte die passenden Gefühle.

Ich hab ihm geschrieben, ich wär für ihn da ... Bis der Typ schließlich mitteilte, sein Vater sei gestorben. Da ging Apollo ans Werk.

"Möge dieser Brief Dich bei bester Gesundheit antreffen ... Ich muß Dir sagen, was ich von Dir halte ... Trauriger, einsamer Schwuler, der auf die Vorstellung abfährt, andere zu kontrollieren ... Du hast mir leid getan, und ich war bereit, Opfer zu bringen – Opfer – *wenn Du weißt, was ich meine!"*

Erleichtert, wenn auch mit zusamengebissenen Zähnen, ertrug er die Strafe. Zigaretten, Bücher, Verpflegungsgeld und Unterkunftsversprechungen wurden umgehend gestrichen. Die Zurückweisung möbelte ihn auf, denn die Kontrolle ging wieder zurück an ihn. Die Bitterkeit besetzte abermals schützend ihre Bastionen, und das Leben wurde wieder überschaubar ...

Bis seine Zeit um war. Wieder saß er auf der Straße, ohne Wohnung und ohne Gönner. Schon nach ein paar Tagen durchkämmte er aufs neue den Sexclub, die Nadel in der Jackentasche. Als hätte die Zeit stillgestanden.

So still, daß er sich wieder hier fand: an der Stelle, an der er hunderte Male vorher gestanden hatte, ein paar Blocks entfernt von Tinas Bar. Kein Geld, nur das verzehrende Verlangen, high zu sein. Die einzige Geldquelle, das Pornokino, futsch, weil er dem kaputten Rausschmeißer Casio den Rest gegeben hatte – der die halbe Treppe tief gefallen und auf dem Arsch gelandet war, mit einem feuchten Knacken.

II

Ein angejahrter Typ, traurig schlaffe Schultern, schütteres Haar, trabte die Straße hoch, als nähere er sich genau der Stelle, wo Apollo festsaß. Die verdreckten Turnschuhe paßten zu seinem kaukasischen Aussehen.

Es dauerte ein paar Sekunden, bevor Apollo ihn einsortieren konnte, obwohl ihm der Mann vor kaum einer Stunde im Kino einen geblasen hatte. Es war der Kunde, der sich aus dem Zimmer gezwängt hatte, nachdem Apollo ihm ans Leder gegangen war.

Mit dem instinktiven Radar seiner Dröhnung versuchte Apollo, sich ein Bild von dem Langweiler zu machen. Klar war, dem Burschen gefiel der Drahtseilakt zwischen dieser Welt und der drögen, in die er hineingeboren war. Daher trieb er sich noch immer auf der Straße herum, obwohl er längst abgespritzt hatte und bedroht worden war. Wahrscheinlich befriedigte ihn keine der beiden Welten, sondern nur eine Art Kriegszustand zwischen ihnen. Irgendwie erinnerte er Apollo an seinen HIV positiven Freund mit den Percs: den besorgten Typ, den er vor langer Zeit vor einer Bar rücksichtslos zusammengetreten hatte. Apollo wußte, daß er die Gabe hatte, solche Gutmenschen anzuziehen. Doch bei genauerem Hinsehen bemerkte er noch etwas anderes, ganz gegensätzliches, an dem Typ.

Der Typ war fast schon vorbei, da sprang ihm Apollo in den Weg und breitete die Arme aus, als begrüße er einen lang verschollenen Freund. Der Mann blieb stehn und wich leicht zurück.

„Erinnerste dich?" Apollo strahlte und rollte erwartungsfrohe Schoßhundaugen vor dem verdutzten Gesicht des Mannes. Doch hinter Apollos Welpenblick bleckte schon das Raubtier seine Zähne. Er hoffte darauf, mit der Angst des Burschen spielen zu können, vielleicht sogar mit Schuldgefühlen wegen der schmierigen Ex und Hopp Nummer von vorhin.

Wie vermutet, reagierte der Mann als typisches Weißbrot. Apollo, der eine weiße Mutter hatte, gratulierte sich zu seinem Gespür. Der Mann war schlicht nicht in der Lage, die Straßenbegrüßung zu durchschauen und abzublocken. Immerhin hatte er kurz vorher noch Apollos Schwanz geblasen, auch wenn Apollo danach ein bißchen grob geworden war. Der wohlerzogene Mann glaubte, ihm einen steifen, linkischen Händedruck zu schulden. Apollo erwiderte ihn mit einem selbstsicheren Abklatschen.

Unruhig schwammen die Augen des Mannes unter Apollos arrogantem, starren Blick. Er sah auf Apollos nackte Brust, war aber zu verstört, zu fragen, wo sein Hemd geblieben sei. Genau in diesem Moment stellte Apollo erneut fest, daß da etwas an dem Kerl war, das er nicht verstand. Wie bei den meisten, die hier draußen landeten, war da irgendein Defekt ...

Wie aufgezogen setzte der Mann sich wieder in Trab, aber Apollo schloß auf und steigerte die Vertraulichkeit. Unfähig, die Weißbrotlinie zu verlassen, ließ der Typ einige Artigkeiten ab, beschleunigte jedoch seinen Schritt. Apollo blieb ihm auf den Fersen, suchte nach einer Öffnung. Er entschied, auf pleite zu machen, entschuldigte sich für sein Verhalten im Fickkabuff und schob einige Angebote nach, die nicht abgelehnt werden konnten. Er versprach dem Mann eine Seite des Lebens zu zeigen, wie sie ihm noch nie vergönnt gewesen war. Jetzt, da er ohnehin die Nacht über in der Stadt festsitze, meinte er, und nicht mehr nach Connecticut zurückkäme – was jetzt selbstverständlich kein Vorwurf sei –, gäbe ihnen das genügend Zeit, die viel zu kurze Begegnung von vorher zu intensivieren. Er hätte sogar nichts dagegen, am Morgen, nach dem Aufwachen weiterzumachen, falls er es wünsche.

An der Ecke, die sie soeben passierten, hatte an der Ampel ein Taxi gestoppt. Großspurig riß Apollo die Tür auf und war überrascht, als der Mann ohne Zögern einstieg und dem Fahrer eine Adresse hinmurmelte. Das Taxi schlich von Ampel zu Ampel, während Apollo den Atemrhythmus des Mannes suchte. Beiläufig ließ er ein Knie gegen dessen Schenkel fallen, versuchte, die eigenen Gedanken auf die gelegentlichen stummen Blicke einzustellen.

Immer noch spürte er etwas Unergründliches, und eine merkwürdige Ahnung beschlich ihn, sie hätten etwas gemeinsam.

Er konnte nicht wissen, daß dieser Büromensch vor zweieinhalb Jahren Bekanntschaft mit einer Crack-Pfeife gemacht hatte. Durch Selbsthilfe war er von den Drogen losgekommen, aber er suchte immer noch die Sphären, wo sie illegal genommen wurden.

Selbst das unbedeutendste Wort oder Bild konnte eine verführerische Assoziationskette in Gang setzen – eine eigenwillige, synaptische Folge. „Rauch", „Streichholz", „Brocken", der Anblick eines Drahtbügels, mit dem er sein Röhrchen zu reinigen pflegte, oder bestimmte Gerüche, wie sie in der Stadt keineswegs ungewöhnlich waren – alles bekam eine eigentümliche Bedeutung. Wunde Knöchel und ein leerer Gesichtsausdruck wie der Apollos, konnten ihn genauso zurückblenden: die Luft eines abgeschiedenen Raumes, ein junger, süchtiger Stricher, beiläufige Stimmen eines Pornovideos, die ihren Teil zur euphorisierten Atmosphäre des Crackrauchens und der sexuellen Glücksritterei beigetragen hatten.

Apollo lehnte sich nachlässig gegen die Tür und spürte die Blicke des Typen seinen Körper torpedieren wie Stechmücken. Mit dem entrückten Bewußtseinsstrom von Menschen, die stets auf der Kippe leben, überlegte er träge, worauf er sich eingelassen hatte. Aber im Dämmerlicht war das Gesicht des Mannes voll von unlesbaren Gedanken, und mit der Weisheit derer, für die fast jede Entscheidung die letzte sein könnte, entschied Apollo, sich nicht darum zu kümmern.

Den folgenden, nervösen Blick heftete der Mann auf die beiden Falten an Apollos braunem Unterleib. Er hatte zwar Sex mit ihm gehabt, doch jetzt sah er diesen trainierten Bauch, der nicht aus dem Fitnesscenter stammte, mit anderen Augen. Die Falten erinnerten ihn an die einsetzende Erregung früherer Tage, wenn er mit dem einen oder anderen drahtigen Halbwüchsigen nach Hause gefahren war, die Taschen voller Glasphiolen.

Das Taxi rollte am Kino vorbei, aus dem soeben eine leintuchbedeckte Bahre getragen wurde. Obwohl der Mann ziemlich sicher war, daß Apollo nicht wußte, was er im Kino gesehen hatte, durchfuhr ihn ein Schreck, gemischt mit seltsamer Genugtuung. Das Bild eines Fingers tauchte auf, über einem Knopf schwebend, der ihre Welt in die Luft jagen konnte ... dann aber versicherte er sich, es nicht zu tun ...

In der Nähe des Krankenwagens vor dem Kino lehnte ein Mann mit Chauffeursmütze an einer glänzend schwarzen Limousine. Er unterhielt sich mit dem fetten, schmierigen Kassierer, der offensichtlich ein Toupet trug. Dümmlich schaute der Chauffeur zu, wie die Bahre in den Krankenwagen gehoben wurde, während sich der Kassierer zweifellos darüber ausließ, was seiner Meinung nach passiert war. Seine vier Stummelfinger, wulstig abgeschnürt von Ringen, gestikulierten im Flackern der grellen Anzeigetafel, um einen Standpunkt zu verdeutlichen.

Apollo duckte sich unter das Taxifenster und beäugte vorsichtig seinen Begleiter. Im Dämmerlicht des Taxis sah der Mann das Weiße von Apollos panischen Augen schimmern wie zwei Golfbälle. Der Schatten hatte Apollos Brust auf die zwei schwarzen Punkte der Brustwarzen reduziert.

„Ich frage mich, was der Aufstand vor dem Kino soll", meinte der Mann unbeteiligt.

Apollo blinzelte nervös auf die zerschlissen Sneakers des Mannes. Dann sah er hoch zu den schütteren Haaren und wich der Frage aus. „Man muß aufpassn hier in der Gegend, außer wenn ich dabei bin!"

„Tatsächlich?"

„Ich sitz nich den ganzn Tag aufm Arsch rum, wie die anderen Typen. Ich geh bald aufs Junior College. Du kannsts überprüfen, wennde mir nich glaubst."

Ein Lichtkegel illuminierte das gestylte, aber kalte und unordentliche Schlafzimmer des Mannes. Apollo sah sich kaum um. Seine Züge erschlafften in der mondsüchtigen Passivität des Junkies und zeigten keine Spur von Interesse an der spartanischen Möblierung, den Büchern und Papierstapeln auf dem Tisch. Er stellte sich vor, eine verklärte Kopie seines wirklichen Gesichts vor sich schweben zu haben, hinter der ihm genügend Raum blieb, und verschaffte sich so eine affektierte Haltung, um hübsch zu wirken. An diesem Punkt hörte er auf, berechnend zu denken und wollte jetzt nur noch das Dilaudid reinjagen und high sein.

Seine nackten, verschränkten Arme schlüpften auseinander und schoben sich in die schwarzen Jeans. Sie sprang auf und glitt die Hüften hinunter, so daß er sich das Schamhaar kraulen konnte. Aus der Hosentasche rutschte ein Messer klappernd auf den Boden.

„Das wirst du hier nicht brauchen," sagte der Mann mit gepreßter Stimme.

Apollos großer, herabhängender Mund zog wegen des Mißtrauens eine beleidigte Show ab. Er hob das Messer auf und legte es sachte auf den Tisch. In stumpfer Selbstrechtfertigung begann er, wissenschaftliche Zeitschriften und Fernsehsendungen aufzuzählen, die er las und ansah, und Comics und Karatesendungen vorzog – etwas, was ihn von allen anderen Strichern unterschied. Sie waren der Meinung, jeder da draußen brauche etwas, um sich selbst zu verteidigen. Er erzählte dem Mann von seiner weißen, studierten Mutter, die jetzt dem New Age verfallen war. Doch der Mann reagierte abwinkend auf die berechnende und geschwollene Rede und breitete die Arme zu einer versöhnlichen Geste aus. Apollo befeuchtete sich mit ein wenig Spucke die Lippen und grimassierte ein Dankeschön für das Verständnis. Auf dem Mund des anderen schmeckten Apollos Lippen nach Tabak. In der Umarmung des Mannes schien es, als überblende der Körper von einem Bild ins nächste. Reif und verheißungsvoll roch die Haut des Jungen, wie der Duft der Momente, in denen der Mann erlebt hatte, wie Zeit sich zu einer Folge trunkener Erregungen und Höhepunkte gedehnt hatte, die unfaßbar nah an einen ewigwährenden Zustand orgasmischer Auflösung kamen...

Solche unausgesetzte Stimulation, bisweilen von einem erotischen Video unterstützt, pflegte man anzuheizen mit der Pfeife, die nicht aufhörte, zwischen dem Mann und seinem nächtlichen Begleiter zu wechseln ... Und erst wenn der letzte Stein Crack in Rauch aufgegangen war, dämmerte ihm alptraumhaft, wie er für ein klein wenig mehr Lebensintensität im Staub kroch. In monströsem Bemühen verengte sich dann sein Bewußtsein, jede Geste von immanentem Versagen belastet. Wie Sand durch eine Knochenhand, rann ihm das Leben durch die Finger ...

„Gibts auch Pornos mit Mädchen?“

Der Mann schüttelte heftig den Kopf.

Apollo stierte einige Sekunden stumpf auf das Leiber-Knäuel, bevor er die Stoptaste drückte.

„Was arbeitest du?“

„Recherche“.

„Kannst mich als Studienobjekt nehmen, aber sorg dafür, daß ich was davon hab.“

Dem Mann fiel auf, daß sich Apollos Haut dunkler färbte und die Augen sich in impotenter Unlust umwölkten. Verdruß schlich sich in diese Augen, als sich die Drogen aus den Membranen seiner Nervenzellen verflüchtigten. Er lümmelte sich aufs Bett, die Zigarette fiel ihm aus der Hand. Geduldig stand der Mann auf und legte sie in den Aschenbecher.

„Ich versteh nich, wieso du ausgerechnet in der Gegend, wo wir uns getroffen ham, Jungs aufreißt“, nuschelte Apollo nach Skript. „Die Typen, die dahin komm, wolln nur angedreht werden.“

„——“

„Manche von diesen Männern reißen nur Typen auf, dasse high werdn, um dann Sex zu ham. Gleich erzählste mir, daßde auch so drauf bist und Crack rauchst? Auf den Scheiß fahr ich nich ab.“

„Mach dir keine Sorgen.“

„Ich mein, ich rauch ein bißchen Gras oder trink maln Bier. Hast dun Bier?“

„Mmh-mmh“

„Ich weiß nich, ob dus weißt, aber in dem Kino, wo ich arbeite, gibts n paar echt durchgeknallte Freaks“.

Der Mann warf ihm einen nichtssagenden, unverbindlichen Blick zu.

„Der eine, der Türsteher oder wie man das nennt, is echt kaputt, Mann, schon seit Jahrn n Junkie.“

„Ach?“

„Casio. Schon mal gehört?“

Der Mann schüttelte den Kopf.

„Und die andern, die ham sich echt nich unter Kontrolle. Es is ja in Ordnung, ab und zu mal high zu sein, aber du brauchst Disziplin.“

„Manche Drogen haben auch vor Disziplin keinen Respekt."

„Du hörst dich an, wie einer von den N.A. Typen. Weil, zum Beispiel, ich hab zwar schon gedrückt, aber ich bin nie drauf hängengebliebn."

„Das wird schon, wenn du damit weitermachst."

„Danke für die Anteilnahme. Hör zu. Heut nacht werd ich was nehmen. Kein richtiges Dope. Pharmazeutisches Dilaudid. Ein Freund, n Doktor, hats mir gegebn. Macht dir doch nix aus, oder?"

„Also..."

„Neinnein, keine Angst. Der Typ is Arzt."

Das Gesicht des Mannes wurde noch pokermäßiger. „Darf ich dich auf die Straße setzen, wenn du dir ne Überdosis drückst?"

„Ein Mensch mit deinen moralischen Ansprüchen würd mir doch sowas nich antun. Das weiß ich genau – außerdem wirds nich passiern."

Die Mixtur in der Verschlußkappe blubberte über der Flamme des Feuerzeugs, das Apollo den Mann zu halten gebeten hatte. Apollos offene Hosen waren noch weiter die Hüften heruntergerutscht und legten die Wölbung seiner Arschbacken frei. In einer Hand hielt er die Verschlußkappe, mit der anderen balancierte er eine Spritze und ein kleines Watteknäuel.

Apollo nahm die Kappe von der Flamme und tauchte die Watte hinein, die die weißliche Flüßigkeit sofort aufsog. Dann führte er die Spitze der Nadel in die Watte und zog die Spritze auf. Geräuschlos schluckte sie die Flüssigkeit.

Als er die Nadel im Arm hatte, trat um die Einstichstelle ein bißchen Blut aus der angestochenen Vene, das sich beim Aufziehen mit der Flüssigkeit in der Spritze vermischte. In kleinen Dosen drückte er die Lösung sanft in die Vene zurück.

Das Gesicht des Mannes imitierte Apollos fahlen Glanz. Verlor irgendwie ebenfalls die Farbe. Zu sehen, wie die gespannten Muskeln unter der samtig vernarbten Haut penetriert wurden, hatte den Mann wahrscheinlich erregt. Und er stellte sich vor, wie der pulsende Schmerz innen drin blitzartig gestillt wurde.

Apollos Körper sah nicht mehr sehr funktionstüchtig aus, als er aus dem Lichtkegel kippte und aufs Bett sank, hustend, wobei sich das Bewußtsein aus den weiten, wässrigen Augen verflüchtigte.

Ein Arm schlang sich um den Hals des Mannes und zog ihn heran. Er steckte eine Zigarette an und nahm einen Zug.

„Es hat dir gefallen, dabei zuzusehen."

„Ich hatte Angst, du hättest zuviel erwischt."

„Nicht bei dem Zeug. Es kommt aus der Apotheke. Ich weiß wieviel ich nehmen kann."

„Tatsächlich? Woher weißt du sowas?"

„Schau, ich bin schlauer als die andern, mit denen du normalerweise rummachst."

Vom Rausch beflügelt, bemühte er sich noch einmal heftig um Anerkennung. „Ich hab diese Freundin – jedenfalls sone Art Freundin – Mrs. Huxton, der gehört die ganze Gegend, in der wir grad warn, die sieht ein, daß ich nicht wie alle andern bin. Deshalb soll ich auchn Auge auf ihr Kino ham – du weißt schon, wo ich arbeite. Sie wollte mich aus Schererein raushalten, weißte ... und sie hat mir son Praktikum bei nem Feund von ihr angeboten. An ner Schule."

„Was für eine Schule?"

Apollo suchte nervös eine Antwort. „Technische Schule."

„Was für eine Art Techniker?"

„Wachhunde abrichten", platzte er heraus.

„Du richtest Hunde ab?"

„Klar."

„Wie machst du das?"

„Zuerst muß du sicher gehn, daß der Hund nicht abgelenkt ist. Also bist du ganz in weiß – Hunde reagiern nich auf weiß – und du bringst den Hund in einen weißn Raum mit ganz weißm Licht. Leeres Zimmer, bloß du selbst und der Hund. Du fängst an zu flüstern und der Hund muß zuhörn, weil du die einzige Reizquelle bist."

„Was sagst du dem Hund?"

„Daß er auf Sachen losgehn soll ..."

Die Stimme wurde schwächer und die Augen des Mannes wanderten noch hungriger über Apollos Körper. Die Hosen waren ganz heruntergerutscht und zu Boden gekickt worden. Apollo sackte wieder an die Wand. Sein Kinn hing herunter; die Augen waren in den Schädel gedreht, tauchten wieder auf, sein Bewußtsein kam und ging. Ein nackter Arm hob sich und fuhr durch die Luft. Dann hing er baumelnd über den Bettrand, eine gewölbte, glänzend-purpurne Narbe auf der weichen Unterseite des Vorderarms. Auf der Brust waren einige feine, sich kreuzende Narben.

Weiter oben am Arm, im Schatten, konnte der Mann ein paar leicht entzündete Einstiche mit schwarzem Rand sehen. Von dort aus zogen sich dunkle Spuren über den Arm, die in ihrem Verlauf schwächer wurden. Der Junge schlief oder war völlig weggetreten, sein Atem ging unglaublich langsam und schwer, die Fußsohlen kräuselten sich in schwachen Zuckungen.

Auf dem Fernsehschirm war die Tragbahre zu sehen, das Kino und sogar der gestikulierende Kassierer, und später würde der Mann sich fragen, ob er das alles tatsächlich auf der Straße oder nur im Fernsehen gesehen hatte. Es folgte ein Kommentar, in dem es scheinbar um eine Schlägerei ging und einen Mann in kritischem Zustand, dessen Leben nur noch an einem Faden hing. Wie Weihrauchdunst umwaberte das kaleidoskopische Licht des Fernsehers Apollos Körper. Es fuhr sämtliche Farben auf, ihn als „Sünder" zu brandmarken, dem ab sofort jede Rücksicht und alles Mitgefühl selbstverständlich zu entziehen seien. Für ein paar kurze Augenblicke hatte der Mann den Verdacht, daß ein sechster Sinn den Übeltäter wissen ließ, daß der Fernseher lief und er beobachtet wurde. Zeitweilig schreckte er hoch, als sei er bereit, es sich doch noch zu überlegen, zu fliehen oder bei geringstem Anlaß zurückzuschlagen.

Ihm Unterschlupf zu gewähren wurde auf einmal zur quälenden Vorstellung, unerträglich. Also rüttelte der Mann ihn wach.

„Spielen wir Wachhund."

„Wie?"

„Was ist mit deiner Ausbildung? Wer ist der Hund? Du oder ich?"

Irritiert zuckte Apollo die Schultern und begann dann wieder wegzudösen.

Der Typ is auf alle Viere runter. Hat den Mund aufgemacht, die Zunge rausgestreckt und hat angefangn, mich komplett abzulecken, als würd er verhungern. Hat gierig an meinen Nippeln und Achseln geknabbert, mir die Eier und Beine und Zehen geleckt und geküßt, während ich vor mich hingedämmert hab ...

Dann riß der Zorn in dem Mann einen Abgrund auf. Er weckte Apollo mit Ohrfeigen, befahl ihm, sich sofort anzuziehen, gab ihm Geld und schob ihn aus der Tür. Das Glas voll blutgetränkter Flüssigkeit spülte er mit Wasserstoff-Peroxid aus ... nachdem er das schnurlose Telefon abgehoben hatte, um der Polizei den Aufenthaltsort des Flüchtigen zu melden.

III

Casio lag im Krankenwagen und konnte das Geläute in seinen Ohren nicht abstellen. Es klang wie Hartgummi auf Stahl; im Original das frühmorgendliche Geräusch des Wachmanns, der jedes Rohr im Gemeinschaftsraum der Gefängnisabteilung, die als Totenhaus bekannt war, nach Kontrabande abklapperte.

Dieses Echo aus dem Bau war gerade so wirklich wie jenes, dem jemand, der alles getan hat, um es abzustellen, endlos ausgeliefert ist – bis er sich dem Schutz eines Psychodoktors, eines Hypnotiseurs oder der Droge ausliefert. Rasierklingen, Spritzen, Joints, Kondome oder andere eingeschmuggelte Gegenstände wurden in Metallrohre gestopft, und wenn der Vollzugsbeamte mit dem Gummiknüppel auf ein solches Rohr schlug, klangen es dort dumpfer.

An dem Tag vor elf Jahren, als der Beamte den fatalen Schlag auf das Heizungsrohr gelandet hatte, war es dem sehr jungen Casio gelungen, eine Art Dolch durch den Stutzen des Luftventils in die Heizung zu schieben. Der Dolch war aus einem Streifen Metall gefertigt, den einer aus seiner Crew ergattert hatte. Er hatte ihn so lange an einem feststehenden Metallstück geschliffen, bis er rasiermesserscharf war, und dann Stoff und Schnur als Griff darumgewickelt.

Der Dolch war lang genug, um zwei Typen zu durchbohren – oder nur einen, aus dem er dann fünfzehn Zentimeter herausgeragt wäre. Gefährlich genug, um demjenigen, der ihn trug oder ihn versteckte, einen Haufen Ärger zu machen.

Hinter Gittern suchte neues, hübsches Fleisch – wie der drahtige Casio, dessen damals noch kantiges Gesicht von einem verschwenderischen Mund geschmückt wurde und der Haut wie Satin hatte – manchmal Sicherheit, indem es sich einer Häftlingsgang anschloß, für die es dann Aufträge „abwickelte“. Aber wenn man erst einmal zu einer Crew dazu gehörte, versuchte irgendein Geier aus der Bande, dich zu seinem Lustknaben zu machen oder um jede Zigarette zu erleichtern.

Als so ein Geier einen Knastbruder wegen einer albernen Anmache abstach, sich also von hinten an ihn heranmachte und ihm den Dolch so heftig zwischen die Rippen schob, daß er naß auf der anderen Seite herauskam, hatte Casio das verdammte Pech, gerade in der Nähe zu sein. Der Angreifer gab Casio den Dolch und ordnete an, ihn zu verstauen, wenn die VBs zur Untersuchung kamen.

„Und wegen dem macht mich jetzt monatelang das beschissne Geklingl in meinen Ohren voll fertich, Doc, un ich denk dauernd dran, wie mich der Bruder geleimt hat, wie ich sein Mist ausbadn hab müssn und wie die mich wegen dem Geier 90 Tage inn Bunker geschmissn ham. Die ganze Zeit derselbe Scheiß-Sound – wenn die VBs daherkommn und mitm Gummiknüppel überall draufhaun, damitse hörn, obde was drin versteckt hast.“

Bunker heißt Einzelhaft. Außer einem schwachen Streifen von einem kleinen Gitter ganz oben an der Wand zum Korridor gibt es kein Licht. Wenn die Lampen auf dem Korridor gelöscht werden, herrscht völliges Schwarz.

Zwar konnte er sich mit endlosem Stemmen die Muskeln aufpumpen, aber es gab keine Möglichkeit, den Lauf der Zeit und der Tage zu markieren. Seine Gedanken begannen, ziellos umherzuschweifen. Der klirrende Ton war wie etwas, das im Dunklen herumschwirrte: ein Insekt oder ein Vogel, der näher kam und lauter wurde. Aber wenn er in die Dunkelheit griff, kriegten seine Hände nichts zu fassen.

Manchmal schwoll der Ton an: zu absurdem Gelächter, wie wenn er mit Tito diese *chiba* Plätzchen aß und sich in der Klasse über die Idiotenfrisur des weißen Lehrers beölte; oder beim Breakdance mit der Crew, wenn er mit Pappe unter dem Hintern herumwirbelte. Oder der Ton wurde richtig gemein und umschwirrte ihn als Schemen vergangener Schandtaten und befürchteter Rache. Sein Hirn zoomte – wie der Vogel oder das Insekt – auf Panoramabilder von Initialerlebnissen.

Die Schlampe, die mich mit ihrm Jungfrauscheiß gearscht hat, un ein Tag später treibt sies mit eim von mein Jungs. Oder der Scheißkopf, der sich ihrn Vater nennt, derse mal wieder verdrischt...

In der Dunkelheit des Bunkers, unter der Ebbe und Flut deines Bewußtseins, war es schwer zu sagen, ob du träumst oder nicht. Einmal glaubte er, die Schneidezähne seiner Großmutter in der Hand zu halten, die ihr Freund so brutal rausgeschlagen hatte, daß sie auf dem Asphalt herumkullerten wie Würfel...

Ich mußt die besoffne Abuela aufhebn, war nur nochn kleines Säckchen Knochn – wien Vogl in ihrn Schal gewickelt, un ich mußtse sechs Treppn hochtragen un aufs Bett legen ...

Zurück aus der Einzelhaft und wieder auf der Straße wurde der Ton lauter. Es war dasselbe Klirren und Klingeln; Casio war draußen, aber überall in der Stadt nichts als Knastgedanken. *Einmal den Bach runter gewesen, dann isses ... überall.* Jeder nicht-weiße Typ in der U-Bahn hatte scheinbar eine Ehre zu verteidigen. *Paß auf, wode deine Augn hintust.* Die Augen der Homeboys trafen deinen Blick nur zum Handeln oder als Herausforderung. Die Art, wie er sich bewegte, wurde mit Verachtung oder Furcht beurteilt – in Kategorien von Respekt, anders ausgedrückt. Ein Arm nach hinten gestreckt, die Handfläche auf einer Arschbacke nach außen gedreht, hieß: „Will was kaufen". Daumen in der Vordertasche, die Finger zum Schenkel hin gespreizt, hieß „Mein Schwanz ist der Größte" und/oder „Ich hab ne Waffe".

Zieh die Beine nich an wie ne Tusse, wenn sich einer neben dich setzt. Das soll der Bastard schlucken. Die Beschleunigung des Zuges begleitet die rasende Spirale der Beleidigungen ... und immer, immer das schrille Läuten in den Ohren.

Allerdings ließ es sich manchmal mit einer Dosis Heroin besänftigen. Casio besaß eine enorme Leidensfähigkeit und setzte sich nur dann einen Schuß, wenn er das Klirren keine Sekunde länger ertragen konnte. Dann machte er sich auf die Suche nach einem Briefchen und drückte es mit geliehenem Besteck, aber so selten, daß sich die Sucht nur langsam über die Jahre bildete. Erst spät sabotierte sie seinen Alltag.

Er war noch immer schlank und weichhäutig, hatte große, wässrige, angeknallte Augen und machte den Türsteher bei Tina's, der Transvestiten-Bar. Tina, die dort ihre Tuntenauftritte gab, war zur Hälfte an dem Laden beteiligt – einige andere Fäden liefen zu einer alten Portugiesin. Ein früheres Mitglied aus Casios Gang, Sugar Bear, war zu kurzfristigem Ruhm gelangt, als er Tina mit seinem gewaltigen Schwanz bekannt gemacht hatte. Der Bursche hatte Casio nicht vergessen und ihm den Nachmittagsjob mit Minimalverdienst beschafft. Der Job bestand hauptsächlich aus Wachdienst, weil tagsüber außer ein paar Tunten fast niemand den Laden aufsuchte. Casio konnte vor sich hin dösen und auf Autopilot schalten.

Nachts hing er meist noch ab, schnorrte ein paar Drinks an der kreisförmigen Bar oder nahm noch einen Auftritt mit, der immer zur Hälfte in Spanisch war. Er beteiligte sich gern an den zotigen Kabbeleien der Tunten, die hier anschafften und zum Teil nicht mal schlecht aussahen. Schließlich fanden gelegentlich irgendwelche Geburtstagsparties statt, bei denen es zu Essen gab – einen Berg Chili mit Reis, ganze Straßen aus Lasagne oder Würstchen mit Bohnen. Hier zeigte die Art, wie man sich zum Essen anstellte, wer man war. Man zog eine Riesenshow ab, hatte eigentlich keinen Hunger, war selbstverständlich weit Besseres gewohnt. Keiner wollte, daß der Club wie die Heilsarmee wirkte. *„Scheiße, von dem Zeug mußt ich schon mal kotzn, aber einen Bissn werd ich versuchn ... Gib mirn bißchen Lasagne – nee, Mann, kein Salatscheiß! Ich fress doch kein Hasenfutter ...“* Widerwillig nahm man beim Austeilen den ersten Bissen und prahlte damit, was für Luxusessen man sonst gewöhnt war, während einem aus Vorfreude der Magen knurrte.

Denn wer war er schon, wenn er nicht eine eigene Wohnung und sein eigenes Essen hatte? Also machte er eines Tages einen Überraschungsbesuch auf der 111.Ost bei der spitzzüngigen, herablassen-

den Monica, der 19jährigen Mutter seines Sohnes. Sie ließ die Kette an der Tür, aber er konnte sehen, daß sie zur Zeit gut aussah: ihr kaffeebraunes Gesicht wurde von mit Kämmen hochgesteckten, blondbleichen Haaren gerahmt. Geht mir erstklassisch, protzte sie über die Kette hinweg. Abends geh ich zur Kosmetikschule und ich werd nen Teilzeitjob in nem Schönheitssalong kriegn. Und daß sie ihn hopsgenommen und in den Knast gesteckt hatten, einen Monat bevor das Baby zur Welt kam: Geht nich auf deine Kappe, nehm ich bequem auf meine, sagte sie.
Aber als sie ihm die Tür vor der Nase zumachen wollte, stemmte er sich dagegen und zerriss die Kette. Fischte die Tüte Gras und die Rumflasche aus der Tasche und stellte sie auf den Tisch. Sogar ein elektronisches Minispiel für den Kleinen hatte er mitgebracht. Monicas warme Augen weiteten sich. „Komm hierher und begrüß deinen Vater!" Ein cooler Vierjähriger erschien und sah Casio mit verschlossenem Blick abschätzig an, dann schnappte er sich das Spiel, als sei es gerade vom Himmel gefallen. *„Wo kommtdes Zeug her? Du kriegstes halt, wenndes kriegs."*
Jetzt wo alle glücklich sind, freuen sich Mutti und Papi und kippen ein paar Bacardi; Junior schlendert davon, ganz gebannt vom Spiel. Casio und Monica gehen ins Schlafzimmer und tun Es. Seine Finger schlüpfen unter ihren lavendelfarbenen Pulli und erinnern sich an ihren straffen Körper.

Kein dicker Arsch, kleine Möpse, n kleiner Jungn Körper. Ich bin immer auf ihrn kleinen Hintern abgefahrn, n chico *Hintern, sag ich immer, und ne feine Haut wie Honich. Wien kleiner zwitschernder Vogel liegtse unter mir ...*

Sie blieben im Bett bis zum nächsten Nachmittag, als er wieder zur Arbeit zu Tina's mußte. Danach kam er zurück, schleppte wieder Gras an und futterte ihr *pernil* mit Avocado; sie rauchten und gingen wieder ins Bett. Später holte Monica ihre Kosmetiksachen und übte eine Frisur an seinem länglichen, glänzenden Haar, mit Lockenwicklern und allem. Casio hatte angefangen, von den Transen zu erzählen, und, breit wie er war, die Lockenwickler in den Haaren, gab er eine überzeugende Parodie, und Monica lachte sich schief. Ihr nymphenhafter Körper rollte über das Bett in hysterischem, vogelhaften Gelächter. Lockenwickler fielen zu Boden, während Casio, in ein Laken gehüllt, mit den Hüften stieß und kreiste, die barocke Imitation einer Schwuchtel, die eine Frau imitiert ... Der Junge kam herein, ohne mit der Wimper zu zucken, gelangweilt und überheblich mit Poker-Miene ...

Es dauerte eine Weile, bevor sein Sohn ihn wirklich schätzen lernte. Casio nannte ihn „Baby Pop". Mit der Zeit fing er an, ihm in der Wohnung dauernd hinterherzulaufen und gegen die geschlossene Tür zu treten, wenn Casio auf dem Klo war. Casio brachte ein Schloß am Bad an, um sich wenigstens hier ungestört was reintun zu können, wenn er das Läuten zum Schweigen bringen mußte.

Mittlerweile war der Junge fünf und verblüffte die Leute mit seiner frühentwickelten Begabung für Mathe. An den Sozialwohnungen vorbei spazierte Casio am Wochenende mit ihm zum Central Park, ging absichtlich in normaler Geschwindigkeit, so daß der Kleine schnaufen und schwitzten mußte, um mit ihm Schritt zu halten. Casio fand eine Art Genugtuung darin, gewisse Charakterzüge seines Sohnes zu entdecken – *wie ein neues Gangmitglied, das jeden Scheiß machen tät, um an den andern dran zu bleibn.* An diesem speziellen Tag jedoch wurde Casios Hirn hinterrücks von einer Erinnerung an schmerzhafte Seitenstiche überfallen, als er mit seinem Vater Schritt zu halten versucht hatte; er war zwölf gewesen und es war das einzige Jahr, das er mit seinem Vater verbracht hatte.

Sie waren zu einem verlassenen Fabrikgelände gerannt, mußten schnell dort sein, bevor es dunkel wurde und zu spät war, noch was zu kaufen. Als Casio neben ihm lief, bekam er fürchterliche Seitenstiche. Aber sein *papi* schaffte es gerade noch rechtzeitig; er kaufte was, die Dealer zogen ab, und sein Vater ging weiter in das Gelände hinein, um sich das Zeug hinter einem ausgebrannten Gebäude reinzujagen, und dann war er plötzlich zu Boden gesunken ... in den Dreck ... Überdosis.

Casio verscheuchte das Bild. Sich mit Erinnerungen aufzuhalten, hatte nichts mit Überleben zu tun, womit genaugenommen alle beschäftigt waren und das hieß, mehr noch als was zu essen im Mund und ein Bett zum Schlafen, Schmerzbehandlung. In seinem Fall, wenn plötzlich das Läuten im Ohr und der Phantomschmerz in seiner Seite sich einstellten, verschwamm die Grenze zwischen körperlichem Schmerz und geistiger Qual. Je mehr Drogen er nahm, desto mehr verschmolz beides. Umso mehr brauchte er, um sich nicht schlecht zu fühlen, bevor er es nicht mehr aushalten konnte.

Später einmal schwor er einer Transe namens Angelita, daß er wirklich nie gedacht hätte, es könnte soweit kommen. Er fixte nicht so oft, um für Monicas Sucht verantwortlich gewesen zu sein. Sie wußte von seiner, und manchmal teilten sie sich eine Spritze, aber meistens wollte sie mit ihm schlafen, wenn nur er drauf war.

Sie sah ihm zu, wie er sich nackt seinen Schuß setzte. Zwar dauerte es ziemlich lang, bis er seinen Dopeständer bekam. Aber wenn sein Schwanz sich schließlich aufgerappelt hatte, blieb er oben und das ganze Blut drinnen, er konnte es stundenlang mit ihr treiben, während ihr Sohn nebenan fest schlief. Monica lauschte immer mit einem Ohr, ob sie sein Keuchen hörte, denn Baby Pop hatte Asthma.

Er konnte nicht genau sagen, wann Monica aufhörte zu kochen, die nackte Drückerei häufiger wurde und die Wohnung verschlampte. *Kannst aber Gift drauf nehmen, daß ich mir den Schuh nich anzieh. Erstmal, als ich im Knast war, hatse schon n paar Ausfälle gehabt, um den Kleinen durchzubringen. Hat sich mit Dealern eingelassn, ums genau zu sagen. Ihr erster Fehler war: falsche Leute. Na logo warse am Anfang noch clean. Wie ich rauskomm, hatse nurn bißchen gesoffn. Hat gesehn, ich bin von der alten Schule und mir kannse nix vormachen ...*

Dann fing Monica an, den Jungen bei ihrm Vater abzustellen – un ging zu Tina's statt zur Kosmetikschule, hat Gratisdrinks geschnorrt und sich mitn Tunten verschwistert. Wennse angeschickert is, kriegtse son kleines quietschiges Maschinengewehrmaul – „Finger weg, Süße, die tetas *sin echt, du kannst mit dem Plastik da drüben spielen." „Willste mich anmachen, Schlampe? Wenn dein Alter die anfaßt, wett ich mit dir, daß er denkt die sin grad so echt wie die kleinen Avocados, die du da hast." „Immerhin kannste n Stück abbeißen, Mädel, ohne das Maul voll Silikon zu ham", undsoweiter.*

Wann warn das gleich, irgendwann mal, als wir beide fürn paar Wochen aus der Bude ausgesperrt warn? Weilse nie keine Miete rechtzeitich bezahlt hat, kommt also der Vermieter mit dem Werkzeuchkasten und wechselt das Schloß aus. Als nächstes erzähln uns paar Freunde von ihr, so reiche Junkies in Brooklyn Heights, die n Brownstone aufmöbeln, daß wir fürn Schuß am Tag bei ihnen schlafn könn. Echt! Nette schwarze Lehrer, mit Geld von den Eltern, um n Haus zu renovieren, benehmn sich wie Straßenjunkies! Ham vor dem Kind den Zombie gemacht, das ganze Geld verlorn und kaufen jetzt Zigaretten stückweis in der bodega.

Als Casio und Monica schließlich in die Wohnung zurückkonnten, hatten sie einige Nächte in Asylheimen und eine eisigkalte Nacht auf der Straße verbracht. Es war klar, daß Monica die Kosmetikschule abgebrochen hatte, aber Casio bestand darauf, daß sie das Kind von ihren Eltern zurückholte und anfing, abends zu Hause zu bleiben. Wenn es sein mußte, band er sie an den Küchentisch und setzte ihr eine Spritze, bevor er zur Arbeit ging. Er hielt das Geld zusammen und portionierte Essen und Drogen.

Bloß daß die Frau genau weiß, wie sie die Männer rumkriegt, un alles kriegt, wasse will. Einmal ham wir nachts Dope genomm, un am Morgen stehtse auf und meint, sie braucht noch was fürn Tag. Un manchmal n Speedball am Wochenende. So machstses nich lange, ohne irgendwann dafür zu zahln. Hat nix genutzt, ihr nix zu geben, weilse angefangen hat, ihrn Vater mit Aufputschern zu füttern. Die Sucht von der hat Daddys ganzes Konto aufgefressen. Da hatse sein Briefkastnschlüssel geklaut un sich die Post von der Bank geschnappt un verbrannt, bevor erse sehen konnte. Hat mit ihm gemacht wasse wollte, un er kam immer wieder, weil, sie war ja seine einziche Tochter.

Irgendwann fängtse dann auch noch an, sich von mir aushaltn zu lassn. Echt loca. *Schließt sichn ganzn Tag im Bad ein un stiert sich aufde Hände. Nimmt die Arme vors Gesicht, wenn ich reinkomm, als würd ichse prügeln und meint, ich wärn Hypnotiseur, wo ihr Hirn kontrolliert. Sie hat sogar Angst bekomm, mit Baby Pop im gleichen Zimmer zu sein, weilse geglaubt hat, daß der behext wird und aufhörn würd mit atmen. Is zu ner* Bruja *gegangn. Aber komisch is, dasse eigentlich gar nich mal so viel gedrückt hat.*

IV

Einen Monat später, im Goldenen Zeitalter des Rotlicht-Reiches Times Square, bummelte eine Latinotunte namens Angelita in Tinas Lounge und warf ein Auge auf den immer noch jungen Casio, der am Eingang lümmelte, ganz in schwarz als Reminiszenz an seine alten Gangstertage - ein schwarzes Ausrufezeichen des Machismo, zum Fragezeichen gewelkt, nachdem Monica ihn vor die Tür gesetzt hatte.

Angelita registrierte die Aura eines miesgelaunten Sensenmannes, die großen leeren Augen, und fragte sich, wie es wohl wäre, ihre Zunge zwischen die einstmals so luxuriösen Lippen zu schieben, die er zu einem stummen Sag-Nichts-Böses-Strich gepreßt hielt.

Als sie sich an ihn heranmachte, betrachtete er stumm ihren Körper, den Hormonbehandlungen hatten erblühen lassen. Sie fragte nach dem Schlüssel zur Damentoilette und er hielt ihn ihr nachsichtig hin.

Draußen war es noch immer Nachmittag, doch im orangenen Dunkel der Bar bekam ihre stumpfblasse Haut einen matten Schimmer.

Casio hatte nie darauf geachtet, wen sie abschleppte und war selbst noch nie mit einer Transe zusammengewesen. Als sie jedoch mit dem Schlüssel in der Hand zurückkam und ihm ein zartes Danke hinhauchte, fiel ihm ein, daß er keine Übernachtungsmöglichkeit hatte, und er ertappte sich, wie ihm der träge schimmernde Blick ihrer schwarzen Augen gefiel.

Ihr Körper kam nah genug, um mit ihren Brüsten sein Gesicht zu streifen. Als sie gehen wollte, ließ er seine Hand sanft unter ihren Rock gleiten, um ihren Hintern zu streicheln.

In der Nacht nahmen Casio und Angelita die PATH Linie zu ihrem Appartement in Jersey City. Er ließ sich auf ihr Bett fallen, und sie wandelte über einen echten Orientteppich zu einem Paravent mit chinesischer Lackarbeit.

Er drehte sich zur Seite und studierte sein Gesicht und seinen Körper in einem Spiegel mit vergoldetem Rahmen, der so angebracht war, daß man das ganze Bett im Blick hatte. Eingehend betrachtete er seine hohlen Wangen, die breite Stirn, und kam zu der Überzeugung, für einen Zweiundzwanzigjährigen gar nicht schlecht auszusehen.

Die Queen verschwand hinter dem Paravent, schlüpfte aus Rock und Slip und in einen blutroten Kimono. Blaß wie sie war, ließ das Rot des Kimonos ihre flaumweichen, zerbrechlichen Unterarme oliv erscheinen, und im Stillen lobte sie sich für die neue Körperlotion, die sie in einer East Side Parfümerie hatte mitgehen lassen, weil sie wußte, ihre Haut würde seidigweich werden. Angelita öffnete langsam ihren festen Chignon und schüttelte das lange schwarze Haar aus. Sie stolzierte hervor, legte „Quiet Storm“ auf und schritt mit ausladendem Hüftschwung über ihren teuren Teppich zu ihm.

Seine kurzen breiten Finger kämmten durch ihr Haar und ließen sie erschauern, wobei sie das Bild im Spiegel betrachtete: ein Flittchen und ihr dunkler, drahtiger Meister – der wie ein Zuhälter aussah – eingefaßt in vergoldete Ornamente.

Das Bild erinnerte sie an eine gerahmte Fotografie auf der Blümchentapete im Schlafzimmer ihrer kranken Mutter in Puerto Rico, als sie selbst noch ein kleiner Junge war. Es zeigte eine Frau mit Pagenschnitt, die ein Baret und einen violetten Angorapulli trug. In strenger Apachen-Choreografie wurde sie von einem nadelgestreiften Gangster mit Augenklappe nach vorne gedrückt. In Nachahmung dieses Paares hatte sie mit ihrem Cousin für ihre bettlägerige Mutter einen Apachen-Tanz einstudiert, der damit endete, daß er Angelita an einer Perücke ihrer Mutter über den Boden zerrte, wobei sie sie fest an ihren siebenjährigen Kopf drückte und in die andere Richtung zog.

Pötzlich, als wäre das Bild zum Leben erwacht, hielt Casio ihr echtes Haar wie einen Schaft in der Faust. Derb bog er ihren Kopf in seinen Schoß. Die rohe Bewegung hinterließ verschmierten Lippenstift an seinem Hosenstall, doch dann knöpfte sie mit spitzen, lackierten Fingernägeln seine schwarzen Jeans auf.

Nichts passierte. Er kam nicht hoch.

Angelita richtete sich auf und seufzte. Sie ordnete im Spiegel ihre Haare, und ihre Katze wand sich unter Casios schwieliger Hand. Er drückte sie mit dem Unterarm ans Bett, bis sie sich totstellte und er ihren verletzbaren Bauch streicheln konnte.

Angelita befragte die goldumrandete Laube im Spiegel nach einer Antwort und stellte fest, das Bild hatte nichts von seinem Zauber eingebüßt. Mager und in sich zusammengesunken, saß Casio noch immer auf dem Bett, in romantischer Niedergeschlagenheit und müder Noblesse eines gedemütigten Machos. Doch das bedeutete keineswegs, daß er nicht der Mann war – der Zuhälter, Apachentänzer, Gangster –, den sie im Spiegel gesehen hatte.

Die läufige Katze hatte sich mittlerweile aus seiner großen Hand gewunden, und Angelita versuchte aufzustehen, um sie zu füttern. Als sich ein Arm um ihre Hüfte schlang und sie aufs Bett zurückbog, gab sie bereitwillig nach, lag gefangen und winselte, während ihre Gedanken rasten.

Der harte Bizeps des Mannes drückte ihre Taille und sie spürte, wie die Knochen seiner mageren Brust sich in sie drückten. Als er sich zurücklegte, ging sein Atem fest und entschlossen, der Atem eines Mannes, der es gewöhnt war, sich im Gefängnis auszuruhen. Besser nicht über die Motive von Männern nachdenken, denn wirkliche Männer geben ihre Absichten nicht preis. Sie würde sich jetzt darauf konzentrieren, wie ein spiegelglatter See zu warten, bis sein Wille die Oberfläche durchstieß, oder bis sie einschlief.

Von da an blieb er einfach bei ihr. Sie schliefen unter der Felldecke, die Katze obendrauf. Er streichelte ihre Brüste, und zupfte mit Lippen und Zähnen an ihrem Nacken und den Ohrläppchen, hinterließ hie und da purpurne Markierungen wie Brandzeichen. Eine Woche später gab er ihr ein bißchen von seinem Lohn und scherzte, er werde sie umbringen, wenn er sie je beim Anschaffen erwischte.

Wenn Angelita zu Hause blieb und nähte, kamen meist einige

der anderen Queens vorbei, um mit ihrem Kassettenrecorder lippensynchrone Auftritte zu üben. Casio wurde unruhig, trank Olde English und tigerte durch die Wohnung. Er protzte mit seiner sexuellen Ausdauer und erzählte Witze.

„Da warn König, vor langer Zeit, der meint, er gibt jedem, der sein Pferd zum Lachen bringt ne Million. Keiner hats geschafft, bis son Puerto Ricaner kommt un sagt, laß mich mal hintern Vorhang mit dem. Auf einmal fängtes Pferd an mit lachen un wiehern. Nach nem Jahr gehts dem König auf n Geist, daß sein Pferd dauernd lacht un wiehert. Also sagt er, ne Million für den, der das Pferd zum Aufhörn bringt un daß es heult. Kommt der Puerto Ricaner wieder un sagt, laß mich mal mit dem Pferd hintern Vorhang. Auf einmal heult der Gaul.

Also gut, hiers deine Million, aber sag mir zum Teufel, was de gemacht hast. Na, beim erstenmal, sagt der Puerto Ricaner, bin ich hintern Vorhang un hab dem Pferd ins Ohr geflüstert, mein Schwanz is dicker als deiner. Un beim zweiten Mal hab ich n gezeigt.“

„Un bei dir, Cas, wie stehts da im Vergleich mitm Gaul?“

„Ich denk, das einzige Problem hier heut nacht könnt der Riemen in deiner Unterhose sein, Negrita.“

Negrita mochte ihn nicht. Hinter seinem Rücken gab sie Angelita zu verstehen, Casio wolle nicht mit ihr schlafen, weil er sie entweder zappeln ließ, oder – noch schlimmer – nur schwul war. Sie sei blöde, ihn in ihrer Wohnung zu lassen, ohne das zu verlangen, was ihr in einer Beziehung mit vollem Recht zustand.

Also versuchte Casio, sich Sex mit Angelita vorzustellen. Aber wie konnte er an mehr als eine Frau auf einmal denken? Monica ging ihm noch immer durch den Kopf und überhaupt, Angie war nur eine Transe.

Zeitweilig pochte eine üble, bleierne Furcht in ihrer Brust. In Gedanken spielte sie Fantasien von Wahrer Liebe durch, wenn sie vor dem Schminktischchen saß und in dem hellen Spiegel ihr Make-up auflegte, für den Mittwochs-Auftritt bei Tina.

Casio lag hinter ihr auf dem Bett. Um das wacklige Konzept aufrechtzuerhalten, das ihre Weiblichkeit ausmachte, mußten, egal zu welchem Preis, gewisse Dinge immer wieder aufgefrischt werden, so regelmäßig wie die Östrogene. Doch im Spiegel beobachtete sie, wie der Blick dieses Mannes, der nicht wirklich ihr Mann war, ihren nackten Rücken auf und ab wanderte.

Sie hatte das Haar lose auf dem Kopf zusammengesteckt, damit ihre Schultern zu sehen waren. Intuitiv spürte sie, wie sein Blick ihre Schultern streichelte und sich täuschen ließ. Aber dann, womöglich, glitt er tiefer, zu ihrem hormongeschwellten Hintern auf dem samtbezogenen Schminkhocker mit den klauenfüßigen Beinen, und da mochte seine Empfindung sich ändern. Neben dem Hocker lagen stapelweise superelegante Modemagazine auf dem Perser, und Kassetten der Sängerinnen, die sie auf der Bühne imitierte. Soeben, vielleicht, tasteten seine Augen die Kassettenhüllen ab und stellten sich die Brüste, Schenkel und Ärsche dieser echten Frauen vor.

Schließlich stimmte sie zu, zum ersten Mal seit er eingezogen war, Stoff zu besorgen. Angelita nahm selten Drogen – fast nie eigentlich. Und Casio hatte sich stark eingeschränkt. Möglicherweise aber könnte eine neue Stimmung aufkommen, wenn sie zusammen etwas nähmen, und alles würde sich ändern.

Er band ihr den Arm ab und setzte die Spritze, dann sich selbst. Da er eine Weile clean gewesen war, überwältigte ihn der Kick. Er konnte nicht aufrecht sitzen. Er fiel auf das Kissen zurück, und ihm war, als schwebte sein Körper.

Angelita blieb aufrecht sitzen, weil ihr Körper die Droge anders aufnahm; sie war bedröhnt bis in die Titten, aber das intensivierte nur ihre Ruhe; wie eine Schäfchenwolke schwebte sie über ihm, ihre Hand glitt über sein schwarzes T-Shirt, das unter ihrer Berührung zu zerfließen schien. Alles lief in Zeitlupe. Seine Arme sanken hinter seinen Kopf, und in den Ohren rauschte es wie ein Gasofen ... jetzt an ihn herangedrückt von seinen verschlungenen Armen, beknabberten rote Lippen seine Brustwarzen.

Ich hab meine Kirschsauger auf seine Titten getan, um rauszukriegn, was er fürn Typ Mann is, und bin dann mit der Zunge über die Messernarbe, um sicher zu sein ...

Das Geheimnis, ihn steif zu kriegen, war, sie machen zu lassen. Er ließ sie den sanften Schwanz ausklügeln, der eindrang, als wäre es ihrer. Lippen leckten von unten nach oben den Schaft entlang, spielten mit der faltigen Vorhaut, bis er sich langsam an seinem schlanken Schenkel aufrichtete.

Wenn ich jetzt vorsichtich aus dem Kimono hier komm un die Beine ganz fest zusammgepresst halt. Sie kippte nach hinten, mit zitternden, hochgezogenen Knien, verbarg mit der flachen Hand das, was er nicht sehen durfte, während eine Drogenwoge ihn mitriß und er plötzlich über sie herfiel.

Das Dope verlangte weder Geben noch Nehmen, nur einen bebenden Körper. Casio drang in ihren weichen Körper anders ein, als in den der knochigeren Monica – er versank tief in einen Brunnen voller Energie, während das Dope ihm Zeit gab, alles von der Kehrseite seiner Schenkel in Richtung Schwanz und Eier strömen zu lassen, um sich mit dem Stoff, der in ihr kreiste, zu vereinen.

Viel später, am Morgen, war es nicht schwer, seinen Schwanz wieder für sich zu behaupten, wie ein Sportler aus dem Bett zu springen und erneut die überlegene Rolle einzunehmen. Mit noch immer glühenden Augen, bat ihn Angelita in einer Parodie von Sanftmut um ein paar Dollar. Bevor sie ging, er trank Bier und sah sich ein Pornovideo an, bebte sie errötend aber triumphierend, als er sie mit einer brummigen Drohung davor warnte, sich mit anderen Kerlen einzulassen.

„Und wie willstes kontrolliern?“

Nichts. Das ersehnte Gleichgewicht der Stoffwechsel war stabil und etabliert. Sie mußten auf Droge sein, wenn sie miteinander schlafen wollten. Und diesmal gab es keine gegenseitigen Vorwürfe, wer für die fortschreitende Sucht des anderen verantwortlich war.

Die unendlichen Ausschweifungen, die jede Nacht stattfanden, schufen noch leuchtendere und eindringlichere Bilder, als er sie in der Einzelhaft gesehen hatte. Angelitas Brüste und warme Schenkel schienen zu schimmernden Wolken zu verschwimmen, das schwebende Gefühl löste sich in einer noch mächtigeren Woge des Rausches auf. Ekelanfälle, wenn er nach einer Packung Zigaretten neben dem Bett griff, wurden von hellen Flecken begleitet, die durch die

Luft schwirrten. Ein Gefühl wie Sand atmen. Die Bilder wurden abgestellt, wenn er auf ihrem Körper einschlief.

Und blitzartig war der Morgen da, krank und drängend: Als totales Environment, wo einen das Dope und der Sex windelweich machen und zurücklassen in einer Welt ohne Konflikte. Nur Angelitas Stimme wurde immer insistierender ...

He, Cas, ich sprech mit dir, denk dran, daß Gott gütig is, Baby, ich hab nach eim gebetet, wo mich liebt, un da hat er uns zusammgebracht. Aber du kanns ihm oder keim anderen nich erzähln, daßde mich so behandels. Alle schnallens, papito. *Was sagste also immer, ich bin deine Alte un heut nacht wirste mirs zeigen? Rumlügen, von wegen daß de mich unter der Fuchtel hast und ich für dich anschaff und* mucho *Money mach. Zeig mir eine von mein Freundinnen, die davon schon was gesehn hat!*

Ich laß mir von dir mit deim Scheiß kein Loch in Kopf quatschen, bloß um gut dazustehn. Wegn dir hab ich aufgehört mit Rumträumn von nem Mann der kapiert, daß meine Schuh und Kleider Geld kostn. Dafür kann ich jetz im selben ranzign Kleid mit nix in der Tasche rumlaufn. Sag mir mal, wie wir da draußn auch bloß n bißchen gut dastehn wolln, so wie wir an der Nadel hängn un mit der Rumschnorrerei. Wir brauchn mehr Geld und keiner von uns tut nix außer sich zu bescheißn.

Schneidend fuhr ihre Stimme tiefmännlich mit drängender Autorität in seine Drogendrift: *REISS DICH ZUSAMM, CASIO, UND LASS DIR ENDLICH WAS EINFALLN!*

V

O'HARA

Also, vor zehn Jahrn oder so, hat noch jeder Laden hier in der Gegend der alten portugiesischen Dame gehört, obwohl die Drogenkerle un Gauner schon da warn. Du konnst immer noch Leute findn, die das warn, wasse gesagt ham. Du konnst für dein Geld noch ordentlich was zu trinkn kriegen, in meim Laden: O'Hara's. Der war direkt da drübn, gleich nebn dem Kino, so greifbar wie die Gin-Nasen im Gesicht von mein Säufern. Unds hat auch nich so faulig gestunkn wie die Läden, die heut hier im Block sin. Weil ichs eigenhändig mit Ammoniak geschrubbt hab unds geglänzt hat wie eine von den nackigen Tänzerinnen von der alten Portugiesin – als die dort noch Kunden bedient ham, die auf Mädels standn.

Damals war mittags nix los. Ein, zwei versprengte Typen hams geschafft zwischn 10 und 2 in die Bar zu kriechn – wenn die hartn Durchmacher um 7 ihrn Morgenreißer weggespült hattn.

Und dann kommt eines schönen Tags son Vollweib mit Haaren bis zum Hintern reingetanzt.

Das war schon am Ende von der gutn altn Zeit, wohlgemerkt, bevors dann richtig den Bach runter ging. Bevor der Teufel sich die Gegend gekrallt hat, wenn er auch nich höchstpersönlich aufgetaucht is. Er hatn Vollweib hergeschickt, mit ner Haut, die geglänzt hat wien Seehund und Lippn wie n paar Rubine, um Schluß zu machn mit der altn Zeit. Kommt Schlag mittag gradwegs durch die Tür dadrübn in mein Saloon, schleicht vor zur Bar und legt ihrn Kopf drauf.

Ich sag: „Wo drücktn der Schuh, Mädl?“ Schenk ihr was Hartes ein und stütz die Ellbogn aufn Tresen. Es wär gelogen, wenn ich sagen würd, ich hätt nich auf die zwei Glockn gelinst, die ihr ausm Ausschnitt raus-

hingen, bevor ich sofort wieder zum Gläserputzen bin. Obwohl ich ja die Nase voll gehabt hab von so welchen, die ihr Eingemachtes vorzeigen wie n Preis beim Bauernball, ham mich die dicken Dinger von den Nuttn aus der Gegnd trotz nem schlechtn Gewissn manchmal echt angemacht.

»Kümmern Se sich nich um ich", brummeltse, glaub ich, „weil du nich un auch sonst keiner mir jetz helfn kann."

„Na dann, steh dir Gott bei", sag ich. Und ich bin zwar schon wieder beim Arbeiten, aber trotzdem muß ich auf die Melonen da im Spiegel schaun. Rot is se gewordn, als se den Blick gesehn hat, während sie nach oben schaut und dann steckt se die Dinger wieder ein und guckt mit ihrn rundn Augen wieder aufn Tresen.

„Ich weiß schon, wofürse mich haltn," mault se, weil ich schweinisch geguckt hab. „Aber wennse mich bloß vor drei Monat in Puerto Rico gesehn hättn, würdense was anders von mir denken."

„Was hätt ichn da gedacht, wenn ichse da getroffn hätt, Fräulein?"

„Hättn Se ja gar nich gekonnt", schießts aus ihr raus, „wos son strenger Orden war, wo se nur Besuch von Verwandten erlaubt ham."

Ich geb zu, da bin ich rot geworden wien Schuljunge. Als Katholik konnt ich keine Worte finden, umse zu trösten, dasse ihre Tracht verlorn hatt und zu dem geworden is, was ich da vor mir seh. Also laß ich se mit der Schande, die uns beiden rote Ohrn macht, sitzen und geh runter, um zu fluchen undn Kasten Bier zu holen, und knie dann still wien armer Sünder vorm Kühlschrank und pack die Flaschen rein. Immerhin, gewundert hab ich mich schon, wie die so schnell sone Mähne hat kriegen könn. Aber genauso kann ich das Gefühl, daß die Arme da hinter mir sitzt, nich loswern.

„Fräulein, wolln Se mir sagn, daß Se ausm Kloster kommn?" Ich trau mich gar nich, se anzuschaun, sondern sprech in n Spiegel.

„Wenn's bloß nich wahr wär," sagtse traurich, allerdings bestimmt anders, mit ihrm eigenen Spanglisch. „Weil, hätt mich mein Bruder nich besucht, ich wär jetzt noch da."

Jetzt hat mich schon üble Neugier am Wickel, und gleichzeitig hab ich Mitleid und Zweifel. Ich geh so nah ich mich trau, an die fertische Riesendame hin, aber mit der Bar zwischn den Möpsen und meim Mannesstolz, und bringse dazu, die ganze Geschichte zu erzähln.

„Sie meinen, Sie sin ausm Kloster weg und mitm Bruder nach Amerika?"

„Was hätt ichn schon für ne Wahl gehabt?" schnapptse mich an, und guckt mir grade in die Augn, „wo ich doch von dem schwanger war."

Der Rest von ihrm Gejammer war übler als die düsterste Ballade. Von nem Mann, der seine eigne Schwester zu seiner Hure macht undse hier ins Land schleppt, damitse wie ne Sklavin für seine Drogen anschafft. Er hatse im Würgegriff, weil nur wegn dem Kind bringt se ihn nich und dann sich selbst um.

Das Mädel schluchzt und japst so hilflos, daß ihr die Möpse bis zu den braunen Goldstücken ausm Korb rutschen. Grad als ich ihr ne Hand aufn Samtarm leg, umse zu tröstn, platzt son übergeschnappter Kerl in die Bar. Ich weiß gleich, das isser, weil, das Mädel kreischt und rutscht vom Hocker. Sie will zur Tür raus, aber der Lump greiftse sich und zerrtse an den Haarn zurück.

Das Mädel fällt hin, aber er läßtse nich los. Und dann schleift er se an genau den Haarn quer durch die Bar!

Ich werd hier nich erzähln, was er dann mit ihr gemacht hat, weil sowas erzählt man nich. Lassen wirs dabei, daß ich mehr von der Frau gesehn hab, als n Wildfremder sehn sollt.

Mit nem Knüppl, den ich für solche Fälle immer daliegn hab, schieß ich hinter der Bar vor. Ich hab nich den Held markiert, sondern nur das gemacht, was jeder anständige Mann mit zwei Armen und Beinen bei sowas tun sollt. „Laß sie in Gotts Namen los", schrei ich und schwing den Knüppl in der Luft, „sonst nehm ich dein Schädel als Türpfostn."

Es warn fataler Fehler, daß ich mein sichern Platz verlassn hab, ohne mein Revolver, den ich für alle Fälle hab. Weil, noch bevor ich dem Gauner eine reinhaun kann, läßt er se los – und hält mir seine eigne Knarre an die Birne.

„Kein Mucks, Mick, oder ich schieß dich übern Haufen!"

Und auf einmal fängt unsre trauriche Schwester an fröhlich zu kichern. Und stolziert in aller Seelenruhe zur Kasse, und stopft sich das Geld zwischen die Möpse.

Erst jetz merk ich, daß ich mit der Idiotenkappe da steh. Andrerseits, wär wohl jeder richtige Mann auf ihrn Komm-Schön-Her-Dreh reingefallen, bei soner Mähne und dem Lügenzeug von Inzest. Sie hat Schmiere gestandn, währnd er mich runternimmt zum Safe und mich um n paar Tausender erleichtert.

Danach weiß ich bloß noch, daß ich dalieg, wo se mich schließlich gefunden ham – mit schlimmen Schmerzn zwischn den Ohrn. Der Kerl hat mich mit meinm eignen Knüppel umgehaun, nehm ich an.

VI

Die rätselhafte dunkle Dame verschwand wie ein Spuk. Die Polizei hätte suchen können, solange sie wollte, sie hätte niemand ähnlicheren gefunden, als einen kurzgeschorenen Jungen mit weichen Zügen. Er kehrte zu einem lange vergessenen Namen zurück, vor Brüsten und Hormonen.

Angel.

Die Brauen unter dem gestutzten Haar waren noch immer gezupft, aber die Augen hatten irgendwie ihr Funkeln eingebüßt. Mit dem Geld von O'Hara beschaffte er die täglichen Rationen und trug sie in der Tasche seines weiten Hemdes nach Hause, wo der Mann herumgammelte, der die Pistole gehalten hatte, bedröhnt oder krank, auf der Suche nach frischen Venen.

Angel und sein ehemaliger Liebhaber hatten jedes Interesse an Sex verloren. Statt dessen drifteten Casios Gedanken zurück in die Zeit vor Monica und seinem Sohn Baby Pop, seine Outlaw-Tage, die Alle-für-einen-und-einer-für-alle-Zeit in der Bronx, bevor er im Gefängnis gewesen war. Angels Seele war entfremdet von den Phantasien, die ihn zu Angelita gemacht hatten und immer um den Spiegel kreisten. Er wurde mager und blaß, zum Schatten seines ursprünglichen biologischen Selbst, das schon lange keine Identität mehr abgab, sondern nurmehr ein schäbiges Double.

Eines Nachmittags kroch Angel ohne die geringste Lust auf Casio aus dem Bett und legte sich auf den Boden unter die Blow-ups eines Transvestiten in voller Blüte. So thronte sein eigenes früheres Selbst über ihm, mit Schmuck und hohen Hacken und einem Mikrophon in der Hand. Er rollte seinen Ärmel hoch und tastete zwischen den Narben seines Hautgewebes nach einer Vene, vergeblich.

In einer anderen Ecke des Zimmers lag Casio ausgestreckt auf der nackten Matratze, Arme und Beine abgewinkelt wie ein Hakenkreuz. Manchmal zuckten seine halbgeschlossenen Lider unwillkürlich und die Augen verdrehten sich nach oben. Ruckartig kam er zu sich, dann sank er wieder zurück in seinen Dämmer.

Ein Anflug von Achtung gegenüber ihrer früheren Beziehung veranlaßte Angel, sicher zu gehen, daß Casio ihm nicht zuschaute. Er vergewisserte sich sporadisch, daß Casio bewußtlos war, während er sich die Hosen aufknöpfte und einen schlaffen Penis in die hohle Hand nahm. Er zog eine Hautfalte über einer blauen Vene zurück und setzte vorsichtig die Nadel an. Unter dem Kick krümmte sich sein Rücken und die Brüste baumelten wie Zapfen, aber mit aller Kraft zwang er sich, bei Bewußtsein zu bleiben, bis das Glied wieder in der Kleidung verstaut war.

Detective Juan Pargero, mit seinem Bürstenschnitt und Falkengesicht, waren Fälle dieser Art nicht fremd. Er kannte den Times Square in- und auswendig. Anfangs als Streifenbulle, später als Detective, hatte ihn seine Laufbahn mit der ganzen Bandbreite des Abtauschs zwischen den total abgeschriebenen und denjenigen auf Messers Schneide, bekannt gemacht. Pargero war Mischling, und ein wunderlicher Hybride aus Hartem Knochen und sentimentalem Weichei, ein Zyniker in mittleren Jahren, aber seltsam gutherzig. Seine gewisse Zuneigung zu Tunten sorgte zwar in der Gegend für ein paar skeptisch hochgezogene Augenbrauen, doch wahrscheinlich gab das seinen Untersuchungen eine persönliche Note.

Nichtsdestotrotz wußte Pargero, wann er die Schrauben fester ziehen mußte. Ein paar nervende Vernehmungen von Dealern, die Tina´s frequentierten und die Bestätigung von Mrs. Huxton waren notwendig gewesen, um O´Haras Durchsicht männlicher Polizeifotos Früchte tragen zu lassen. Doch die weibliche Person, die den Mann mit der Pistole begleitet hatte, war noch immer nicht identifiziert.

Wochen später führte die Suche nach dem Pistolenträger zu einem heruntergekommenen Zweifamilienhaus in Jersey City, am Ende einer trübseligen Straße, oberhalb des Tunnels der PATH-Linie. Detective Pargero stampfte eilig die knarrende Treppe nach oben. Mit einen unterzeichneten Haftbefehl und zwei fetten Bullen für die Drecksarbeit. Die Bullen zogen ihre Waffen, bevor sie durch die unverschlossene Tür brachen, doch als sie den weiblich wirkenden Jungen sahen, der weggetreten unter den Tuntenfotos lag, blieben sie stehen und staunten. Bei Tina hatte der Detective einmal die Gesangsshow der unglaublichen Angelita erlebt, doch der skeletthafte Latino unter den Fotos war seiner Erscheinung als Queen so unähnlich geworden, daß nicht einmal der Detective, obwohl er sich für einen Kenner weiblicher Illusion hielt, die Fakten zusammenbrachte.

Sein Grübeln wurde von heftigem Rauschen fließenden Wassers aus dem Bad gestört. Drinnen nörgelte der stämmigere der beiden Bullen, daß seine Uniform mit Wasser bespritzt werde. Der Bulle beugte sich über die Wanne und zerrte noch einmal an den nassen Handgelenken, doch sie glitten ihm aus den Fingern wie Aale. Casios nackter Körper klatschte zurück in die Wanne, wobei ein weiterer Schwall Wasser auf den Boden schwappte und die Polizisten zwang, nach hinten zu springen.

Der andere Bulle zog sich das Jackett aus, rollte die Ärmel hoch und fischte im Wasser nach den Fußknöcheln. Sein nasses Hemd klebte am Bauch und man sah die Vertiefung des Nabels. „Ein Wunder, daß der Sack nicht ersoffen ist", schnauzte er.

„Da haben wir ja vielleicht sein Leben gerettet", meinte der andere mit gespielter Anteilnahme.

Casios Lider hatten sich halb geöffnet. Die dichten schwarzen Wimpern flatterten weibisch. Seine Finger zuckten einmal, bevor sie wieder ins Wasser rutschten. Dem kleinen Platschen folgte ein tiefes Stöhnen. Die Stimme des Gesuchten erregte die Aufmerksamkeit des Detectives, der mit feinem wie boshaften Lächeln, wie es nicht wenige Gesetzeshüter auszeichnet, nachdenklich und listig die Tuntenposter betrachtete.

Er schritt träge zum Bad, stieg über die Pfütze, die sich davor gebildet hatte, und linste hinein. Besitzergreifend liebkosten seine blauen Augen Casios ruinierten Leib, der schamlos nackt und weggetreten in der Wanne lag.

Detective Pargero besaß den hartgesottenen Voyeurismus, der für Untersuchungen nötig ist. In Momenten wie diesem jedoch färbte eine Spur Menschlichkeit seine Stimme mit sanfter Resignation.

„Holt den Vermieter", befahl er flüsternd.

Der Anblick des säuerlich dreinschauenden Hausmeisters, der zögernd in der Tür auftauchte, gefiel Pargero nicht. Schmerbäuchig, in Morgenmantel und Badeschlappen, drückte er sich griesgrämig dort herum, bis ihn der Detective ungeduldig ins Zimmer winkte. Als der Mann die von den Bullen verursachte Überschwemmung bemerkte, verfinsterte sich seine Miene noch mehr. Mit zusammengepressten Lippen folgte er Detective Pargero ins Bad.

„Wer ist das?" blaffte der Detective und wies mit dem Kinn auf den nackten Körper in der Wanne. Einer der Polizisten hielt den Kopf an den Haaren hoch, damit er nicht unterging. Der Mund hing offen und Casio pfiff auf dem letzten Loch. Der andere Bulle war dabei, in der Wanne nach dem Stöpsel zu fischen, konnte ihn aber nicht finden und fluchte leise vor sich hin.

„Wie soll ich das wissen?", antwortete der Hausmeister und drehte sich weg.

„Ist das nicht Ihr Mieter?"

„Nur sie." Er deutete ins andere Zimmer.

Sie? Das rauhe Gesicht des Polizisten verdunkelte sich kurz, bevor er die Verbindung zwischen dem dürren Jungen da draußen und der untergetauchten kurvenreichen Komplizin hergestellt hatte.

Aber diese Erkenntnis berührte einen wunden Punkt und brachte den Träumer in ihm zum Vorschein. Ein kurzes Schlucken ließ seinen Adamsapfel hüpfen. „Der Kerl da" – der Detective zeigte auf die Wanne – „ist der mit ... ihr da zusammen?"

„Was weiß ich?" sagte der Vermieter und sah dabei stur zu Boden. „Ich halt mich aus anderleut Kram raus – solang sie kein Ärger machen."

Verächtlich schnaubend brach der Detective das Gespräch ab und schritt herrisch aus dem Zimmer. Mit beiden Füßen patschte er in die Pfützen. Der Vermieter folgte vorsichtig und zögerte einen Moment, dann schlich er zur Treppe und verdrückte sich.

Der Detective hatte eine Entscheidung getroffen. Er würde Angelita – aber nur sie – verschonen.

Als der untersetzte rothaarige Mann und die wasserstoffblonde Frau in engen weißen Hosen mit der Bahre kamen, eilten sie schnurstracks zu dem wachshäutigen Jungen, der unterhalb der Tuntenfotos zusammengebrochen lag. Beinahe verriet sich sein Beschützerinstinkt, als der Detective sie ins Bad schob.

„Nicht den – den in der Wanne. Weckt ihn mir nur soviel, daß wir seinen Namen kriegen und ihm seine Rechte vorlesen können. Gebt ihm nicht zuviel, er kommt sonst wohl auf Entzug, oder?"

Die Sanitäter nickten grimmig und gehorsam.

„Und das würde doch ziemlich säuisch werden", gluckste der Detective.

Nachdem die Sanitäter im Bad verschwunden waren, ging er leise zu dem am Boden liegenden Jungen hinüber und stupste ihn sachte mit der Schuhspitze. Aber der zeigte keine Reaktion.

Im Bad zog die Sanitäterin einen Arm aus dem Wasser und drückte ihn fest gegen die Wannenwand, während ihr Kollege mit Gummihandschuhen eine Injektion vorbereitete. Er vermied das rötliche, weißumrandete Loch in der Nähe des Handgelenks und drückte die Nadel ins Muskelgewebe des Oberarms, neben einen Schwarm Narben und blauer Flecken. Vom Türrahmen her schauten der Detective und die beiden Bullen zu. Diesmal blieb das Gesicht des Detectives eine Maske kalter Entschlossenheit.

Ein kaum hörbares Stöhnen kam von der untergetauchten Form, die sich schwach krümmte. Das Gestöhne wurde zum Jaulen, als die Helferin rotangelaufen darum kämpfte, den Arm nicht aus dem Griff zu verlieren und dem spritzenden Wasser auszuweichen.

Immer heftiger wand sich jetzt der Körper. Der männliche Sanitäter wich an die Tür zurück, aber seine Partnerin blieb stur auf ihrem Posten. Ihre weiße Bluse war klatschnaß, die Konturen ihres BHs zeichneten sich darunter ab; der eine Cop wies mit heimlichem Grinsen den anderen darauf hin.

„Was zum Geier?" Casios Augen weit offen und gerötet vor Elend. „Was zum Geier?"

„Theodoro G. Rodriguez, genannt Casio?" fragte der Detective.

„Was wollt ihrn von mir, verdammte Scheiße?"

„Sie haben das Recht zu schweigen. Alles was Sie jetzt sagen, kann und wird gegen Sie verwendet werden."

Casio wand sich im Griff der Sanitäterin, das ohnehin nasse Gesicht tränenüberströmt, und seine Beine strampelten unkontrolliert. „Meine Beine! Ich sterb, ihr bringt mich um!" schrie er.

Der fettere Bulle stelzte auf Zehenspitzen herein. Das Wasser schwappte über die Kappen seiner Schuhe.

Er beugte sich hinunter, um Casios freien Arm zu packen, aber der wirbelte in die Luft und spritzte ihm Wasser ins Gesicht. Der andere Bulle sprang ins Bad und landete mit einem kurzen Platschen auf dem überschwemmten Boden, während die Sanitäterin die Zähne zusammenbiß und den Griff an Casios Arm verstärkte.

Casio kreischte wie ein Baby. Ein ungeheurer Krampf bog seinen Rücken durch und drehte ihm den Kopf so weit nach hinten, daß er unter die Wasseroberfläche tauchte. Der fettere Bulle packte ihn an den Haaren und zerrte den Kopf wieder hoch. Als Casio nach Luft schnappte, bogen ihn der Polizist und die Sanitäterin nach vorne und drehten die Arme nach hinten, um ihm Handschellen anzulegen.

Der Körper wurde aus der Wanne auf die Bahre gehievt, seine Blöße mit einer Decke verhüllt. Man bugsierte die Bahre vorsichtig aus dem Flur und verfrachtete sie mühsam die Treppe hinunter, während ein jammernder Singsang durchs Treppenhaus und die offene Tür schallte.

Der Detective zögerte noch und sah zur zerbrechlichen Gestalt, die er verschont hatte. Wechselnde Ausdrücke huschten über seine Züge wie Überblendungen einer Trickaufnahme: erschüttert und zärtlich, schuldbewußt und listig, anteilnehmend aber entmutigt.

Seine leise sich entfernenden Schritte waren es schließlich, die die ausgestreckte Gestalt unter den Vergrößerungen weckten. Benommen blinzelte Angel zur offenen Tür und kam zitternd auf die Knie. Sein suchender Blick tastete das Zimmer nach Casio ab. Dann schlingerte er zu der nackten Matratze und fiel wieder aus.

VII

In der Nacht, in der Apollo den abgedrehten und bescheuerten Gelegenheitsjunkie Casio fertiggemacht, und kurz nachdem ihn sein durchgeknallter Freier rausgeschmissen hatte, besorgte er sich von seinem Verdienst ein bißchen Dope und setzte sich in die Linie 6. Er war immer noch high und ohne Hemd. Und an der glänzenden Haut über seiner kompakten Muskulatur sickerten schmutzige Schweißrinnsale hinab.

Wem daran gelegen gewesen wäre, näher hinzusehen, hätte die zahllosen Abdrücke, Narben und Einstiche an seinen durchtrainierten Armen sehen können, die so makellos geformt waren und sich so zackig bewegten wie die eines Automaten. Sein ovales Gesicht, blaß vor Müdigkeit, Lebergiften und sexuellen Kraftakten, machte einen dumpf benommenen Eindruck.

Mit gespreizten Beinen stellte er sich zwischen zwei Waggons, um den frischen Stoff zu drücken. Ein Weißer hätte wohl gesagt, sieht wie Skilanglauf aus: er glich das Schlingern mit jeweils einem Bein in jedem Waggon aus und kochte sein Zeug im Flaschendeckel, während der Zug in die Kurven eierte. Wegen der Vibrationen des Zuges wackelte die Nadel in seiner Hand, weshalb er kurzentschlossen die entzündete Einstichstelle von vorher benutzte. Und als der Stoff hineinströmte, glitten sogar die funkenschlagenden Stahlräder auf den defekten Schienen in einen anhaltend ruhigen Rhythmus. Dann streckte er sich in einem der Wagen auf einer Bank aus und fühlte sich mit Recht entspannt, wie jedermann nach einem harten Arbeitstag.

Unter seinen dösenden Augenlidern tauchte als verschlüsselter Traum noch einmal das Schlafzimmer auf, das er gerade geräumt hatte. Er sah eine gestreifte Bettdecke und hatte das Gefühl, darauf zurückzusinken, während der Kunde ihm an die Nasenflügel hauchte und sich seine Nippel verhärteten.

Hundedressur. Wie hing denn das mit allem zusammen? Eine zynische Genugtuung kräuselte in ihm, als er an den gruslig gehemmten Mann dachte, der schließlich wie ein Hund an seinen Zehen gesabbert hatte. Ein Lachen schüttelte ihn wach, ließ einen anderen Passagier beunruhigt herüberblicken, und wurde von einem weitern Dopeschub ruhiggestellt …

Der Zug ratterte durch ein enormes Hirngespinst (oder war es geschehen?) von einem namenlosen Kunden, dem er vor der flimmernden Mattscheibe von Mrs. Huxton erzählt hatte, die ihn zur Kampfhunddressurschule schickte. Und fand sich plötzlich wieder dort: stand vor ihrem Haus.

Die Kinoreklame mit den fehlenden Buchstaben – DURCHGEHEN EÖFFNET – war noch an. Wie vor einem Harem, verschlossen sich darüber Mrs. Huxtons Fenster mit den Gittern aus Stuckarabesken vor dem Licht und der Achten Avenue. Auch tagsüber würde nur spärliches Licht durchdringen. Der Ausblick auf die Eighth Avenue schien ihr wohl selbst am Tag nicht standesgemäß.

Neben dem Gebäude befand sich ihr öffentlicher Parkplatz, verwaist im quecksilbernen Licht. Jetzt, um vier Uhr morgens, war er leer. Und ihm ging auf, daß er eine Dummheit begangen hatte: zum Kino zurück zu kommen, wo ihn mittlerweile die Polizei bereits suchen dürfte. Jeder hätte ihn hochgehen lassen und 911 anrufen können. Und doch blieben seine Füße auf dem Gehweg wie angewurzelt, der Kopf zurückgeworfen, die Augen starr auf die abgeschotteten Fenster gerichtet.

Langsam aber sicher schmolz eine wehleidige Wut einen wunden Punkt in sein narkotisiertes Hirn. Die alte Dame würde enttäuscht von ihm sein. Und das war umso schmerzlicher, da er wußte, sie hegte irgendwo in ihrem ledernen, alten Herzen ein zartes Gefühl für ihn. Was müßte er alles mitmachen, um sie zufriedenzustellen?

Wie ein devoter Bewohner der unteren Sphären von Mrs. Huxtons schmierigem Reich verdrückte er sich auf den grell beleuchteten Parkplatz und verkroch sich im Schatten ihres mysteriösen Gebäudes. Er keuchte in der ranzigen Nachtluft und drückte seine nackte Schulter gegen den kühlen Stein, tastete nach Leben in dem Gebäude. Aber er spürte keine Zirkulation; es atmete nicht. Innen drin verbarg sich der Grund für sein dummes Verbrechen – ein unerklärlicher Zorn, der den Türsteher auf einem feuchten Zementboden zurückgelassen hatte. Und so kauerte ein Blödkopfjunkie mit dem hochtrabenden Namen Apollo, der nicht mal wußte, wo sein Hemd geblieben war, wie ein Tier auf dem Parkplatz nebenan. Kein Wunder, daß Mrs. Huxton lieber oben in ihren klimatisierten Räumen blieb, während er und andere Nichtexistenzen durch die trübe Lagune ihres Kinos wateten. Er war darauf programmiert, sie zu enttäuschen; es war beschlossene Sache, seit sie ihn das erste Mal gesehen hatte. Und wie üblich war er nur Statist in der Inszenierung einer höheren Macht, die sich einen Scheiß um ihn scherte.

Mrs. Huxton stand sicher bald auf und würde ihren Schrank öffnen, um sich anzukleiden. Zwischen verschleierten Hüten und raschelndem Taft, die sie seit den 40ern aufgehoben hatte, stöberte Apollo in Gedanken nach finsteren, männlicheren Stücken.

Der Revolver, den sie zwischen ihrer Wäsche aufbewahrte, hatte möglicherweise einen Perlmuttgriff, doch der Totschläger ihres Mannes Buster wäre sicher stumpf, häßlich und schartig. Genauso abstoßend, aber erregend, weil ehrfurchtgebietend, war das ledergebundene Buch mit den Adressen der Verteiler und Zwischenhändler – Personenbeschreibungen der Gangster-Chauffeure, die sie einsetzte, um Politiker zu schmieren oder sich vor Kleingaunern zu schützen.

Wenn er nur eine Audienz bei ihr bekommen könnte, um alles zu erklären, dachte er. Das stolze und bedächtige, höhere Wesen in seinem Kolonialstil-Lehnstuhl würde ihm einen Platz und eine Tasse Tee anbieten, vielleicht sogar einen Brandy. Er aber würde mit angewachsener Zunge dasitzen, die Titten entblößt und frische Blessuren an den Knöcheln, und hoffen, daß seine durchgeschwitzten Jeans keine Flecken auf der knochenfarbenen Couch hinterließen, wenn er sich erheben mußte, um sein Urteil zu vernehmen.

Doch warum sollte er es eigentlich mit dem Aufstehen so eilig haben? Sie hatte nicht damit gerechnet, daß er ein erstklassiger Lügner war, der Ausreden schneller ausspucken konnte als eine Uzi Kugeln verballerte. Und womöglich wären es noch nicht mal Ausreden. Eine Klassefrau wie sie müßte einsehen, daß sie vom gleichen Schlag waren. Sie beide waren durch die Umstände im gleichen Sumpf gefangen, aber sie sahen eine Myriade anderer Welten. Sie wurden von Idioten und Versagern geplagt, die zu primitiv waren, um die herzzerreißenden Einsichten zu fassen, die sie beide teilten ...

Die funkelnden grauen Augen unter dem weißen Haar verdarben ihm mit ihrem Zynismus den Einspruch. Glaubte er ernsthaft, sie spielten in derselben Liga?

Na, gut, vielleicht hatte er nicht das Glück gehabt – ok, den Grips – um sich ins gute Leben einzuklinken wie sie. Aber bestimmt hatte auch sie es nicht so leicht gehabt, daß sie unter dem Schmutz sein waches Hirn und das brennende Herz nicht erkennen konnte. Man durfte sich da nichts vormachen: sie brauchte die Straße ebenso wie er. Und – ohne sie angreifen zu wollen – er konnte sich vorstellen, daß sie vermutlich einige der gleichen Kompromisse wie er hatte schließen müßen, als sie in seinem Alter war ...

Der betrunkene Kassierer im Kassenhäuschen des Kinos verbrachte seine letzte Stunde dösend vornübergebeugt. Selbst in so ungewöhnlich gewalttätigen Nächten wie dieser landete seine Stirn auf dem Kassentresen, das verrutschte Haarteil gegen die verschmierte Scheibe gedrückt.

Apollo war in Gedanken zu sehr bei Mrs. Huxtons unfairem Urteil, um zu schnallen, was ihn dazu verführte, an dem Mann vorbei zurück ins Kino zu schleichen, um noch einen Kunden zu erwischen.

Als er hineinstolperte, streichelte der muffige, gummibeschichtete Vorhang wie die vertraute Hand einer alten Verwandten sein Gesicht. Der Kitzel, am Ort seines Verbrechens zu sein, vermischte sich in der Dunkelheit mit dem Geruch nach Sex. Es glich einem dieser befreienden Momente, wo der wildeste Plan gerade wegen seiner Tollkühnheit durchschlägt, ein Moment, wie er ihn bisher nur während seiner besten Dröhnungen erlebt hatte.

Das Sitzkissen ließ seufzend Luft ab, als er hineinsank, und ein Charlie McCarthy Puppenkopf wandte sich ihm zu. „Willst du ne Privatshow?“ flüsterte Apollo dicht an dem holzgeschnitzten Ohr.

Als wäre der Mann in seinen Rausch mit hineingezogen, trieben sie auf eine Tür neben der Leinwand zu, die auf deren rückwärtige Seite führte. Apollos Gedanken spielten noch immer seine Verteidigung vor Mrs. Huxton durch. Hatte sie vergessen, daß er bisher einer der diskreteren Angestellten war, der niemals seine Freier von der Straße an der Kasse vorbei hereinlockte, wie es einige der anderen Stricher taten? Und vielleicht würde sie gerne etwas über ihren vertrauenswürdigen Türsteher Casio erfahren, der sich jeden Abend einen Teil der Kasse griff ...

Von der anderen Seite der Leinwand sah man den Film spiegelverkehrt und wie durch Gaze. Er entschied, daß ein Kondom nicht unbedingt nötig war, denn er wollte den Typen nur ein wenig lutschen lassen, ohne zu kommen. Er wußte, daß es Stunden dauern konnte, bis er einen Ständer kriegte, wenn er drauf war.

Der Mann hatte Apollos Gürtel geöffnet und zog Hose und Show Strap herunter. Plötzlich kreiselte Apollos angeknallte Aufmerksamkeit schubweise hoch. *Der Kerl ist besoffen!* Er probierte mit dem Schlipsträger sein Zu-spät-für-die-Bahn-nach-Westchester-Spielchen, ließ es dann aber sein und drückte ihn an den Schultern nach unten. Er spürte wie sich der sabbernde Mund gierig in seinen Schoß grub. Hände wanderten wie Spinnen über seine Brust und Unterarme. Was er dabei spürte, verdichtete seinen Gedankenstrom aufs neue.

Die Drogen? Richtig, aber, zu ihrer (Mrs. Huxtons) Information, er arbeitete dran. Es war nach all den Jahren einfach nicht ganz leicht, aber eines Tages ... Wie auch immer, er hatte bisher, ganz wie sie, noch nie dieses Times Square Klima zwischen sich und seine Arbeit kommen lassen.

Wo wäre denn sie selbst, ohne Zauberer wie mich, die genau wissn, wiese die Freier, die in diesen stinkigen Ort stolpern, trotz allem einwickeln können?

Doch Mrs. Huxtons juwelglitzernde Augen spiegelten nichts als sein eigenes mieses Bild von sich selbst. Aus ihrer Warte gesehen, war das ganze Buch schon geschrieben, auch die Worte aus seinem Mund.

Apollo zog sich zurück und seine Eier baumelten weg vom Mund des Mannes. Er steckte alles wieder in seine Hose und zog den Reißverschluß hoch.

Voll Bedauern stand der Mann auf, kramte in seinen Hosen nach Geld und Apollo grapschte sich ungeduldig den Zwanziger aus seiner Hand. Jetzt war die Zeit für sein mutigstes Experiment gekommen, und sein Glaube ans Schicksal war dafür bereit. Die Rückkehr ins Kino war eine Art Entschädigung für den früheren Abend gewesen. Als er die Treppen zum Keller hinunterstolperte, fürchtete er, auf Casios Körper zu treten, der noch einmal dort lag, wo er ihn gelassen hatte. Statt dessen fand er Casios vierzehnjährigen Sohn, Baby Pop, der an dem alten Schminktisch ohne Glühbirnen saß. Der Kleine stierte durch dichte, unfrisierte Locken in den dunklen Spiegel, sein Rucksack baumelte an der Lehne des Metallstuhls.

Apollo fand den Jungen ein wenig unheimlich. Ab und zu tauchte er im Kino auf und schlich durch die Schatten, in der Hoffnung, seinen Vater aufzutreiben und ihn um ein paar Dollar anzuhauen. Manchmal schnorrte er auch vor dem Kino herum oder schaffte an. „Haste mein Casio gesehn?“, fragte er wie schon oft und sah Apollo im Spiegel an.

Apollo schüttelte den Kopf. „Irgendne Ahnung, wo ich jetzt noch Stoff herkrieg?“

Den Blick immer noch stur auf den Spiegel gerichtet, antwortete der Junge mit einem Nicken durch die dunklen Locken. „Mußt nichmal ausm Kino raus. Der Big Man hat Carlos hergeschickt, solln Zehner-Packen verscherbeln. Ich hol dir was.“

Apollo drückte dem Jungen den Zwanziger in die Hand. Es war

eine gute Idee, ihn loszuschicken und nicht selbst zu gehen, wo sie wahrscheinlich gerade überall nach seinem Arsch suchten.

„Besorg was für Zehn und gib mir Acht zurück.“ ordnete er an. “Zwei Dollar behälste für dich.“

Der Junge nahm zwei Stufen auf einmal. Apollo setzte sich auf den Platz vor dem Schminktisch, vermied jedoch den Blick in den Spiegel. Aus irgendeinem Grund fürchtete er, Mrs. Huxton darin zu sehen. Und da er nicht in den Spiegel sah, verblaßte das tête-à-tête mit ihr in der Dunkelheit und wurde von konturlos schimmerndem Grau ersetzt ...

Als wär nur eine kurzer Moment (oder wars eine Stunde?) vergangen, stand Baby Pop wieder da.

Übertrieben geschäftsmäßig drückte er Apollo den Stoff und das Wechselgeld in die Hand.

Während Apollo sich schwor, den Stoff für später aufzuheben, bemerkte er den Gürtel seines alten Frotteebademantels, der auf dem Schminktisch lag. Unmittelbar darauf sah er sich den Gürtel nehmen, um seinen Arm damit abzubinden. Er zog die Verschlußkappe aus seiner Tasche, füllte sie mit Dope und Wasser und hielt sie über ein Streichholz.

Warum kam der Rausch dieser Injektion schärfer als der von vorhin? Entweder war er schon zu abgedreht, oder das Dope war besser. Er bemerkte die verhangenen Augen des Jungen, die ihn unverwandt beobachteten und keine Rührung zeigten, wie die einer Katze vor einem Bildschirm. Doch er wurde schon wieder vor Mrs. Huxtons Gericht gezerrt, ihr Wohnzimmer von der Droge in monströse, grausam erhellte Proportionen gebläht.

Er konnte nichts weiter tun, als sich auf den plüschigen, plötzlich borstigen Teppich zu ihren Füßen zu werfen, die Nase an ein saubergewienertes Mahagonitischbein gequetscht. Denn nichts könnte stärker schmerzen, als aus dieser Welt ins Nichts katapultiert zu werden. Nichts war grausamer, als die bange Frage, wie er ohne die Unterstützung der alten Dame an das Dope kommen sollte ...

Mercedes, die Queen, in ihrem unglaublichen Aufzug – dreißig Zentimeter hohe Bienenkorb-Perücke, ein knappes Top aus Goldlamé mit Hochleistungskörbchen, schwarzer Leder-Mini, Riemenpumps mit Stilettos und goldmetallenem Absatz – blieb überrascht vor dem Parkhaus stehen und stutzte, als sie Apollo erkannte, der mit gebeugten Knien und für den dichten Verkehr gut sichtbar, schwankend vor sich hindämmerte.

Nachdem, was er heut nacht angestellt hat, pennt er hier direkt am Tatort rum, war alles, was der Transvestit dachte. Sie sah ihn prüfend an, tastete mit ihrer tauben Zungenspitze nach der Stelle, an der ihre unversehrten Schneidezähne gewesen waren, bevor Apollo sie ihr vor einigen Jahren ruiniert hatte. Ihre Gedanken überschlugen sich wegen eines leckeren Stückchens Crack, das sie sich vor ein paar Minuten reingezogen hatte. Es war ihr schleierhaft, warum sie jedesmal von einer starken Welle der Sentimentalität überschwemmt wurde, wenn sie ihn sah. Trotz allem sprudelte es aus ihr heraus.

„Wie kannste bloß dein vollgedröhnten Arsch hier auf dem Scheißblock zeigen? Wode so blöd warst, Casio umzuhaun, un alle drüber redn!“

Verdutzt riß Apollo den Kopf hoch und sah direkt in die riesigen Maskaraaugen seiner Geliebten aus der Vergangenheit, keine fünf Zentimeter von seinem Gesicht entfernt.

„Ich weiß schon, was ich tu.“

„Wennde nich schnelln Flattermann machst, landeste in der Kiste, bevordes schnallst.“

Aber dem hemdlosen Apollo fielen die Lider schon wieder zu und mit wackligen Knien versank er erneut in Mrs. Huxtons Welt.

Der schiebt hier n Nickerchen, wo die Bullen nach ihm suchn, dachte Mercedes. *Na wenn das nich der Gipfel an Arschlosigkeit is. Un er schnarcht so fest, daß ers gar nich mitkriegt, dasser im Bau hockt, bevor er auf Turkey kommt odern Prügl im Hintern spürt. Da werd ich wohl die Schwesternhaube aufsetzn müssn und den Penner n bißchen am Teufel seim Schwanz nuckeln lassn.*

Mercedes zog den Minirock hoch, wie sie es zuvor getan hatte, aber diesmal holte sie ein Crackpfeifchen hervor, das sie im Slip versteckt hatte. Man sah die Brandblasen, die sie sich geholt hatte, als sie es vor den Bullen schnell wegstecken mußte. Sie holte einen kleinen Plastikbeutel aus dem Ausschnitt und nahm eine Phiole heraus, riß den Verschluß mit den Zähnen ab und drückte den Brocken in die Pfeife.

„Einatmen", zischte sie nervös, während sie das Rohr zwischen seine Lippen schob und eine Flamme ans andere Ende hielt. Apollo inhalierte und spürte einen Strom Vitalität, der sich wie Sirup um seine Schleimhäute legte. Das nüchterte ihn aus.

Als sich das Crack mit dem Downer mischte, fühlte er sich, als stürze er im Faß einen Wasserfall hinab. Mercedes, mit ihrer turmhohen Perücke, sah irgendwie gedehnt und ägyptisch aus und brach wie eine Hyperrealität in seine Wahrnehmung ein. Wegetreten knickte er in ihre parfümierten Arme.

„Wass bloß mit uns passiert, Baby", murmelte er, während er in ihren Ausschnitt atmete und mit dem offenen Mund nach den Nippeln tastete.

Mercedes ritt jetzt auf einer schwächeren Welle ihres Crackhighs. Sie fühlte die Tränen kommen, als sie in die gemeinsame Legende driftete, doch sie riß sich zusammen. Sie zog seinen Kopf von ihren Titten weg, hielt aber die Arme um ihn geschlungen.

„So geh nun hin, fort vom Ort des Verbrechens und ins gelobte Land." Apollo schlitterte an ihrer Seite wie auf Rollschuhen – nein, eher wie auf einem Förderband. Die finsteren Fassaden der Gebäude zogen vorbei, während er auf Mercedes' Marshmallows dahintrieb und in königlicher Stille in einem wundervollen High schwebte.

„Ich sollt wirklich mal meine Mutti besuchen, ich habse schon reichlich lang nich gesehn", lispelte er in kindlicher Rührseligkeit.

„Deine weiße Mama?" sagte Mercedes. „Warum ruhste dich nich bißchen bei der aus, bis sich hier alles beruhicht hat?"

Sie waren vor dem U-Bahn Eingang angekommen und sie schubste ihn darauf zu. Über dem Geländer hing ein schwarzes Netz T-Shirt. Mercedes griff es sich und zog es Apollo über den Kopf. „Jetzt is mein Baby feingemacht für Mutti. Jetzt schieb ab, bevor dich noch irgendne Ratte verpfeift." Sie standen oben an den Treppen und schmolzen ineinander. „Die könn mir nix", erklärte Apollo mit fahriger Großspurigkeit. Sie fürchtete, noch einmal der alten Geschichte zu verfallen; und gleichzeitig sackte sie plötzlich aus ihrem High und der Kopf fing an, Cracknachschub zu fordern. Fast dankbar wand sie sich aus der Falle seiner Arme, um dem Ruf nachzugeben.

„In deim Zustand kannste nich anschaffen, un dich auch nich rumtreiben."

„Was solln das heißn? Ich hab schon kapiert, dasses zu spät is."

Er bemerkte, daß er das zu niemand Bestimmtem nuschelte, denn irgendwann war Mercedes gegangen (war sie überhaupt da gewesen?) und er stand dumm vor einem der vergitterten Ausgänge neben den Drehschranken. Ein Donnerschlag aus den Lautsprechern des Kartenschalters ging ihm durch Mark und Bein.

„Kaufen oder Heulen? Wirf die Münze rein oder hau ab!"

Der vom Lautsprecher entmenschte Besserungsanstaltston jagte ihm einen tiefen Schrecken ein. Plötzlich fing er an sich Gedanken zu machen, was mit Casio passiert war, nachdem dessen Körper auf den Kellerboden des Kinos geklatscht war. Sogar Mercedes wars schon zu Ohren gekommen, trotzdem der Baby Pop Sohn offenbar noch nichts wußte.

War Casio zu sich gekommen und hatte ihn bei den Bullen angezeigt? Oder hatte er sich den Schädel gebrochen und diese Welt dauerhaft verlassen? Apollo hörte noch das seltsame Knacken und sah, wie sich Casios Augen nach innen verdrehten. „Ich hab Angst, dasse mirn Hundertziebenundachzich (fn: PolCode) anhängn", sagte er in die Luft und malte sich in Gedanken die Auswirkungen einer Mordanklage aus.

Das anschwellende Geräusch des Zuges, ein unerträgliches Rattern in seinem Kopf, unterbrach jede angedachte Antwort und mobilisierte unerwartet letzte Kraftreserven. Er schwang sich über die Schranke und hüpfte in einen Wagen. Er wußte jetzt, was er zu tun hatte, zu wem er gehen konnte. Nur einem konnte er jetzt noch vertrauen: dem Freund, der ihm die Percodans schenkte und den er damals vor dem Kino verprügelt hatte.

Der Zug ratterte Richtung Downtown, als ihm von der letzten Dosis übel wurde. Seine Speiseröhre zog sich zusammmen und sein

Gesicht verzerrte sich. Er ließ sich auf den nächsten Sitz neben eine dicke Frau fallen, eine Nachtarbeiterin auf dem Heimweg, deren dunkle Hände die Einhaufstüten fester umklammerten. Finster betrachtete sie sein Elend, blieb aber stur auf dem Platz sitzen. Ihre Miene überzeugte ihn davon, daß die Ungerechtigkeiten gegen ihn kein Ende nahmen und strahlenförmig von der bösen Unternehmerin Huxton ausgesandt wurden. Als sich seine Brustwarzen durch den Zug der Kimaanlage verhärteten, wurde er daran erinnert, das sein neues Hemd nur ein Netz war.

Im gähnenden Schwarz des gegenüberliegenden Fensters prüfte er sein Spiegelbild. Er stellte mit Erleichterung fest, daß das T-Shirt seine Muskeln betonte und sich gut auf seiner Haut machte. Das Spiegelbild rechtfertigte das narzißtische Gefallen an seinem Körper und auch die Lust, die dieser den liebkosenden Händen bereitete, die ihm dafür konsequenterweise Dope kauften. In tiefem, sinnlichen Schlummer spürte er die liebevolle Berührung seines Percodanfreundes, zu dem er gerade unterwegs war.

Apollo rätselte über das Geheimnis dieses Mannes, das er gewöhnlich einfach so hinnahm, weil das am einfachsten war. Der Mann war die einzige ihm bekannte Person, die alle Regeln im schäbigen Spiel brach, zu dem Mrs. Huxton sie alle verdammt hatte. Einige Leute glaubten, er gäbe Apollo die Percs nur, um ihn zu benutzen. Tatsächlich gab er sie ihm, weil Apollo ihn darum bat und es sah so aus, als sei das der einzige Grund. Andere hielten den Typ für ein leichtes Opfer, doch für Apollo war er viel mehr. Wenn man dachte, man hätte ihn reingelegt, mußte man feststellen, daß der Beschiß gar nicht nötig gewesen wäre.

Aber da war noch etwas anderes ... etwas, woran Apollo nur dachte, wenn er sich unter dem Schutz des Dopes glaubte: Es hatte mit der Krankheit zu tun, damit, daß der Mann HIV hatte. Denn seit er die Diagnose erfahren hatte, schien er besser in Apollos Welt zu passen. Was keine üble Leistung war, immerhin hatte er sogar ein College besucht – noch dazu eins aus der Ivy League.

Apollo richtete sich auf und zuckte unter dieser Erkenntnis zusammen. Ein schweres Gebrechen war die sicherste Empfehlung, hier zu landen. Alle hier – Freier, Stricher, Irre und kranke Akademiker – bewohnten dieses Land der Verdammten gemeinsam. Die

Außenseiterhaltung dieses Typen – ein wenig bemüht, ironisch, bitter, ein bißchen über den Dingen – war ausschlaggebend, daß Apollo und er immer wieder zusammenfanden.

Seine Gedanken streunten in die Zeit zurück, als sie zusammen gelebt hatten, bis Apollo die Beziehung ruinert hatte, weil er auf Entzug vor dem Pornokino auf ihm herumgetrampelt war. Dafür hatte man ihn in den Knast gesteckt und als er rauskam, waren sie kalt und fremd füreinander gewesen.

Nachdem Mercedes ihn mit dem Messer verletzt hatte, war er wieder eingefahren; nach seiner erneuten Entlassung hatte er sich zu dem Typ hingezogen gefühlt wie ein Nagel zum Magneten.

Vor zwei Nächten hatte der Typ bereitwillig seinen halben Percodan-Vorrat mit ihm geteilt, den er in Hunderter-Packungen gegen die Schmerzen und Taubheit in seinen Füßen und Beinen bekam. Wie mochte es sein, verprügelt zu werden, jemanden dafür verhaftet zu sehen und diesem dann ein Jahr oder so später wieder zu vergeben? Apollo konnte sich das im Moment nur so vorstellen wie das Gefühl, als er einmal sehr bedröhnt von ein paar Wachmännern bei einem Büroraub in Midtown geschnappt worden war. Die Wachmänner hatten ausdauernd mit ihren Schlagstöcken auf ihn eingedroschen. Apollo war hingefallen, hatte sich überschlagen, war den Korridor hinuntergerollt und grinsend wieder aufgestanden.

Das konnte jedoch nicht der gleiche Grund sein, aus dem sein weißer, AIDS-kranker Freund mit ihm zusammen war: der geile Kick, wenn man den Schlägern in diesem Leben die kalte Schulter zeigte. Plötzlich wurde die Freundschaft des Typen mit Apollo – die geheimen Gründe für seine Identifikation – der Grund für die Übelkeit, die in Apollos Leib schwappte ...

Die Freundschaft fühlte sich ganz offenbar viel zu schleimig an. Der, den er da bisweilen als seinen besten Freund bezeichnete, erschien in einem grellen, ekligen Licht. Das schmerzende Fleisch des Typen legte die Saugnäpfe an Apollo und zerrte an der nackten Haut.

Zornig spürte Apollo, wie er mit den Verlierern ins selbe Boot gezogen wurde. Im Schutz seiner bösen Dröhnung beschloß Apollo, den raffinierten, kleinen Kumpel aufzusuchen. Die restlichen Percs schnappen? Der Bursche konnte jederzeit in die Notaufnahme, wenn er Schmerzmittel brauchte, oder? Er hatte AIDS.

Aber es genügte nicht, einfach nur das Percodan abzugreifen. Wenn der Typ sich ernsthaft um Apollo sorgte, würde es ihm wohl auch nichts ausmachen, wenn er sich ein paar CDs und das kleine Videogerät borgte, das nicht aufnahm, sondern nur abspielte. Wenn man es genau bedachte, spielte die Schwuchtel nur mit ihm, gab vor, anders zu sein – er trieb sich herum, sogar jetzt noch, obwohl er krank war, in diesem Umfeld, in dem jeder auf dieselbe Größe gestutzt war. Er würde wahrscheinlich eine nette Lektion von dem perversen, fiesen Junkie zu schätzen wissen, der dieser hübsche Apollo wohlweislich war.

Die Bahn rüttelte Apollo wach. Und im hellen Licht begann sich das Bild des Mannes auf einmal zu wenden. Es verschob sich beinahe grotesk: der schmerzgeplagte Freund opferte sich und beschützte ihn. Als er wieder einnickte, wurde Apollo gegen seinen Willen wieder in die mütterlichen Arme gezogen und deren übersinnliche Vertrautheit mit dem Tod.

Aus der kleinen Welt der Straßendeals, des driftenden Hochgefühls und des bitteren Grolls des letzten Schlummers, rüttelte ihn die Ernüchterung echter Freundschaft wach, und das tat weh.

Mrs. Huxtons lebensmüdes Land der Verdammnis zoomte zurück, bis zu einer Luftaufnahme der Hausdächer und Wassertürme ihres schäbigen Reiches in immer weitere Ferne, während er und sein Kumpel sich in atemraubendem freien Fall in den Schmerz stürzten.

Hier draußen gab es Kometen und große Sternenflotten, die einen aus Liebe durchschossen; wie ein Orgasmus, aber geschlechtslos und ziemlich schmerzhaft. So weit jenseits aller Gesetze schwebten sie, daß es völlig in Ordnung ging, Percodan, CDs und Videogerät im Appartement einfach mitzunehmen. Sogar die schwarze Frau auf dem Sitz neben ihm, die ihm böse Blicke zuwarf, hatte das Recht und einen Grund, den Schmerz zu spüren. Das Leben war ein tragisches Fest, frei von Besitztum, auf dem jeder weinte und man einander küßte. Die Frau mußte zweimal hinsehen, als er ihr unvermittelt ein liebevolles Lächeln zuwarf.

Glücklich sprang er an der Station seines Freundes aus der Bahn, überzeugt, daß ihm ein kräftiges Klingeln an der Türglocke Eintritt in sein furchtfreies Utopia verschaffen würde. Er sah das sanfte Lächeln des Typen, während er die Packung Percodan einsteckte, mit einer Entschuldigung ein Hemd und ein paar Socken borgte und das Videogerät aus der Steckdose zog. Das Lächeln erfüllte ihn mit solcher Dankbarkeit, daß er sich vornahm zurückzukommen, so schnell er konnte, um ihm etwas zu schenken: ein Buch, das er gerne lesen würde, Blumen, einen Kuchen.

Aber niemand antwortete auf sein Klingeln. Er drückte mit aller Kraft den Knopf. Die flüchtige Einsicht, daß es vier Uhr morgens war, füllte ihn nur mit Verachtung für die, die nicht frei oder groß genug waren, dazusein, wenn sie gebraucht wurden. Also trat er ein Stück von dem Gebäude zurück und sah zu den dunklen Fenstern im dritten Stock hinauf. Er öffnete den Mund und ließ einen Ton hören.

„Yo! Yo! Yooooo!"

Die Straße war still. Dann ging im falschen Fenster ein Licht an. Er sah, wie ein Vorhang beiseite geschoben wurde und wütende Augen auf ihn herunterschauten.

„Yo, kennen Sie meinen Freund. Den aus 3 A?"

Der Vorhang wurde zugezogen.

Der Ekel schwoll wieder an. Und wie das letzte Mal war er an ein Gefühl gekoppelt. Der dramatische Vorfall, daß der Freund, den er zuerst hatte berauben wollen, plötzlich zum Überfreund geworden war, verlor zusehends an Bedeutung. Das Ganze schrumpfte zu einer belanglosen Halluzination. Statt dessen spürte er kalten Schweiß in der wirklichen frohmorgendlichen Luft. Das Gefühl, auf der Flucht zu sein, die Realität seines Verbrechens im Kino. Er war einfach nicht bedröhnt genug, es zu verdrängen.

Alles brach über ihn herein: die Bullen, die ihn suchten, das kalte Licht der städtischen Straßenlampen, die verschlossenen, düsteren Gebäude; sein erschöpfter, schlaffer Körper.

Wenn er sich nicht irgendwo ablegen, an einem sicheren Ort ein wenig schlafen könnte, würde er zwischen Crack und der unwirtlichen Umgebung zermalmt. Auf müden Beinen begann er den Neunzehn-Block-Fußmarsch zum Haus seiner weißen Mutter, die, wie er sich verächtlich ausmalte, wohl gerade kurz davor war aufzustehen, in ihre Trainingshosen zu steigen und Bittgesänge nach abstrakter Liebe anzustimmen, um sich danach ihrem vegetarischen Frühstück zuzuwenden. Eine Energieblase preßte ihm ein bitteres Lachen ab, als er an ihre mietgebundene Wohnng dachte, den Mondkalender, die Körnergläser auf dem Regal über dem Herd.

Als er auf Zehenspitzen die Treppen zu ihrem Dach hinaufschlich, brach der Tag an. Wie immer hatte er nicht vor, runter zu gehen und sie zu besuchen. Zum erstenmal empfand er die Luft auf dem Dach frisch und voller Hoffnung.

Er breitete sich auf der Teerpappe aus, neben sich eine Brottüte, die er vor einigen Tagen hergeschafft hatte. Sie enthielt nur noch ein Stück Rinde, auf dem er herumkaute, bevor er sich mit offenem Mund auf den Rücken drehte.

Eine Taube segelte durch die Luft, schmutzig und verwildert, beengt von der Welt der teerbedeckten Wassertürme und kümmerlichen Bäume der stinkenden Stadt. Sie stieg auf, tauchte zu ihm herab. Er spürte ihre Klauen auf dem Gesicht. Sie schob ihren Kopf in seinen Mund und pickte ein Stück angekautes Brot heraus. Dann erhob sich der Vogel erneut in die Luft.

Den Mund offen wie ein Küken, voll halbzerkauter Brotkrümel, fiel der samthäutige Apollo in einen tiefen, langen Schlummer. Wie im Koma entspannte sich sein Gesicht und schien um Jahre verjüngt ...

VIII

„Du stinkende, schwarze Schlampe, was bildstn du dir ein? In dieser Welt hier gibts keine Damen. Entweder biste ne Nutte oder ne Schwuchtel im Fummel."

– ICEBERG SLIM, *Pimp*

HIER SPRICHT DETECTIVE JUAN PARGERO IN DEINEM KOPF. SIEHT AUS, als wär ein Angestellter des Ecstasy Männer Kinos schwer zusammengeschlagen worden und würde möglicherweise ein Krüppel bleiben. Es hat sich rausgestellt, daß es derselbe Nadelkissenjunkie ist, den ich wegen bewaffneten Raubüberfalls auf O'Haras Bar vor fast zehn Jahren schon mal festgenommen hab. Damals mußten wir ihn aus der Badewanne klauben, so zugedröhnt war er.

Ich tauche wieder mal in den Untergrund. Dort, wo ich mich umtun werde, kriegt man am meisten raus, wenn man sich unters Volk mischt. Ich gehe davon aus, daß die besten Tips über das Arschloch, das Theodoro G. Rodriguez, genannt Casio, so zugerichtet hat, bei Tina zu kriegen sind. Ob ihrs glaubt oder nicht, die Transe istn alter Kumpel von mir.

Schon ziemlich lang. Kommt euch komisch vor? So wie sie aussieht? Mit Sackbandage und so, mein ich? N Bulle wie ich kennt alle möglichen Leute. Manche gehen einem bloß tierisch auf die Eier. Aber Tina ist koscher. Kommt mit uns blauen Jungs gut klar. Weiß, daß die Hand des einen den Arsch vom andern wischt. Und daß keine hinterher wie 4711 riecht.

Das erste Mal hatt ich mit ihr zu tun, wie ich als Freier getarnt unterwegs war auf der Suche nach ner vermissten Person. Zwei Monate vorher hatte sich der Bruder eines gewissen VIPs in Luft aufgelöst. Man sagt, er spielt gern den Liebessklaven. Irgendne Transe hält ihn mit Ampullen in einem Midtown Hotel fest.

Das Testament seines Papas wartete auf Vollstreckung und alles, was noch fehlte, war ne Unterschrift. Der Bruder wollte ihn schnell finden, bevors die Pressefritzen täten. Jemand hat Buster Huxtons Witwe kontaktiert. Sie meinte, daß Tinas Transvestitenbar n guter Ort wär, die Ermittlung zu starten.

„Auf der Suche nach Damengesellschaft?"

Das war lang bevor ihr der Laden gehörte. Sie war nur ne dürre Tunte, die sich an die Bar quetschte, um mich anzumachn. Ich konnte das Muguet des Bois aus ihren Achseln riechen. Sie nahm meinen Schenkel zwischen ihre knochigen Knie. Ich spürte, wie ihre Hand mir die Hose hochging und in der Tasche verschwand, um nach Geld zu kramen.

„Den Familienschmuck hab ich gefunden, aber keine Kohle, Süßer."

Also zog ich die Brieftasche aus dem Jackett.

„Doppelte?", schlug sie vor, um zu sehen, wie weit sie gehen konnte, und wie aufs Wort kam Ethel Girl, der moppköpfige Bartender, der n hingestümperter Transsexueller hätte sein können, mit ner Flasche Wodka angerannt, und grinste mit seinen fauligen Zähnen.

Miss T ließ die Dame raushängen, preßte die Finger auf die Lippen, während sie darauf wartete, daß Ethel Girl mit dem Einschenken fertig war und ich die Rechnung übernommen hatte. Dann griff sie sich ihr Glas und schaffte es, sich bei mir einzuhaken. Wir stießen latinomäßig an: die Arme verschränkt und ein tiefer Blick in die Augen.

Ein Schauer lief ihr über die nackten Schultern und brachte ihre Imitate zum Wackeln (es dauerte noch einige Jahre, bevor sie sich auf den Silicon-Weg machte). Ihre Polyester-Locken hüpften auf und ab. Sie schob einen Finger in meinen Gürtel und zog mich näher zu sich. Aber dann hörte sie wohl die Alarmglocke, als sie mein Apparat unterm Jackett spürte, der ihr ne Beule in die Imitate drückte.

„Wenn ein Mann ne Knarre hat, gibts zwei Möglichkeitn. Er wird von jemand gesucht. Oder er sucht selbst jemand."

„Ich suche nur nach ner Information."

„Warum läßte das nich von dein Fingern erledign?" Miss T legte meine Hand auf ihren Hintern.

Wir verlegten die Untersuchung nach oben.

Eine Woche später war sie Augen und Ohren für mich geworden, beobachtete jeden, der in die Bar kam.

Nach zehn Tagen hatten wir unsren Mann gefunden.

Das war in der frühen Zeit, als Tina nur ne kleine Nummer war. Jetzt gehört ihr der ganze Kram – nur Mrs. Huxton besitzt mehr Anteile am Block. In der Nacht, als der Mordversuch geschah, erhielten wir einen anonymen Anruf, der einen gewissen Apollo Nelson anzeigte. Der unbekannte Anrufer beschuldigte ihn, nannte den Namen des Kinos, in dem der Türsteher genixt worden war, beschrieb ein paar Ecken um die 14. Straße herum, wo sich der Verdächtige aufhalten könnte und hängte ein. Wir schickten ein paar Leute in die Gegend, aber ohne Erfolg.

Mrs. Huxton war sehr beunruhigt über den Vorfall in ihrem Kino und ließ mich von ihrem Fahrer in der Nähe meiner Bude in Jersey aufgabeln und gegen 4 Uhr zu Tina bringen. Es war Sonntagmorgen und Mama freute sich zwar auf die übliche Partie Rommee, aber die gute Frau hatte sich mittlerweile an meine Manöver gewöhnt.

Die After Hours Bande brachte die Bar fast zum Platzen. Tina war hinten und zählte die Beute des legalen Geschäfts. Einer meiner Männer parkte diskret vor der Tür und hielt die Uniformierten fern.

Sie hatte bereits vom Ärger im Kino gehört und den ersten Schritt für mich vorbereitet. Sie nahm das Zigarillo aus dem Mund und hauchte einen Kuss durch die Luft, schob den Vorhang zum Hinterzimmer ein bißchen zur Seite und zeigte auf eine schwarze Tunte mit einem halben Meter hohen Bienenkorb in Goldlamé.

„Heißt Mercedes. War ne zeitlang mit einem von den Jungs aus dem Kino zusammen – bevor er ihr den Kiefer gebrochen und sie ihn mitm Messer geschlitzt hat. Ein Junkie namens Apollo. Nach dem sucht ihr doch, wenn mir meine Gerüchteküche den richtigen Einkaufszettel mitgegeben hat."

„Tina, du Liebe meines Lebens, was würde aus mir werden ohne dich? Hätt ich nur Zeit, ich würde –"

„Spar dir das Süßholz für die Queen da drüben, mein Hübscher. Du wirst ne Menge davon brauchen."

Das stimmte genau: Mercedes war das sprichwörtliche Tittenmonster, die Fingernägel länger als das Klappmesser, das sie zwischen den knackigen Schokomöpsen trug. Unter der meterhohen Frisur blitzten ein paar

Augen wie Pfeile, die bereit waren, den erstbesten Idioten, der daherkam, festzunageln. Ein süßes Lächeln teilte die Lippen über einem Kokosnußstück von gebrochenem Zahn. Nur, was verbarg die Diva in der Hand? Ein kleines Plastikfläschchen. Ein Homeboy, den sie Fierce One nannte, flüsterte wien Teufel in ihre Perücke.

Ich schmuggelte mich ran und stellte die Lauscher auf. Sah aus, als würd er sie fürn dickes Ding instruieren. Ein Weißbrotkunde im Bestatteranzug schien das Opfer zu sein.

„Das is der beste Dreh, wie wirn kriegen, Liebling", schleimte Fierce One. „Schütt die ganze Flasch von dem Zeuch ins Glas. Ich habs beim Augnarzt gekrallt. Paar Schluck un der spürt nix mehr und kann nich mehr richtich laufn. Scheißt sich in die Hosn, noch bevor er an die Ecke kommt. Du gehst ihm einfach hinterher, dass alles."

„Bloß Augntropfen?" fragt die Tunte.

„Klar, Baby. Da kriegter Hallus von."

„Du verscheißerst mich echt nich, Fierce One? Weil, sonst werd ich echt stinkich."

„Baby, lies mir vonn Lippn. Dein Love Bandit lügt nich. Ich hab alles unter Kontrolle. Los jetz, sonst isser weg, der Kerl."

Fierce One prüfte mit einem dicken Finger seinen Goldzahn. Schubste die Tunte mitm Klaps auf den Arsch in die Richtung des Patienten.

Sie packte sich die Flasche zwischen die Silikontitten und zog los, aber die Flasche verrutschte und fiel ihr im Gehen durch den BH.

Ich bückte mich danach und beobachtete, wie sie vor dem Kunden auf pleite machte. Sie ging ziemlich routiniert vor, was ich durchaus bewunderte. Er bestellte ihnen zwei Drinks. Dann wollte sie die Augentropfen rausholen und mußte feststellen, daß sie fort waren.

Fünf Minuten später war sie wieder an der Bar. Fierce One war schon zu einem seiner anderen Mädchen weitergezogen. Mercedes bebte vor Zorn, daß sie ihre Chance verpaßt hatte.

Jetzt war ich dran. "Nen Drink?"

„N paar, wenn du willst."

Ich zahlte die Drinks und hielt die Augentropfen griffbereit. Drückte ihr fünf Dollar in die Hand und schickte sie zur Jukebox, meinte, sie solle „unser Lied" spielen.

Ich mach alles mit, was Spaß macht. In der Liebe und im Krieg ist alles erlaubt. Manchmal muß aber die Arbeit Vorrang haben, also leerte ich die ganze Flasche mit den Augentropfen ins Glas des kleinen Fräulein Mercedes.

Als sie zurückkam, krallte sie die Fünfzentimeternägel darum, setzte die Lippen an und tatn einen Schluck. Sie leckte sich mit der Zungenspitze die Oberlippe und wußte nicht, daß sie einen Optikercocktail kostete.

„Von auswärts?", fragte sie.

„In der Stadt."

„Voll unter Strom."

„Ich hab jede Menge Saft."

„Hochspannung?"

„Warum?"

„Ich habn Verlängerungskabel, wenn dus brauchst."

„Ich hab genau die Länge, die wir brauchen."

„Eins nachm andern, Baby."

„Mein Motor läuft schon auf Hochtourn."

„Dann gehn wir lieber hoch un öln ihn n bißchen, bevor er heißläuft."

Sie gehörte nicht zu denen, die jedes Wort glauben, also griff sie sich mein Kabel, um nachzuprüfen. Es entrollte sich für sie und wir steuerten die Treppen an.

Als ich sie bucklig auf der billigen Matratze in dem syphigen Hotel sah, fühlte ich mich echt schäbig. Sie war zwar keine Madonna, aber es brach mir das Herz. Immerhin hatte der Durchfall aufgehört. Die Augentropfen hatten den Effekt gehabt, ihrem Körper die ganze Flüssigkeit zu entziehen. Sie brausten durch ihr Nervensystem wie eine Überdosis von irgendnem scheiß Speed.

Sie kriegte noch größere Schwierigkeiten, wie ich ihr meine Marke hinhielt. Sie war zu schwach, um grade zu stehen und zu weggetreten, um einfach dicht zu machen. Die Worte sabberten aus ihr raus, wie vorher schon alles andere. Sie sprang von einer Erinnerung zur nächsten.

„Apollo...? Wo könnt das hübsche Teil rumhängn? Hat komische Vorliebn, die Machoschwuchtel. Nie konnt er nirgends hin, ohne von seiner

Mercedes rumzuschwärmen. Wenn ichs sag, Baby, immer un überall."

Sie ging ab mit der Erinnerung an die Affäre, als wärs die Concorde und nicht die Coney Island Achterbahn, die's ja war. Immerhin: Sie ist ohne Kotztüte ausgekommen.

„Die Zeit mit Apollo! Habn Haufen Schotter gehabt, damals. Die Nigga ham gelöhnt wie blöd. Weil, ich habse abgezogn, bevorses merken konnten. Trotzdem hat der Nigga nix in meinm Geldbeutl verlorn gehabt! Un als ich den Wichser dann noch auf der Neunten erwisch, wie er mittm andern Weib rummacht – da war ichs leid! Hat mich oft genug gefilmt, der Penner."

„Also sag ich: hör zu, du hast kein Respekt nich blicken lassn. Also, wennde die Kröten nich rausrückst, kriegste mein Messer ab. Aber der hatte sich die Kohle schon in die Adern gedrückt. Undn Haufen Budweiser dazu. Weißde, Mann, mitm Haufn Alkohol wirds Blut scheiß dünn. Dann läufts echt aus. Hat mir leid getan, dassichn angeschlitzt hab. Wie die Cops kommn, ham mich meine Schlüpfer gerettet. Dann hab ich mein Mann an Rikers verlorn, weilses Besteck bei ihm gefundn ham. Is aber schon lange abgehackt."

Sie kam rapide von ihrem Vergangenheitstrip herunter, starrte benommen auf einen falschen Fingernagel, der abgebrochen war und schnappte nach Luft. Sie legte ihr Gesicht in die Hände und fing an zu heulen. Sie trauerte um Apollo und die verlorene Liebe. Es war heiß im Zimmer, daher setzte ich ihr die Perücke ab und legte sie auf den Nachttisch. Mit einem Finger wischte ich ihr die Tränen von den Wangen.

„Sie ham echtn Herz, Lieutenant."

„Warum läßt ein Profi wie du sonen Typ Monopoly mit sich spielen?"

„Hat früh angefangn. Ich mußt schon immer schlucken, auch wenn ich bis oben voll war."

„Sicher, Mädchen. Das is hart."

„Fängst an, dich in jedm Bett zu Haus zu fühln, weilde genau weißt, daßde nie kein Bett ham wirst, in demde zu Haus bist. Hamse n Rotztuch?"

Ich gab ihr mein sauberes Taschentuch und sie schneuzte sich.

„Haste irgendne Ahnung, wo ich den Arsch finden kann?" fragte ich ohne Umschweife.

„Sie wolln, dassich mein Mann verpfeif?"

„Grade hast du mir noch erklärt, daß er abgehakt is."

Die Tunte fing wieder an zu heulen. „Aber er war doch kaum fünfzehn, wie ichn zuerst getroffen hab. Nurn Nasen-Junkie und wo war er eigntlich? Hatt sein Schwanz hingehaltn, glaub ich. Stand vorm Klo untn. Verstehnse? Die Freier anmachn, die aufs Klo kommn. Du läßtn Schwanz raushängen, bevor sichn andrer Stricher die Kerle schnappn kann. Dasse hingucken müssn. Der Typ, ders Klo bewacht hat, war am Penn'n un hat nie nix gemerkt! Un was sachter zu mir? Irgndwas wie: Ich kenn dich aus mein Träumen. Ha Ha.

„Un dann kommt einer dazwischn. N Kerl, der denkt, er kann mir eins reinwürgn, und sagt, ich bräucht Klebeband, damit mirs Fleisch nich ausm Schlüpfer baumelt. Ich sehs, sagt er. Du siehses, Mann? Du hast dran rumgenuckelt, du Pfeife! Ich bin zweimal mehr Frau, alsde je kriegen wirst und zweimal mehr Mann, als de sein kannst!

„Der Kerl will mir grad eine reinhaun, da kommt Prinz Apollo un hautn weg. N echter Klassekerl, damals. Mutich. Kannste sagn, wasde willst. Irgndwie auch gebildet, wie wenner weiß wär. Obwohl, er hatn schwarzen Vater. Mitm echt sauberen Grinsen. Nix hätt den Jungen umgehaun, wenns nich Drogn gewesn wärn ... Hatn abschlaffen lassn. Dann hatters aufs Viertl geschobn, un wie alles so läuft. Du mußt Verantwortung nehm, sag ich ihm."

„Ich bin hier, um ihn dazu zu bringen".

Sie konnte den Wasserfall nicht abstellen. „Aber mitkriegn, wie se wegn mir unsern Jungn einbuchten ... der Scheiß von damals is sicher der Grund für den Scheiß von jetz. Weil, alser wiedern Bach runterging, gingsm ziemlich ans Leder. Die Narbe ander Seele, hatter als Frischfleisch in Riker gekriegt, wie einer von den Ältern ne Tusse aus ihm machn wollt, komm-ma-her-un-wasch-mir-die-Klamottn, un so Zeuch, un halt-mir-maln-Schwanz-währnd-ich-piss."

„Kriegst dus nich mit? Für den warn die Würfel längst gefallen."

Mercedes hörte endlich auf zu weinen und hupte ins Taschentuch.

„Okay, Sie könnens in Alphabet probiern. Seine weiße Mutti wohnt da. Drüben an der B un der Siebtn. Schaunse. Mein Kleid is völlich fertich. Un ich hab kein anders. Wie soll ichn jetz arbeitn?"

„Tut mir leid, Baby."

„Könntnse mir nich aushelfen, Lieutenant?"

„Aber klar doch. Komm mit zur Paramus und meine Mutter macht uns was zu Essen."

Ich gab ihr meine Karte.

„Ach, und vielleicht hatse nochn paar Designerkleidchen, die sie dringend loswerden will."

Die Tunte wurde sofort nüchtern.

„Glaubnse, dasse meine Größe hat?"

Ich nickte.

„Sie sinn cooler Typ, Detective."

Ich erledigte bloß meinen Job.

Sein Job führte Pargero zum Computer im Revier und von da zum Haus von Apollos Mutter. Auf dem Weg kam Pargero in Begleitung zweier Cops an Mrs. Huxtons Block vorbei, dessen Wert sich auf mehrere Milliarden belief und einmal das inzwischen aufgegebene Midtownrevier ausmachte. Sie fuhren die breite Avenue hinunter, die noch verwaist im frühen Morgenlicht lag.

Ohne Eile ging es nach Osten, vorbei an 24-Stunden Schnellrestaurants, deren stromfressende Neonleuchten gegen die Dämmerung ankämpften. Sie bogen in die nächste Avenue und befanden sich in einem der buntesten Viertel der Welt. Es quoll förmlich über vor ethnischen und konfessionellen Gruppen, Kunststudenten und Möchtegern-Künstlern, schwulen Subkulturellen und Hausbesetzern, rebellischen Rockern, Hilfsprofessoren, Überbleibseln aus den Sechzigern, Fensterputzern, illegalen Einwanderern, Rastas, Sozialhilfeempfängern, Jazzsängern, Restaurateuren, Nummernspielern, Kleindealern, dauerhaft oder vorübergehend Ausgestoßenen.

Sie fuhren an alten Bars vorbei, die seit der Jahrhundertwende an derselben Stelle standen, daneben silbern schillernde Clubs, die die Stadt erst gestern ausgespuckt hatte. An der Straße stand ein zerfetzter, samtbezogener Sessel, den jemand mit Sprühfarbe orange zu färben versucht hatte, die Innereien über den Gehweg verstreut; sie mußten einem mitten auf der Straße umgekippten Karton mit Büchern und einer Krücke ausweichen.

Sie bogen in eine Straße, deren geschlossene Fassaden sich in ihren Fenstern spiegelten, auf das markante Profil Pargeros – der wie die Galionsfigur eines Schiffes aussah –, wobei seine schroffe, affektierte, urbane Miene in den wechselnden Spiegelungen auf- und abtauchte.

Pargero dachte über den mutmaßlichen Täter nach und brütete

über der Rassenfrage. In der Akte über Apollos frühere Verhaftung befand sich die Mitschrift der Leumundsaussage seiner weißen Mutter und auch der Brief, den sie später an den Bewährungsausschuß geschrieben hatte. Sie hatte eloquent, aber etwas bizarr um seine vorzeitige Entlassung gebeten und als Entschuldigung das traurige Schicksal seines Vaters angeführt.

Jedes dieser Dokumente war von der düsteren Spannung dessen geprägt, was Pargero manchmal scherzhaft Rassenmischung nannte. Pargero selbst war ein Produkt davon. Denn seine Mutter war Anglo, sein Vater dagegen aus Paraguay. Und Paraguay hatte sich als Hort internationaler Krimineller herausgestellt, die ... nun, es sollte genügen, daß, wenn Mischehen als Ausrede zur Geltung gebracht wurden, ein anderer Abgott des Detectivs sein Haupt erhob.

Sein überlastetes Gehirn versuchte, die wild zusammengewürfelte Bürgerschar einzuordnen, diese Berge von zappelndem Leben, das sich jeder Kategorisierung und Überwachung entzog. Normalerweise hätte er das hier nur als eine nicht weiter bemerkenswerte Gegend abgehakt. Aber während sie sich der „rassen-lädierten" Mutter näherten, deren Aussage und Brief er kannte, ertappte sich Pargero dabei, einige dieser Gebäude in seiner Vorstellung zu betreten.

Er kannte die reichhaltige Fauna und hatte Dutzende Behausungen dieser Gegend gesehen. Die Palette reichte von kaukasischen, schwulen Jungs mit gepiercten Nasen, die zu dritt zusammen wohnten, weil sich keiner von ihnen alleine die Miete leisten konnte, über einsame polnische Neuankömmlinge, deren Körper systematisch von den Messern der Anti-Solidarnosc-Polizei bei Verhören verstümmelt worden waren, zu Filmstudenten in geräumigen Wohnungen mit zwei Schlafzimmern, die ihre Bäder mit Silberfolie tapezierten und jedes Zimmer in einer anderen gewagten Leuchtfarbe gestrichen hatten. Er war in Häusern gewesen, in denen nur Italiener wohnten, deren Treppenhäuser mit Ölfarbe gestrichen waren und wo Heiligenfiguren an jedem Treppenabsatz standen. Die Mieter konnten in Sekundenschnelle aus dem Schlaf spritzen, wenn ungewohnte Geräusche durch die mit Spionen und Polizeischlössern gesicherten schwarzen Türen drangen. Sie führten einen in Küchen mit Badewannen und Fenstern, die auf Lichtschächte blickten.

Er hatte ein paar syrische Fundamentalisten kennengelernt, die wahrscheinlich schon aufgestanden waren, um die Kichererbsen für Falafel zu rösten, die im Restaurant an der Ecke und in der nahen Moschee serviert würden, bevor sich jeder von ihnen in eine Limo setzen und eine Zwölf-Stunden-Schicht runterreißen würde. Während einer Razzia war ihm eine Astrologin und Satanistin über den Weg gelaufen, die sich einen sechszackigen Stern auf die jahrhundertealten Küchendielen gemalt hatte. Direkt unter ihr lebte eine vergessene schwarze Beatpoetin, die einst die Freundin eines der bekanntesten Abstrakten Expressionisten gewesen war, fünfzig Kilo schwerer wegen jahrelanger Einnahme antidepressiver und psychosehemmender Medikamente.

Als sie sich der nächsten Avenue näherten, erinnerte er sich an einen mittelalten Dominikaner, der hier geboren war und jetzt auf den Straßen und in Heimen lebte, und den er in einem Hauseingang beim Verkehr mit seiner taubstummen, ebenfalls obdachlosen Geliebten entdeckt hatte, eine Flasche Night Train neben sich. Und durch seinen Kopf marschierten alle denkbaren Verbrechen, die gerade begangen wurden, angestiftet von den kleinen und weniger kleinen Verbrechern, die er im Lauf seiner Karriere hochgenommen hatte. Vielleicht kochte in diesem Appartement zur Straße hin gerade ein weißer Jurastudent seine zweite Ladung FreeBase; vielleicht hatte der israelische Kammerjäger von gegenüber seiner Frau mal wieder die Nase gebrochen und ihre Kinder scharten sich heulend um sie; vielleicht drehten gerade in einem der anschließenden Gebäude ein paar Besetzer aus dem Mittleren Westen durch, nachdem sie sich eine Nacht voller Pilze und Garagen-Rock gegönnt hatten; vielleicht war ein vereinsamter Vietnam-Veteran schon auf den Beinen und putzte sein Waffenarsenal; vielleicht lungerte die ukrainische Pennerin wieder in dem unverschlossenen Treppenhaus herum, in dem er sie einmal beim Pissen erwischt hatte; vielleicht fälschte ein österreichischer Buchhalter schon die ganze Nacht ausdauernd die Bilanzen einer kleinen Firma; vielleicht kam gerade eine schwarze Maklerin von ihrem Zweitjob als elegantes Edel-Callgirl zurück, wo sie anschaffte, seit die Grundstückspreise einknickten.

Sie hatten diesen Block jetzt hinter sich gelassen und bogen in eine sonnenbeschienene Straße, wo es einen Hauch freien Raumes gab, abseits des chaotischen Zusammenstoßes dieser Menschheit, die in die Gebäude gepfercht war, und Pargero konnte einen kurzen Moment aufatmen, bevor die nächste Parade aufzog: der blondierte Performance-Künstler/Junkie aus dem Süden, der mit seiner sexuellen Identität spielte, indem er abwechselnd seinen Vorarbeiterkörper bejammerte und den nächsten Aufriß im Club genoß; die verwirrte und mürrische Schweizer Tänzerin, die bei einem New Yorker Lehrer studierte und mit einem Kokaindealer ging; der schwer schnarchende Hausmeister, dessen Sohn während der Semesterferien seines Medizinstudiums ermordet worden war; der Panamaer, der sich einer Geschlechtsumwandlung unterzogen hatte und mit einem rehabilitierten irischen Mörder von Sozialhilfe lebte; der schwule Schauspieler aus Connecticut, der im Cafe arbeitete und einmal von einem One-Night-Stand niedergeschlagen und ausgeraubt worden war; die in Wisconsin geborene Missionsschwester, deren Leber nur noch halb funktionierte, seit sie sich bei der Arbeit in einer städtischen Sozialunterkunft einen Parasiten eingefangen hatte; zwei Schwarze, schwer von HIV gezeichnet, und ein paar Weiße, die darüber in Panik gerieten, alle, die Pargero eines Nachts zusammen in der Notaufnahme des Krankenhauses gesehen hatte.

Dann waren sie so nah an Apollos Haus, daß, wenn Apollo aufgewacht und zum Rand des Daches gegangen wäre, er gesehen hätte, wie das widerliche blauweiße Auto vorfuhr. Gespürt hätte, wie die Enzyme in Pargeros Kopf vergeblich ausschwärmten, um das seltsame menschliche Gebräu zu ordnen. Gehört hätte, wie die Türglocke bimmelte und der Summer öffnete.

Und Angst bekommen hätte, vor den Gesetzeshütern, die in keinem Stadtteil zuhause waren.

IX

Casios Sohn Baby Pop lag auf einem Stück Pappe zwischen den Sommer-Obdachlosen an der World Trade Center Plaza, eine aufgelesene Bandanna um die berüchtigten und einträglichen Locken gebunden.

„Du sags, daß mein Vater nach mir fragt?" sagte der Vierzehnjährige. Er setzte sich abrupt auf und zwinkerte orientierungslos. Mit schmutzigen Fingern rieb er sich die Augen, als hätte er die Nachricht aus einem Traum.

Angelo, der Crackhead mit den fauligen Zähnen, hatte nach ihm gesucht und mahlte nun mit schwerem Kiefer Worte.

„Ich und Manny, der Typ, der immer die Kappe mitm X drauf anhat, ham grad so gequatscht –"

„Is das nich der Typ, der dein Cousin ausgeknipst hat?"

„Quatsch. Mein Cousin hat bloß zuviel Codein genomm."

„Ach ja?"

„Also, Manny sagt zu mir, wiede weißt, hab ich ne Schwester, die als Schwesternhelferin drüm im Kranknhaus an der Neunten arbeit, also, die sagt mir, daß die da *Casio* liegen ham!"

„Mein n Vater?"

„Die ham schon drauf gewartet, dasser abkratzt!"

„Überdosis?"

„Nee, Mann, son Arsch hatn fertichgemacht! War schon im Koma und dem ganzen Scheiß, aber dann isser aufgewacht un hat nach dir gefragt!"

Seufzend ließ Angelo sich auf der Pappe nieder und sah Baby Pop erwartungsvoll an, wie ein Hund, der ein Kunststück vorgeführt hat und auf seinen Keks als Belohnung wartet.

„Wer wars?“ fragte Baby Pop. „Wer hat ihn fertichgemacht?“

Angelo schüttelte den Kopf und hob betreten die Schultern. Baby Pop griff in die Tasche und zog vier Quarters heraus, die er einen nach dem andern in Angelos Hand schnippte. Ohne Zögern kaufte der Crackhead eine Dröhnung von einem Raucher in der Nähe, schnappte sich die schwarz angelaufene Pfeife und inhalierte gierig.

Zehn Minuten später saß Baby Pop in der Linie D. In seinem Rucksack waren ein Paar schmutzige Socken, sein Asthmagerät, eine Bibel, ein Algebrabuch, einem Stephen King Roman und Jeans. Die Socken würde er bei der nächsten Gelegenheit gegen saubere eintauschen. Mit der Bibel und dem Roman vertrieb er sich die Zeit auf dem Männerklo von Port Authority, wo er darauf wartete, daß es spät genug wurde, um sich am World Trade Center schlafen zu legen. Das Algebrabuch diente seiner Meinung nach der Vorbereitung aufs College.

Bis zu seinem letzten Schuljahr, der siebten Klasse, war Baby Pop ein glänzender Schüler gewesen, überragend in Mathematik. Nichts wünschte er sich sehnlicher, als erneut in dieser Arena aufzutreten und wieder mit Lob überschüttet zu werden. Aber seit er aus dem Heim weggelaufen war – nachdem man ihn seiner Mutter weggenommen hatte –, mußte er sich, wenn er überleben wollte, auf seine sinnlichen Locken, die samtig-olive Haut, seine großen Augen mit den gebogenen Wimpern, seine schlanken, fast mädchenhaften Gliedmaßen und seinen heiteren, gelassenen Charme verlassen.

Er zog sein T-Shirt aus, danach ein zweites, das er darunter trug, und saß im Unterhemd da. Trotz der Hitze trug er drei Lagen oben und vier – Unterhosen, Boxershorts, Joggingzeug, Hosen – unten. Die Schichten waren sowas wie ein mobiler Kleiderschrank, den er bei seinen Kunden auffüllte oder ausmistete.

In Baby Pops Kopf kreiste momentan nur ein schlichter Gedanke: das Bedürfnis, für seinen Vater „da zu sein“. Daß er einen Vater hatte, war einer der wenigen überprüfbaren Beweise, daß auch er selbst jemand war. Diese Tatsache brauchte gelegentlich Bestätigung, obwohl Baby Pops Wahrnehmung seines Vaters eher verschwommen war und Casio genausogut auch irgendwer von der

Straße hätte sein können, der im Kino arbeitete, vor dem Baby Pop manchmal herumhing, wenn er anschaffte.

Als Stricher war Baby Pop erstklassig, aber nicht leicht zu handhaben. Seine gutgelaunte Unvoreingenommenheit machte zwar einige potentielle Dauerkunden an, doch andere fühlten sich deswegen minderwertig und gaben ihm den Laufpaß. Und dann kam ihm natürlich auch seine Minderjährigkeit ungelegen. Sein nahezu fotografisches Gedächtnis für Namen, Adressen und Gespräche verlieh ihm zwar eine gewisse Überlegenheit, doch seine übrigen geistigen Fähigkeiten konnten den typischen Kunden auch verwirren und ängstigen.

Die Bahn hielt quietschend an und Baby Pop sprang aus dem Zug. Als er an einem Mann vorbeilief, der soeben aus einem anderen Wagen ausgestiegen war, bemerkte er dessen Blick auf seiner schlanken Armmuskulatur. Obwohl er aussah wie ein *bugarrón* – ein Macker –, erwiderte Baby Pop den Blick. Die kurze Aufmerksamkeit war ein gutes Omen für den Tag. Baby Pop hielt sich nicht für schwul, weil er Männerblicke auf sich zog. Im Gegenteil lösten sie bei ihm Interesse für die Ärsche beider Geschlechter aus und die Möglichkeit, sie zu beherrschen.

Normalerweise übernahm er als Stricher den aktiven Teil, es sei denn, er war gezwungen, oder mit viel Geld bestochen, gefickt zu werden. Daher zog er die *locas* als Kunden vor, weibische Partytypen, die Clubs und Discos mochten. Andererseits hatte er genug Erfahrung zu wissen, daß auf einen launischen, flatterhaften *loca* kein Verlaß war, weshalb er nach einer *casera* suchte, einem Dauerkunden, bei dem er längerfristig unterkommen konnte. Diese Sorte verbrachte die meiste Zeit mit Kochen und Wohnungsverschönerung und hielt sich gerne ein Nesthäkchen. Weil sie jedoch sexuell nicht ausschweifend waren, fand man sie eher selten. Sie suchten einen richtigen Ehemann und durchschauten schnell, wenn man sie ausnutzte.

Es gab noch andere Typen, z.B. den *bugarrón* – ein Machoschwuler, der gern fickte –, deren weiße Exemplare ganz in Ordnung waren. Schwarze und Latinos konnten leicht gewalttätig werden, aber Weiße konnte man oft dazu überreden, es bei einer Blaseparty zu lassen und man brauchte sich nicht schämen, mit ihnen ins Kino oder Restaurant zu gehen, da sie sich üblicherweise nicht tuntig gaben. Absolut zu vermeiden waren allerdings die *cafres* – die Freaks –, vor allem die weißen. Sie nahmen Drogen oder wurden brutal oder hängten einem komische Krankheiten an.

Baby Pops Stricherqualitäten hatten sich vor sieben Jahren herausgebildet – zwei Jahre, nachdem Casio ausgezogen war –, weil Monica ständig Möglichkeiten suchte, ihren Drogennachschub zu verbessern. Der weiße Chef einer Stricher- und Drogengang, Cubby, kam regelmäßig mit seinen Jungs vorbei und war Monicas Mann geworden. Meistens feierten Cubby und sie, vollgeknallt mit Crack und Angel Dust, während Baby Pop sich allein um seine Asthmabehandlung und die Hausaufgaben kümmerte.

Jeden Morgen verließ er in frischen Kleidern die Wohnung, sein Schulzeug säuberlich in einer Plastiktasche verstaut, und hatte nur einen verächtlichen Blick für die anderen übrig, die weggetreten auf Boden und Bett lagen.

Eines Nachts, während Monica und die anderen im Schlafzimmer ihre Party schmissen, fand er sich allein mit Cubby. Der erzählte Baby Pop die Geschichte jeder seiner Tätowierungen, Darstellungen der Meilensteine seines Lebens. Mit Baby Pops Finger fuhr er die blauroten Umrisse des Henkers, der Fledermaus oder des Teufels auf seiner über den Muskeln straff gespannten Haut nach. Er schlug Baby Pop vor, eine Glühbirne mit dem Schriftzug „Genie" zu tätowieren und sagte, er solle sein Hemd ausziehen, damit er ihm Birne und Strahlen mit einer Rasierklinge und Schuhcreme in die Haut ritzen konnte.

Baby Pop legte sein Hemd ab und Cubby fing an, ihn spielerisch zu kitzeln, als er mit den Fingern über seine dünne Brust, Arme und den Bauch strich, während er die Schmerzen beschrieb, die der Vorgang auf den jeweiligen Stellen bewirken würde. Sein Arsch sei die beste Stelle, meinte er, es bliebe ihr Geheimnis und er solle die Hosen ausziehen.

Mit dem Gesicht nach unten lag der Junge auf dem Bett, biß die Zähne zusammen und hielt die Tränen zurück, während Cubby die Glühbirne und Lichtstrahlen mit der Rasierklinge markierte. Er wischte das Blut mit einem T-Shirt weg und schmierte mit der Klinge Schuhcreme in die Wunden. Als es vorbei war, blieb Baby Pop noch nackt auf dem Bauch liegen, damit sie trocknen konnte. Als sie nicht mehr blutete, drückte ihn Cubby fest aufs Bett, weitete seinen Hintern mit zwei Fingern und drang in ihn ein.

Pater Kraus fütterte Casio gerade das Frühstück, als Baby Pop im Krankenhaus ankam. Sie hatten den Türsteher aus der Intensivstation verlegt, nachdem sich sein Zustand stabilisiert hatte. Hochgeschrägt lag er im Bett, den Verband wie einen Turban um den Kopf gewickelt.

Pater Kraus bleckte die Zähne zu einem süßlichen Lächeln.

Baby Pop fand das alte Gesicht genauso widerlich wie die leichte Kost, Unterkunft und die hinkenden Moralpredigten, die er von ihm gewöhnt war. Eine seiner ersten Erinnerungen an den Pater war der Gottesdienst auf der Beerdigung von Casios Freund Chino. Sie hatten ihn in einem offenen Sarg aufgebahrt, der mit dem Graffitikürzel jedes einzelnen Mitglieds der bereits aufgelösten Gang besprayt war. Er trug die Farben und hatte je eine Bandanna über die Knie gebunden. Gegen das Grün des Satins, mit dem der Sarg ausgelegt war, hoben sich nagelneue grün-weiße Reeboks ab. Grün war die Gangfarbe gewesen.

Der fünfjährige Baby Pop klammerte sich an die brettharten Jeans seines Vaters und sah sich die Show an. Nacheinander trat die Gang an den Sarg, während der Pater betete, und jeder legte, wie zu Zeiten der Pharaonen, Gegenstände, die dem Toten etwas bedeutet hatten, in den Sarg: grün-weiße Schachteln Newport, eine Hookah und einen Beutel Gras, eine Stahlpfeife, eine vierzehnkarätige Goldkette mit Teufelsschwanz, und ein Sixpack Budweiser.

Der winzige grauhaarige Priester umarmte Baby Pop mit einem verstohlenen Betatschen, wie ein errötender Halbwüchsiger, räusperte sich und schluckte unangenehm berührt, bevor er ihn ans Bett seines Vaters ließ.

„*Bendición.*“

Er beugte sich über das bleiche Gesicht seines Vaters und küßte ihn leicht auf die Stirn. In Casios Nase steckte ein Schlauch und eine Kanüle in seinem ohnehin von Einstichen übersäten Arm. Ein Auge war rot angeschwollen. „Wass los?“ Baby Pop wandte die Augen ab, als er sah, daß ein Arm mit Handschellen ans Bett gekettet war.

Casio versuchte zu sprechen, aber seine Lippen waren zu trocken.

„Was ist passiert?“ fragte Baby Pop den Pater.

„Ein Unfall“, meinte Pater Kraus vorsichtig. „Ein Bursche namens Apollo, der im Kino arbeitet, hatte offenbar eine Auseinandersetzung mit deinem Vater –“

Apollo? Das war also der cabrón!

Ein archaischer Reflex schüttelte Baby Pop so stark, daß die glänzenden Locken tanzten. Dieses mentale Lebenszeichen hatte nichts mit seinem psychologischen Verstand oder seinen mathematischen Fähigkeiten zu tun. Er zog das Inhaliergerät aus dem Rucksack und tat ein paar Atemzüge. Dann beugte er sich über Casios Bett.

„Du brauchs mir nich zu sagen, daß ich den *cabrón* fertichmachen soll, *papi.* Ich wer mich drum kümmern, bis du wieder gesund bist.“

Mit wichtiger Miene und der schmerzgeplagten Höflichkeit eines Anthropologen, verfolgte Pater Kraus das Gespräch. Ein dickleibiger Arzt betrat das Zimmer, gesunde Bräune, glänzende Glatze.

„Wer von ihnen ist der nächste Verwandte?“ dröhnte er fröhlich, ohne sich jemanden genauer anzusehen.

Casio erwachte und schüttelte sich. Er versuchte, sich im Bett aufzurichten, fiel aber wieder zurück.

Pater Kraus lächelte den Arzt ölig an. „Der junge Mann“, sagte er und verließ diskret den Raum.

„Und wie heißt du, junger Freund?“ fragte der Arzt, ohne ihn auch nur beiläufig anzusehen.

„Ricardo“, antwortete Baby Pop ohne zu blinzeln, und versuchte, diese unwirkliche weiße Gestalt einer fremdartigen Klasse, zu taxieren. „Was solln die Handschellen?“

„Man hat eine verbotene Substanz bei ihm gefunden“, sagte der Arzt mit lockerer Herzlichkeit. Dann schaute er ungeduldig nach hinten zur Tür. „Ich brauche jemand, den ich benachrichtigen kann, wenn sich der Zustand deines Vater verändern sollte. Könntest du das übernehmen?“

Baby Pop nickte. Er wunderte sich über die wuchernden Haare auf den Unterarmen des Mannes und in einem erneuten Schub aus dem Inhalierer, sah er alles wie in Großaufnahme.

„Dann laß deine Telefonnummer hier."

Baby Pop zuckte die Schultern. Er konnte nicht aufhören, die Haare anzustarren.

Der Arzt wurde rot. „Also, dann gib uns einfach die Nummer von einem Freund."

„Was is passiert?"

„Wie bitte?"

„Kommt er wieder in Ordnung?"

„Weißt du, was Nervengewebe ist, mein Sohn?"

„Sie brauchn mir nix zu erzähln. Ich werd bald aufs College komm."

„Gut. Also, dein Vater hat sich einen Abschnitt des Rückenmarks verletzt –" Der Arzt stockte. Zum ersten Mal hatte er in Baby Pops Augen gesehen.

Dichte Haarbüschel auf bleichen, weißen Unterarmen waren Baby Pop suspekt. Sie erinnerten ihn an einen *cafre.* Ein *cafre* wollte einen zudröhnen und faustficken oder anpissen oder irgendsonscheiß. Er haßte Weiße mit derart haarigen Unterarmen.

Als er hoch zu der leuchtenden Glatze schielte, erinnerte er sich plötzlich an diese dröhnende Stimme, die hier im Krankenzimmer ebenso unpassend war, wie sie es damals im Schlafzimmer gewesen war.

Cafre! dachte er. Er ist es wirklich. Der Spinner war also Arzt.

Jetzt klang die Arztstimme kratzig.

„Wir wissen also noch nicht, ob dein Vater wieder gehen können wird..."

Fast unverschämt und verächtlich starrte Baby Pop auf die glänzende Kuppel. Er erinnerte sich an den Mann, als der betrunken war und ihm irgendeine Droge andrehen wollte. In Baby Pops großen Augen glomm ein selbstzufriedener Blick. Der Arzt sah aus wie eine rote Rübe.

„Mit ein wenig Physiotherapie bestehen jedoch gute Chancen ..."

Pater Kraus kam wieder vom Korridor zurück und lief ebenfalls rot an, als er das unverhohlene Wiedererkennen bemerkte, mit dem die beiden sich anstarrten. Aber Baby Pops intelligente Augen leerten sich bereits wieder zum gleichgültigen Blick des Strichers, als ihm die Unvermeidlichkeit des Ganzen klar wurde.

„Sagn Sie", unterbrach er den Arzt trocken und wies mit den Augen auf seinen nackten Armmuskel, „Sie könnten mir nich vielleicht mit zehn Dollar aushelfen?"

Später an diesem Tag stellten sich bei Casio heftigste Entzugserscheinungen ein. Man hatte sein Bett hochgekurbelt und er aß gerade Apfelmus, als er so starke Krämpfe bekam, daß das Tablett Richtung Zimmerdecke katapultiert wurde. Sein Körper entleerte sich in einer Durchfallflut auf die Laken und zuckend rang er um sein Bewußtsein.

Als schließlich die Schwestern herbeieilten, war er schon weggedämmert. Sein Handgelenk war von den Handschellen wundgeschürft und er glich einer Schnitzerei aus bleichem Holz.

Brummig vor sich hinfluchend säuberte ihn eine jamaikanische Helferin mit dem Schwamm und wechselte das Bettzeug. Ärzte verabreichten ihm Krampflöser und Methadon, um den Schock des abrupten Entzugs zu dämpfen.

Das Methadon würde ihm in Zukunft Erleichterung gewähren. Wie ein gequältes Tier, das sich erlöst der Verwahrung in einem sicheren, abgeschiedenen Käfig fügt, gab Casio auf.

Abuela, seine kleine Urgroßmutter, beugte sich mit runzligem, gelblichem, zahnlosem Gesicht und knotigen Fingern in entrückter Dankbarkeit über sein Bett. Er sah ihr tief in die Augen, denn er wußte, ihr war der Entzug nicht fremd.

Sie war seine Urgroßmutter mütterlicherseits und die Ururgroßmutter von Baby Pop. Jetzt war sie schon über Siebzig, aber vor vielen Jahren hatte sie ihm die Mutter ersetzt, nachdem sich ihre Tochter nach Puerto Rico abgesetzt hatte und deren Tochter an einer Überdosis gestorben war. Sie hatte ihm Yuccascheiben auf die Stirn gelegt, wenn er Fieber hatte, und ein sauberes Glas Wasser und eine weiße Kerze aus der *botanica* auf seinen Nachttisch gestellt. In jenen Tagen war ihr Zimmer stets feucht und warm gewesen wegen der Bohnen, die auf dem Herd kochten.

Die hagere Frau beugte sich tiefer zu Casio hinab und verkündete, keine unheilvollen Schwingungen mehr zu spüren. Wie der Geist eines Vogels kam sie ihm jetzt vor, nur noch Haut und Knochen, und doch hing sein apathischer Blick an ihren wässrigen, braunen Augen. Sie strich ihm die Haare aus dem schweißnassen Gesicht. Mit knochiger Hand hielt sie ein Stück gefaltetes Papier, ein *oracion*, das sie ihm unter das Kopfkissen schob. Ihrer Auffassung nach war der Körper des Urenkels voll giftiger Säfte gewesen, Ausscheidungen von Geistern. Diese giftigen Geister waren in Aufruhr geraten, als ihn der Hieb getroffen hatte. Um aus dem Körper zu entkommen, hatten sie Krämpfe verursacht.

Wann immer Abuela selbst Anfälle hatte, kündigten diese sich meist durch einen Druck im Kopf oder in der Brust an, oder als ein taubes Gefühl in den Gliedmaßen. Es war dann weniger das Werk eines Dämons in ihr, als die Warnung eines guten Geistes, daß etwas schlimmes drohte, oder schon vor sich ging. So hatte sie in der Nacht, in der Baby Pop einen besonders heftigen Asthmaanfall gehabt hatte und ins Krankenhaus gebracht worden war, einige Blocks entfernt in ihrem SRO-Hotelzimmer starke Schmerzen in der Brust bekommen. Als sie den schmerzenden Bereich vorsichtig abtastete, wurde sie von einer Vision heimgesucht, in der sie ihren Ururenkel in einem weißen Zimmer voll weißer Flammen liegen sah.

In tiefer Dankbarkeit über die Austreibung der Dämonen aus dem Leib des Urenkels begann Abuela das Zimmer aufzuräumen. Erleichterung weitete ihre knochige Brust und löste sich als melodisches Summen von ihren Lippen. Ganz offensichtlich bekam er jetzt eine Medizin, die die bösen Geister an einer erneuten Heimsuchung hinderte. Doch sie war überzeugt, daß der gesamte Raum symmetrisch geordnet sein mußte, um das Böse dauerhaft fernzuhalten. Die Vase gehörte genau in die Mitte des Fensterbretts. Kamm, Bürste, Spiegel und Haaröl, das sie Casio mitgebracht hatte, wurden in einer strengen, geraden Linie auf der Kommode arrangiert. Davor legte sie die Perlen eines hölzernen Rosenkranzes zu einem perfekten Oval. Es war genau die Ordnung wie bei ihr zu Hause. Sogar das Kleingeld häufte sie zu kleinen Säulen, die sie so postierte, daß sie die Harmonie der Tischplatte nicht stören konnten.

Sie packte die *rellenos de papas* und die kleinen Kabeljaukuchen aus und legte sie auf das Drehtablett über dem Bett. Sie strich die Laken am Fußende glatt, setzte sich darauf und strahlte ihren Urenkel an, der nun in Sicherheit gebettet im wohlgeordneten Zimmer lag. Selbst der Anblick der Handschellen konnte den tiefen Frieden nicht stören, den sie angesichts Casios Befreiung empfand.

Kaum hatte Casio den ersten Bissen zum Mund gebracht, da sprang sie auf und drückte ihn verzweifelt an sich. *Mi corazon. Wenn der Junge, der meinem Urenkel das hier angetan hat, eine Mutter hat, soll sie eines Tages den gleichen Schmerz fühlen,* ein Gedanke, der plötzlich über ihre Lippen sprang wie Buschfeuer. Casios braune Finger hoben sich vom Weiß der Wäsche ab. Ihre Augen hefteten sich auf die zusätzlichen Knorpel an seinen Gelenken, Zeichen der unzähligen Kämpfe, die er seit seiner Kindheit durchgestanden hatte. Die Vorstellung der prügelnden Finger ließ sie erneut aufschluchzen. Warum mußte ihr Fleisch und Blut diese Prüfungen durchleiden? Ohne jeden Grund war ein schreckliches Monstrum über ihren Urenkel hergefallen. Fast hatte ihm der Übeltäter das Leben genommen und möglicherweise würde ihr Nachkomme für immer ein Krüppel bleiben.

Casio hielt den freien Arm um die schluchzende Frau, bis die klagenden Töne in einem leisen Seufzen verebbten. Er wußte, daß sie praktisch nie ihr Zimmer verließ, und wenn, dann nur wegen eines Familiennotfalls, oder weil sie lange nichts zu trinken gehabt hatte. Sie ertrug es in der Höhe des 15. Stocks kaum und vermied es sogar, zum Fenster zu gehen, aus Angst, sie könnte springen. Üblicherweise brachte Casio ihr Lebensmittel, aber jetzt konnte er ihr nicht helfen. Das reinste Golgatha mußte es für sie gewesen sein, ins Krankenhaus zu gelangen. Sie ängstigte sich vor Aufzügen und vermutlich war sie ihre fünfzehn Stockwerke hinunter- und einige mehr hinaufgestiegen, um ihn aufzusuchen. Als blanker Schrecken mußte die Aussicht auf den Rückweg vor ihr liegen.

Abuelas Seufzer gingen über in schweres Atmen. Sie erhob sich, um eine kleine Flasche Rum aus ihrer Tasche zu holen. Sie tat einen Schluck, als wäre ihre Kehle gefühllos. Kein Brennen, kein Geschmack. Die Flüssigkeit sickerte hinein wie ein Gefühl von Resignation. Erneut ließ sie sich am Fußende nieder und betrachtete ihren Urenkel beim Essen, wie etwas Außermenschliches – eine Wolke, einen Vogel, ein Insekt –, losgelöst und ergriffen zugleich. All ihre Ängste wurden in der Betrachtung absorbiert, unterbrochen nur von gelegentlichen Schlucken aus der Rumflasche.

Doch warum die Handschellen? Als ihr der Sinn aufging, überkam sie ein Gefühl von Ohnmacht. Ihr Urenkel würde wieder ins Gefängnis müssen. An einen Ort, wo es zahllose böse Geister gab, die körperliche und seelische Krankheiten verursachten. Eine dieser neuen Seuchen schien sogar unempfänglich für die bekannten Gegenzauber.

Ans Fußende gekauert sank sie erneut in sich zusammen, Haarsträhnen von Tränen genäßt, die Flasche öfter an die Lippen geführt. Es schmeckte noch immer nach nichts, begann jetzt aber in ihrer Kehle bis hinunter in die Speiseröhre zu brennen. Tränen verschleierten ihre Augen und das Bild ihres Urenkels verschwamm immer mehr. Der Schleier ihrer Tränen legte Lichthöfe um die Dinge, um Casios Kopf und seine erhobene Hand, wie ein Heiligenschein auf einem frommen Gemälde. Das Weiß der Laken blendete ihre Augen. Ihr Urenkel loderte in einem reinigenden Feuer. Dankbarkeit und Hingabe wärmten Abuelas Leib.

Gott würde sich seiner annehmen.

X

Wer könnte es wagen, deinen Tranquilizer abzusetzen?

– Antonin Artaud

Langsam bricht die Wirklichkeit in Apollos betäubten Kopf. Die Geräusche der Bullen ließen ihn zu sich kommen und er sprang auf das nächste Dach, trat eine Tür ein und rannte auf die Straße.

Sein dringendstes Problem ist der Stoff. Er braucht ein Paket – 10 Einzelbriefchen –, um sich in Ruhe ein paar Tage von den Bullen fernzuhalten. Dieses Bedürfnis bringt ihn wieder auf seinen AIDS-kranken Freund. Mit der U-Bahn fährt er noch einmal zurück ins Zentrum, hofft, ihn vor Anbruch der Nacht bei Tina zu treffen. In seinem Kopf entwirft er schon einen Plan, wie er den Mann bitten wird, ihn eine zeitlang in der Wohnung zu verstecken. Und wenn er ihm kein Geld für ein Paket vorschießt, wird er sich eben mit dem Vorrat an Percs zufriedengeben müssen.

Tina's öffnet mittags. Tagsüber ist sie nicht da, also kann er ohne Schwierigkeiten in die Bar. Er kauft ein Bier und trinkt einen Schluck. Dann nickt er ein, weiß nicht genau, wie lange. Als er die Augen öffnet, steht das blasse Gesicht seines Freundes genau vor ihnen.

Mit weinerlicher Stimme, der er selbst kaum glauben kann, bringt er den geschwächten Mann dazu, ihn aufzunehmen und Geld für das Paket vorzustrecken. Er behauptet, es nur zu brauchen, damit was da wäre, bis die Lage ein wenig abgekühlt ist und er mit der Entgiftung anfangen kann. Der Mann stimmt zu und im Gefolge der gnädigen Anteilnahme seines Retters rauscht eine Welle von Sentimentalität durch Apollo. In seinem Gedächtnis bockt wie ein Fohlen eine Erinnerung: sein Wohltäter hat AIDS. Dieser Gedanke kippt ab in die Zeit, als er auf ihn eingeschlagen hatte, und rollt sich als entsetzliches Schamgefühl von hinten auf.

Er kehrt den Gefühlsvektor um: die übliche Abgebrühtheit stellt sich wieder ein.

Der kranke Freund wird zu einer Sache, einer günstigen Gelegenheit, der er an den Geldautomaten folgt, die mit ihm und dem Geld in einem Taxi zur 112ten fährt, um Dope zu kaufen. Doch vielleicht macht er sich etwas vor, wenn er ihn nur als Sache sieht. Das Sicherheitsgefühl, das ihn neben dem Geld sitzend überkommt, wärmt ihn mit Wohlbehagen, zeitweilig gebläht von Schüben infantiler Dankbarkeit.

Er deckt sich ein und sie fahren zusammen zur Wohnung. Apollo hört sich hastig, manchmal sogar enthusiastisch mit seinem Retter plappern. Er versucht sich von den ersten Anzeichen des Entzugs abzulenken und reißt die üblichen Witze über Tunten und Anwälte, heuchlerische Ärzte, Politiker und Nutten, was dem andern gefällt. Aber unterschwellig motiviert ihn nur eines: das Paket Dope in der Tasche – zehn richtige Hits – machtvoll wie Uran.

Sie betreten die Wohnung, und ein vertrautes Ritual findet statt. Apollo zieht sich bis auf die Unterhose aus und kickt die Kleider auf den Boden neben das Bett. Am Rande seines Gesichtsfeldes übernimmt sein ausgezehrter Freund die Arbeit des Sich-kümmerns, bückt sich, um die Kleider aufzuheben, hängt auf, was noch zu tragen ist und wirft den Rest zur Wäsche, alles mit der Zuverlässigkeit eines vertrauenswürdigen Dieners oder Automaten. Dann setzt er sich und schreibt mit dem Füller in sein Tagebuch.

Das Einführen der Nadel, das die Niederungen zwischen der Vorbereitung auf den Kick und dem darauffolgenden Rausch markiert, spaltet Apollos Bewußtsein und läßt eine schemenhafte Ahnung sich einschleichen: die Vorstellung, daß sein Freund, der jetzt am Schreibtisch versunken ist, in naher Zukunft sterben wird und Apollo den besten Freund verlieren wird, den er jemals hatte. Obwohl er phobisch vor diesem Gedanken zurückschreckt, ist es doch auch ein elektrisierender Funke, der der Annahme Kraft gibt, das Leben gehe weiter.

Das reicht zunächst als Grund, am Leben zu sein, die Nadel tiefer zu drücken und die Droge in den Kreislauf zu pumpen.

Es genügt zu sagen, daß direkt danach, die Nadel hängt ihm noch im Arm, sich in Apollos Wahrnehmung der Welt ein riesiger Raum auftut. Der Raum ist so groß, daß ihm reale Charaktere darin zum ersten Mal greifbar erscheinen. Zuerst natürlich sein Freund, der vom Schreibtisch aus zu ihm hersieht, mit geplagtem, zärtlichem Blick. Apollo freut sich, ihn da zu sehen, und er winkt ihn zu sich aufs Bett.

Unter der Droge fühlt sich sein Körper vollkommen an und so überkommt Apollo unerwartet das Gefühl, daß dieser Körper jetzt Sex braucht. Und welche geeignetere Person könnte es geben, als die, die den Stoff bezahlt hat und sowieso immer das Beste für ihn will?

Und das Dope beschwichtigt auch denkbaren Widerwillen vor der Hinfälligkeit des Körpers seines Freundes. Statt dessen spielt sich der Akt auf einer ursprünglicheren Ebene ab, wo ausgedehnte Kraftfelder aus Intimität die geistige Leinwand besetzen.

Möglicherweise ist die Lust, ausgelöst von Mund und Händen auf einem drogengesättigten Körper, all die Schmerzen oder Komplikationen wert, die daraus folgen könnten. Zeit verliert jede Bedeutung, wenn ein drogenschwerer Körper seinem langsamen Orgasmus entgegensteuert. Apollo spürt, wie derjenige, der ihn beschützt hat, die Drogen gekauft, seine Kleider eingesammelt hat und sich jetzt gegen ihn drückt, die Lust in Fahrt bringt. In zeitlupenartigen Wellen kommt Apollos Höhepunkt, wie ein weiblicher Klischeeorgasmus. Er schwebt in wärmender Benommenheit, die keine Worte oder Bilder benötigt.

Der Mann widmet sich wieder seinem Tagebuch. Auf dem Bett überläßt sich Apollo seinen Gedanken. Er ist erleichtert, mit Gummi gevögelt zu haben. Weitere Gestalten aus der Wirklichkeit paradieren über seine Seelenleinwand, was ihm außerordendlich gefällt, weil alles in 3D läuft, und er nicht in Betracht zieht, daß das auch normalen Leuten, die keine Drogen nehmen, so geht.

Er sieht seinen Freund, der am Schreibtisch sitzt und noch immer schreibt. Lächelnd wundert er sich, woher der alle seine Einfälle und Gedanken nimmt. Dann plötzlich taucht Casio auf und Apollo fällt ein, daß er eigentlich wenig gegen ihn hatte. In Gedanken spielt er noch einmal die Szene durch, sieht den Türsteher auf sich zu schlurfen, spürt noch einmal den Kontakt mit dessen Augenhöhle. Sieht ihn fallen, hat keine Furcht, nur die nackte Einsicht seiner Schuld. Dann durchforstet sein Verstand hellwach die Aussichten. Er weiß bereits, daß Casio durch den Schlag beinahe gestorben wäre und womöglich ein Krüppel bleibt. Für Apollo bedeutet das, wieder ins Gefängnis zu müssen und ohne Aussicht auf Kaution das Urteil abzuwarten. Ein Entzug im Knast wäre die Hölle, also sollte er die Entgiftung hier durchziehen, wenn das Dope alle ist.

Das Grübeln wird langweilig und überflüssig. Statt dessen läßt er seine Gedanken ein wenig rüde mit dem Bild des schwulen Bullen Pargero spielen, der laut Tinas Bouncer Easy nach ihm sucht. Der steingesichtige Typ mit seinen sehnsüchtigen Blicken auf die Tunten läßt ihn hämisch grinsen. Spielerisch malt er sich aus, wie Pargero ihm auf seiner ziellosen Spur folgt – alte Kunden, Transvestiten, seine religiöse Hippiemutter.

Zuletzt bleibt nur noch eine bizarre Vorstellung. Aus der lieblichen Wiege seines Rausches heraus reizt es ihn, in Pargeros Freizeit zu gelangen. Wie ist das, wenn Pargero sich zum Abendessen setzt? Wahrscheinlich mit seiner Mutter und einer Queen, auf die er scharf ist. Die drei probieren Kleider an, tratschen über Mrs. Huxton und die gute alte Zeit. Er sieht es genau vor sich. Könnte es sein, daß es so aussieht, wenn man Arbeit hat und ein Leben führt, das man normal nennt?

Liebes Todestagebuch,

Apollo ist mein Verbündeter im Schmerz. Zunächst einmal bestätigt er alle meine Theorien über Drogensucht. Was das angeht, bin ich ein entfremdeter Idiot – immer dabei, der Heuchelei des sogenannten gesunden Menschenverstandes hinterherzuschnüffeln.

Meine Infektion ist in einem Stadium, das mir zur Zeit häufige Schmerzen bereitet. Neulich mußte ich 36 Stunden in einer unserer glorreichen Notaufnahmen verbringen. Ich habe mehr als ein Hühnchen mit den lizensierten Pillendrehern zu rupfen. Das Monopol der Schmerzlinderung wird meiner Meinung nach von einem gierigen, brutalen Haufen kontrolliert.

Wie kommt es, daß aus einer Droge erst dann ein „Medikament" wird, wenn ein Arzt sie verschreibt. Ich glaube, daß alle, die sich auf der Straße Drogen verabreichen, schlicht und einfach sich selbst kurieren. Es ist ein Jammer, daß sie und ihre Versorger kein Geld für ein Medizinstudium hatten. Das ist auch der Grund, warum ich einen Teil meiner Percodanrezepte gegen schwere periphere Neuropathie meinem Schmerzensbruder Apollo überlasse. Jedenfalls, bis jemand mit einem größeren Herzen eine bessere Lösung für ihn findet.

Niemand nimmt Drogen nur des Rausches wegen. Bei vielen kann man, wenn man will, vom psychischen Schmerz der Armut sprechen. Man kann es nennen wie man will. Für einen verbitterten Menschen wie mich ist Apollo ein „ausgebildeter Profi", wenn es um Selbstmedikation geht.

Auch ich fürchte den Schmerz, das Umkippen – wenn der rote Saft in dir verdirbt – und will ständige, greifbare Kontrolle zur Hand haben.

Vor einigen Jahren nahm ich Apollo mit nach San Juan. Wir gerieten in ein Ghetto aus Wellblechhütten am Meer, das als „La Perla" bekannt ist. Wir sahen zu, wie ein in Tränen aufgelöster Teenager immer wieder mit einer Nadel in ein brandiges Bein stocherte. Die Wut kam mir hoch auf die Schmerzenverursacher und die Herrscher der Schmerzmittel, die sie per Zettel verabreichen dürfen und die das Bein heilen könnten, wenn sie wollten. Kurz danach führte mich Apollo wegen eines Pakets, für das ich zahlen sollte, in einen Drogenpark auf der 113. und ich sah alte Männer durch die Gegend laufen, die ihr ganzes Leben in diesem Land verbracht hatten, ohne Englisch gelernt zu haben, die Nadeln noch in den Halsvenen.

„Warum tun sie das?" fragte ich Apollo.

„Nur wegen des geilen Gefühls, das Blut raus und rein zu ziehen", antwortete er.

Ich nickte, als würde ich ahnen, wie es zu verstehen sei.

Apollo sah den Blick in meinen Augen.

Später, als wir im Bett lagen, sagte er: „Mach dir keine Sorgen.“ Ich wußte, er würde mir etwas endgültiges besorgen, wenn es zu Ende ginge und ich es nicht mehr ertragen könnte.

Apollo hatte Glück, noch vom Dach verschwinden zu können, als die Bullen kamen. Ich bin sicher, seine Mutter hat sie da rauf geschickt, um ihn zu schnappen. Nach dem, was der Junge mir erzählt, ist sie so: eine Frau mit Prinzipien.

Religiöse Menschen wie sie müssen immer den Richter spielen. Sie lehnen die Regeln des Schmerzspiels ab.

Er hat mir erzählt, daß er geschlafen hat, als er die Kurzwellen der Bullen durch das Fenster des Treppenhauses hörte. Der Kleine ist eine Gazelle. Dadurch konnte er sie abschütteln und schaffte es zu Tina's, suchte mich. Weil es Nachmittag war, durfte er rein. Nachmittags ist Tina nicht da. Nachmittags ist fast niemand da, aber, wie er es sich gedacht hatte: ich war da. Tina's ist der einzige Ort, an dem ich keine Panikanfälle bekomme. Für mich ist die kognitive Dissonanz dort so stark, daß ich gar nichts anderes erwarte. Ich erwarte, falsch verstanden zu werden. Also fühle ich mich immer okay.

Als ich dort die ersten Male Jungen aufgegabelt habe, mußte ich noch über Dinge staunen, die heute längst alltäglich für mich sind. Mit einem saß ich in einem teuren Restaurant und er zog sein Messer aus dem Socken, um sein Steak zu schneiden, was den Maître D' ziemlich befremdete. Oder der völlig verdreckte Crackhead, der sich weigerte, beim Sex das T-Shirt auszuziehen, um sich die Frisur nicht zu ruinieren. Ihre Riemen schlugen ein Loch in meinen Klassendünkel. Ihre Sprache verband sich mit meiner Identität und brachte mich ins ersehnte Trudeln. Man könnte es Todestanz nennen, aber es ist allemal besser als am Tropf zu hängen.

Ich sehe gern den neuen Strichern zu, die in die Bar kommen und noch nicht wissen, wie sie sich zu verhalten haben. Wie sie kaugummikauend und mit leck-mich-am-Arsch-Haltung rumstehen; ich brauche keinen von euch, ich weiß genau, was ihr seid. Dann nimmt einer, mit dem sie hergekommen sind, ein Freund oder Cousin, sie zur Seite und erklärt, was Sache ist.

Schau mal, sagen sie, wenn einer denkt, du hältst dich für den großen Macker, dann kann er dich nicht besonders leiden. Er muß glauben, du würdest sterben müssen, um mit ihm zu gehen. Manche können gar nicht mitgehen, wenn sie das Gefühl haben, du magst es nicht. Du brauchst eine gewisse Psychologie.

Danach stellt sich der Kleine erstmal in eine Ecke, um ein bißchen zu schmollen. Es dauert ein Weilchen, bis er begreift. Aber eh du dich versiehst, quetscht er sich mit dem strahlendsten Lächeln neben dich.

Man muß schon einmal gesehen haben, wie ein wirklicher Meister eine Schachtel Newports öffnet, die du ihm gekauft hast. Er zieht alle heraus und packt sie umgekehrt wieder zurück, bis auf eine – das bringt Glück. Dann zieht er die erste Zigarette mit grandioser Geste in die Länge, als Zeichen dafür, kurz vor der Verzweiflung zu stehen.

Wenn er ein richtiger Profi ist, wird er an dem Knubbel in seiner Hose herumfingern, während er den ersten Zug nimmt, und sich als jemanden vorstellen, der nicht mit jedem geht, als Mann von Welt, der auf seine Gesundheit achtet und gute Tischmanieren schätzt, ein netter Kerl, der auch mal einen Joint mit alten Freunden durchzieht, ein guter Kumpel, der auf *chocha* steht, aber gerne mal was mit einem gepflegten Mann hat.

Er kann einen Katalog von einem ausgefüllten Leben herunterbeten, Familie, Liebe, Glück, von „angenehmen Leuten", aufopfernden Freundinnen oder Dauerkunden, die ihn wie einen Sohn behandeln, von reichlich Geld für Kleidung, Uhren oder Elektronik, einem offenen Auge für lukrative, zukunftsträchtige Berufe.

Er spricht von seinen Fähigkeiten: ein erstklassiger Rapper, ein cooler MC, ein Bodybuildingexperte und ein ausgebildeter Trainer für deinen Lieblingskampfhund.

Nur Selbys Bücher kommen an die bunte Palette der Gauner, Stricher, Zuhälter und Abhängigen heran, die sich bei Tina und auf den umliegenden Straßen herumtreiben. Aber die Elendsschnorrer, die hier alles finanzieren und danach wieder in ihr bürgerliches Leben zurückkehren, sind die entnervendsten. Ein analphabetischer, süchtiger Stricher in dieser Stadt verbringt oft mehr Zeit mit gebildeten, kreativen, exzentrischen oder reichen Leuten, als die vielen

Berühmtheiten. Zwischen den Drogenköpfen und Tunten bei Tina verstreut findet sich ein Kongreßabgeordneter, ein Ex-Bischof, ein früherer Boxweltmeister, ein Krimineller, der die Vorlage für eine oscargekrönte Dokumentation ist. Ach ja, und der Prinz, dessen Vermögen ein Modeimperium geschaffen hat.

Apollo kam mir nie mit diesem wichtige-Leute- oder Stricher-Scheiß, weshalb wir uns anfreundeten. Er erzählte bloß, daß er ein Junkie sei, daß er mich nur belästigen würde, wenn es ihm wirklich schlecht ginge, und kam ab und zu vorbei, um zu vögeln.

Vielleicht habe ich keine Identität. Vielleicht ist meine alberne Romantik gegenüber den Benachteiligten lächerlich. Meine Freunde haben mich wegen meines Goatees ausgelacht – chino, wie die Jungs hier so einen Bart nennen –, bis er dann zur Mode unter Kunststudenten wurde.

Schon bevor ich HIV diagnostiziert wurde, hatte ich dieses seltsame, solidarische Gefühl zu Außenseiterfiguren. Mir schien ein geregelter Alltag immer reizlos, eine endlose Pflichterfüllung nach dem Willen irgendwelcher abstrakter Eltern. Meine Wohnung war voll mit all den Dingen, die nötig sind, damit man sieht, hier lebt jemand.

Was mich um die Zwanzig gereizt hatte, nach dem College – fremde Kulturen, neue Städte, die Endstationen fremder Herzen: die üblichen Schwulenreize –, hatte längst an Bedeutung verloren. Ich war an einem Punkt angelangt, an dem ich mich nicht mehr mit der ursprünglichen Faszination für das Ungewohnte täuschen konnte. Der Tagesrhythmus, der für jedermann so natürlich und im Lauf der Sonne verwurzelt scheint, stand mir nicht mehr zur Verfügung.

Man kann es glauben oder nicht: meine Diagnose war wie eine Auferstehung. Die Tatsache des absehbaren Endes gab mir einen Anfang. Der Zustand des Ganz-unten-seins dramatisierte meine Verzweiflung und all die Niederlagen, die ich zu erleben versucht habe. Ich lebe durch den ganzen Straßenmüll. Sich lebendig zu fühlen, besitzt einen Reiz, der dich zum Sklaven einer ganzen Kosmologie machen kann, was mir scheint's passiert ist.

Als ich erst einmal mein behütetes Zuhause hinter mir gelassen hatte und zu Tina gekommen war, wurde ich in eine Welt des

Tauschhandels geschleust, die laut Apollo von einer schattenhaften Figur namens Mrs. Huxton kontrolliert wird, die, wie es heißt, den ganzen Markt beherrscht. Aber ich bin ihr bisher nie näher gekommen als bis zu einem rothaarigen Typen mit schwarzer Chauffeursmütze, der immer vor der Stricherkneipe parkt und alle Bullen zu kennen scheint – zum Beispiel den, der manchmal Tina besucht und es laut Apollo mit den Tunten hält.

Als Apollo und ich ins Geschäft kamen, war er von meiner ehemals studentischen Kleidung hingerissen, weil sie so ungewohnt war und ihn vermuten ließ, ich hätte potentiell etwas zu verbergen, denn er fragte mit einer gewissen Faszination, „Wieso spricht ein echter Mann wie du wie irgendeine Schwuchtel?"

„Tu ich gar nicht", erklärte ich, „so sprechen wirklich gebildete Menschen."

Apollo fing nicht an, die William Buckley Show anzusehen. Aber er begann eine Art Studie über mich. Wenig später zog er hier ein.

Wenn er nicht high war, beschlagnahmte, zweckentfremdete, rangierte er meine Sachen aus. In den Milchkaffeepötten pflanzte er Marihuana, ein richtiger Kaffeefilter und eine große Kanne tauchten im Haus auf, ein Küchentisch ohne Beine vom Trödel, der seit Monaten an der Wand gelehnt hatte, wurde zum Bügelbrett.

Er war ein regelmäßiger städtischer Jäger und Sammler und ich war fasziniert von seiner rücksichtslosen Enteignung meiner unwirklichen Welt. Du erweckst alles zum Leben, dachte ich damals, aber ich hatte die missionarische Arroganz, ihn bekehren zu wollen.

Das war zu Beginn einer Zeit, in der wir den Kontakt verloren. Um genau zu sein, zeigte ich ihn an, nachdem er mich vor einem Pornokino zusammengeschlagen hatte. Und er saß ein Weilchen im Knast. Bis dahin klebten wir jedoch förmlich zusammen.

Zum Beispiel als ich eine üble Gürtelrose bekam. Ich konnte keine Decke ertragen, und wenn ich versuchte aufzustehen, wurde es noch schlimmer.

Apollo blubberte unter den Freuden des Heroins. Das verursachte einen seiner cleveren Monologe über meinen Charakter: Ein seltener Beitrag seinerseits, denn üblicherweise behält er seine Beobachtungen und Gefühle streng für sich.

„Du siehst ein Nagelbett, und dann glaubst du, nur dann eine Persönlichkeit zu sein, wenn du dich drauflegst. Aber es macht dir soviel Angst, daß du es erst versuchst, wenn du dich so vorsichtig drauflegen kannst, daß dein kostbarer Körper nur ganz sachte auf jeden Nagel drückt."

Die meisten könnten wohl nicht verstehen, daß ich mich durch seine Worte frei fühlte, promisk. Ich lag da und wollte alle Schmerzen aufsaugen. Ich lag neben meinem Yogi.

Auch ich kannte Casio, vor langer Zeit. Okay, ich hab mich ein oder zweimal mit ihm eingelassen. Ich hatte nie irgendetwas gegen ihn. Schade, daß es ihn so erwischt hat.

Apollo bittet mich um etwas Wichtiges.

Also los, Bruder, schlaf den Schlaf der Toten in meiner Wohnung, in meinen Armen, bevor die Hüter des Schmerzes uns erwischen.

Der Kranke stand auf. Apollos Gewicht wurde erdrückend – zuerst wärmte er ihn noch, aber dann wurde der Druck auf die Armmuskeln zu schwer. Außerdem fiel ihm ein, daß er seine Medikamente vergessen hatte. Leise rollte er von dem leise schnarchenden Jungen weg und erhob sich mühsam. Ein Anflug von Schwindel ließ ihn für einen Moment schwanken, aber gleich darauf hatte er sich wieder gefangen.

Er sah auf den vernarbten und zerkratzten Körper seines Flüchtlings hinab, dachte über den unwahrscheinlichen Plan nach, ihn zum Entgiften zu bringen, denn das Päckchen, das er gekauft hatte, würde für die nächsten Tage reichen. Und bei der Entgiftung ließ man einen warten, während der Entzug kam. Da sie in einem Krankenhaus durchgeführt wurde, durfte man nicht mal rauchen und mußte sich beides auf einmal abgewöhnen. Die meisten Junkies gaben schon auf, bevor sie überhaupt anfingen. Trotzdem beschloß er die Briefchen zu klauen und in der Mikrowelle zu verstecken. Er würde sie Apollo häppchenweise geben. Auch wenn Apollo das Haus auf den Kopf stellte – dort würde er niemals nachsehen.

In der Küche nahm er eine Kapsel AZT aus dem Schrank und schluckte sie mit Wasser aus der hohlen Hand. Er grübelte über die nächsten paar Tage des Jungen im anderen Zimmer nach. Nach seiner kurzen Erfahrung als AIDS-Aktivist ging er davon aus, daß es zahllose effektive Entgiftungsmethoden geben mußte, die in der Geschichte der medizinischen Bürokratie, in Sonderinteressen und moralischen Kreuzzügen verlorengegangen waren.

Sein Bewußtsein erwachte bei dem Gedanken und schickte ihn zurück ins Schlafzimmer. Er griff sich ein Buch aus dem Regal und legte sich wieder neben den weggetreten schlummernden Apollo. Er las einen Essay von René Daumal, „Ein fundamentales Experiment". Der Aufsatz beschrieb Daumals Suche nach einem exotischen Mittel gegen den kalten Schrecken vor der Endgültigkeit des Todes.

Warum sollte man nicht versuchen, eine Art Vertrauensbasis mit dem unerbittlichen Sensenmann herzustellen, fragte Daumal. Ein kurzer Besuch am andern Ufer.

Mithilfe eines in Karbontetrachlorid getauchten Taschentuchs versetzte sich Daumal in Ohnmacht, war kurz vor dem Atemstillstand. Und als die Hand, die das Taschentuch hielt, kurz vor seinem Abgang, von der Nase wegsackte, kam er langsam wieder ins Leben zurück, blieb aber auf Tage apathisch gegenüber dieser Welt.

Nach ein paar weiteren Momenten des Lesens schloß er das Buch, betrachtete den nackten Jungen neben sich. Abgesehen von den Nadelspuren und der leberkranken Blässe war er immer noch robust. Jetzt im Schlaf schienen seine Muskeln sich wie eine Faust zusammenzuziehn.

Was für eine lächerliche Ironie: Ich hier, halb tot, anämisch, mich mit teuren Medikamenten ans Leben klammernd; und dann er, sinnlich und braun, wie er verzweifelt nach weniger Sensibilität schreit und den Lauf seines Lebens verkürzt. Der verdammte Junkie hat jeden Grund, sich vor der Zukunft zu fürchten. Aber im Gegensatz zu mir wird er von Furcht nicht gequält. Es wäre pervers zu sagen, ich beneidete ihn ... Wie oft habe ich schon gesehen, wie der Entzug ihn im Schlaf überfiel, wie ein Sukkubus, der sich seines Körpers bemächtigt. Schauer auf der Haut, als würden sich die Haare aufrichten. Starke Gesichtskrämpfe - oder bilde ich mir das nur ein? Mit ihm hier eingeschlossen zu sein, läßt einen halluzinieren.

Er vergräbt sich in einer fötalen Position und umklammert das Kissen; seine Nase fängt an zu laufen, er schauert, als würde er gerüttelt. Hat er vergessen, daß er gestern den Rest gespritzt hat? Mehr gibt es nicht ...

Da ich mit ihm in der Zeit gefangen bin, kennen wir alle den ewig wiederholten Ablauf. Er hat sich das mit „jetzt gleich entgiften" anders überlegt. Wir werden wieder mit dem Taxi da hoch fahren. Für meine tauben Beine und Füße wird der kalte Nieselregen die Hölle sein. Er wird sich in meinen Knochen einnisten und ich werd nicht anders können, als mit den Zähnen zu klappern ...

Der Taxifahrer sieht der Szene im Spiegel mit wachsendem Schrecken zu. Sollte ich mich für glücklich halten? Schau sich einer Apollo an, völlig in der Gewalt des Zitterns und der Krämpfe. Ich selbst habe mich nie so schlecht gefühlt.

Da sind wir: die magische Ecke, neues Leben, beim Gedanken an seine Todesdroge, nur noch Momente. Da springt er aus dem Taxi, die Beine plötzlich erstaunlich kräftig und der Taxameter tickt und tickt ... Will dem Taxifahrer nicht in die Augen schauen, der mich im Rückspiegel immer noch genau observiert. Ich werde im schwarzen Fenster ins kaltfischige Weiß meiner eigenen Augen schauen.

Wie Sand in einer Sanduhr rieselt, nimmt die Droge den Raum ein, in dem ich warte. Apollos Droge kriecht durch das Taxi, die Straße und sogar die Luft. Sein Verlangen nach der Droge vereint und verknüpft alles. Wie ein Geist, der einen Baum oder Wald bewohnt, bestimmt er die Realität aller, die dazu gehören. Meine, die des Taxifahrers, Apollos, des Junkies, der vorbeiläuft. Die Seele der Droge ist nichts anderes als Magie – echte Magie, kommt mir in den Sinn.

Wenn ich wirklich bestimmten Schriften aus dem 19. Jahrhundert glauben will, gibt es einfache, effektive Entgiftungsmethoden, die verworfen wurden, weil niemand einen Pfennig daran verdienen konnte. Wenn man Freud über Kokain liest, oder alte Berichte über Heilungen, bekommt man den Eindruck, die Drogen hätten damals völlig andere

Phänomene sowohl in Geist als Körper verursacht. Was, wenn ich an Apollo eine Methode testen würde, die von einem Junkie namens James S. Lee um die Jahrhundertwende stammt, der behauptet, sich Opiaten entwöhnen zu können, indem er sie mit Kokain mischt und sich abwechselnd Dosen von beiden zuführt? Wenn man eine Kombination aus Kokain und Opiat spritzt, schreibt er, bleibt sich der Effekt gleich, ob man das Kokain nach und nach reduziert, oder nach und nach die Opiatdosis erhöht. Der Trick besteht darin, beides langsam im Zickzack zu verringern, immer ein bißchen weniger Kokain, wenn der Opiatentzug sein häßliches Haupt hebt...

Mit einem dumpfen Schlag ist Apollo einfach auf den Boden des Taxis gefallen. Wieder die Zuckungen. Der Taxifahrer dreht durch. Ich glaube, diesmal kann ich besser damit umgehen. Ich meine, es hat etwas damit zu tun, daß schwere Dosen den Körper rasanter verlassen – er hat nicht wirklich eine Überdosis. Siehst du: er kommt schon wieder hoch.

Aber in seinem Rausch ist er äußerst behütet, wie in einem Kokon, und ich geb es zu: Daß ich es sehr mag, ihn in den Armen zu halten und seine gelegentliche Vorstellung zu teilen, es gebe nichts, wovor wir uns fürchten müßten, auf unserer Reise durch die Dunkelheit. Wir sitzen auf unserem idyllischen, schmelzenden Eisfloß fest, die nassen Straßen gleiten vorüber, keiner von uns beachtet die schwindende Zeit.

... Ich bin soweit, Apollo. Gelungenes Timing. Während du gaga vor dem Fernseher gesessen hast, war ich in der Wohnung eines kürzlich verstorbenen Freundes aus meiner Aktivistenzeit und hab alles, was er an Medikamenten in seinem Nachttisch hatte, mitgehen lassen. Dann bin ich noch zu einem Einkaufsbummel auf der Straße gewesen. Wir haben jetzt genug Demerol und Kokain für eine altmodische Kur im Sinne Mr. Lees:

„Demerol in der 150 gr. Morphium entsprechenden Menge, gemischt mit 60 ml. Wasser; ca. 2 gr. Kokain mit der gleichen Menge Wasser (60 ml.); 9 Injektionen zu jeweils 9 ml um 8 und 2 Uhr, tagsüber und abends ... Beobachte die Symptome und reduziere das Kokain entsprechend, verringere gleichzeitig die Dosis der kombinierten Injektionen ...“

Zehn Uhr nächster Tag: *Ist es möglich? Die Entzugssymptome schon schwächer. Er fühlt sich sogar leicht euphorisch, möchte schlafen, kann aber nicht.*

Zehn Uhr zweiter Tag: *Endlich. Er schläft wie ein Baby.*

Jesus, diese Erfahrung ist so intensiv, daß ich mich selbst, obwohl ich gar nicht high bin, wie im Delir fühle. Ich sinke auf seinen schlafenden Körper wie in schwarzes Wasser. Wieder das angenehme Gefühl, daß überall um mich her der Tod heraussickert .

Anstatt nur hinein.

XI

Yo, Cubby, Mann. Kann ich ma mit dir sprechn?

Klar doch, Baby Pops, red nur, Zuckerärschchen.

Mach mich nich so blöd an. Weiß doch, dassich mit dem ganzn Scheiß nix mehr zu schaffn hab.

War doch bloß Spaß, Mann. Wie läufts mit Studiern?

Ich geh bald zur Uni. Yo Cubby, haste Apollo gesehn?

Apollo ... Der dem n Finger fehlt?

Nö, dass André. Ich mein den hellen Nigga mit der *fade* Frisur.

Die Schwuchtl mitm *fade*, wo immer n Ohrring drinhat?

Nee, dass José. Apollo.

Ach der. Hab ich gestern oder so gesehn.

Wo denn?

Wieso?

Hat mein Paps fertichgemacht, Mann. Ich komm grad vom Krankenhaus.

Echt? Dafür braucht der was auf die Mütze. Los, gehn wern suchn. Ich komm mit, Baby Pop.

Solls mich nich so nenn.

Schon gut, Genie. Schaun wer in den Klappn, Mann. Vielleicht hat sich der *pendejo* dorthin verzogen un rauchtn Pfeifchen.

Ich geh nich so gern zun Klappn, Cubby, Mann.

Wieso?

Weil, dort gibs zu viel Bullen.

Scheiße, Genie. Weißde nich, wiede die austricksen kannst? Is bloß ne Frage vom Timing. Wenn einer gut blasn kann, spritz ich mein Zeug nach zwei Minuten ab.

Aber, wenn der Kunde meint, ers noch nich fertich un so?

Na, was dann, Kleiner?
Gibts was auf die Mütze?
Das weißte aber.

Hier isser nich, Mann. Stinkt ranzich hier.

Mhm, aber check mal was da *noch* stinkt. Die versyphten Turnschuh, die unter der Tür von dem Stall da rausguckn, die gehörn zu der Tucke aus Jersey. Und siehste was der hier mittn drin im Port macht?

Riecht nach Scotty.

Dass so klar wie der Busch am Loch von seiner Schwester ... Bring dein Arsch hoch, Schwuchtl! Raus aussm Stall da, sonst gibs aufde Mütze. Was hab ich gesagt, von wegn Crack rauchn hier drin? Ich kenn den Direktor hier vom Port Authority, un ich soll den Laden sauberhaltn. Leg mir dein Scheiß hier auf die Hand, sonst fährsde mit deim verschissenen Arsch inn Bau. - Glas auch.

Scheiße, Cubby, wieso hassn das gemacht?

Ich habn Auftrach, Mann. Der Sack hattn Brösel Crack gehabt.

Laß die Finger von dem Zeug.

Wennde mir schnell mal im Stall dein Arsch hinhälst, kriegs was ab.

Laß die Scheißfinger von meim Arsch, Mann. Ich sags nich nochmal.

Schon gut ... He, wo willstn hin?

Psst, Easy!

Hau ab von der Tür, Baby Pop.

Sag nich so zu mir, Easy.

Weißt doch, daß, wenn Tina das mitkriegt, kannste im ganzen Block dein Arsch zuklemmn.

Isse schon da?

Nee, Mann. Kommt inn paar Minuten, um zwölf. Verpiß dich.

Weiß gar nich, wasse gegn mich hat.

Nix hatse gegn dich. Mann, du bis ers vierzehn.

Yo, Alter, muß ja keiner wissn.

Verpiß dich.

Bloß kurz, Mann. Ich laß mir von keinem was spendiern, is versprochen.

Also gut, aber hau bloß ab, bevor Tina aufkreuzt, sons bin ichn Job los.

Hier drin gibs nix wie cafres. *So wie der Doktorarsch. Hintn gibs scheints was zu spachtln. Wird keiner merkn, wenn ich mir n paar Nudeln hol ... Un bißchen Salat auch. Hat viel Vitamin un dass gesund.*

Der Nigga is nich hier. Scheiße, is das nich Angelita, oder was? Sieht ganich mal übel aus in dem Licht hier.

Hi, Baby.

Hi, Baby Pop.

Nenn mich nich so. Ach Quatsch, du darfs so sagn. Kennste den Nigga, der behauptet, er heißt Apollo.

Mhm.

Weißte, was der mit meim Vater gemacht hat?

Moment mal, Baby, den hab ich schon ne ganze Zeit hinter mir. Ich will deim Papi nix böses, aber alle wissn, wie der mich runtergebracht hat.

Siehs aber jetz ganich so aus. Siehs klasse aus.

Findste, Baby Pop?

Klar.

Bistn Süßer.

Mira, munequita, kenns kein der Apollo heißt?

Meinste den, wo die Alte ausm Asiviertel hat?

Ne, ne, ne. Dass Shareem.

Oh.

Was trinkstn da?

Amaretto mit Milch.

Machste mir was innes leere Glas da?

Klar.

Danke.

Schmeckt gut mitn Nudeln hier. Was treibstn so zur Zeit?

Ich werd dich nich anlügn. Hab mir die Tittn richtn lassn.

Echt?

Hab mir die neuen Wassersäcke geholt, kein Silikon mehr. Der Scheiß is gefährlich.

Du paßt echt auf dich auf, Mädchen.

Hör, Baby Pop. Kriegs nich in falschn Hals, aber ich will kein Scheiß von deim Vater hörn. Ich sehs halt so, dasser mich voll im Griff ham wollt.

War schon immern Arschbocker.

Nee, ich mein, mein Kopf! Jetz gehts mir gut.

Bis die tollste toppe Tittntunte vom ganzn Block.

Ich sollt nich damit angebn, aber ich machse ganz schön an.

Echt?

Wenn ichs sag. Mußt mich mal drübn bei mir in Jersey besuchn. Is der Himmel da. Zwei CD Spieler hab ich, n zweitn Perser unn paar Rasseköter.

Was für welche?

Shih Tzu. Hör ma ... weißte, ich hab Casio echt geliebt, aber er hat sich nich benehm könn un mich nix als fertichgemacht.

Hat aber für dich eingesessn, als ihr den Ladn ausgenomm habt. Hätt dich auch verpfeifn könn un mildernde UmständE kriegn.

Die ham mich bloß nich erkannt, Baby. Die ham ne echte Frau gesucht.

Hast dein Scheiß schon immer auf die Reihe gekriegt.

Mhm. Aber als se ihn hochgenomm ham, war ich ziemlich schlecht beisamm. Bin auch nich mehr aufgetretn. Dann hab ich ne Therapie gemacht, wo se dich den ganzn Tag einsperrn, nur eine Stunde lassense dich raus.

Hartes Ding.

Aber als ich rausgekomm bin, hab ich mir gesagt: Immerhin is dein BH jetz sauber, un immerhin is dein Kleid sauber. Un jetz arbeit ich auch wieder hier. Haste nich gewußt, was?

Mhm.

Solltst mich mal sehn. Ich mach nich mehr auf müde Iris Chacon. Ich mach jetz so New Wave Zeug.

Klar. Hör, Angelita. S is echt cool so mit dir rumzuhängn, aber ich muß echt den Apollo-Nigga finden, weißte, sonst könnt jemand–

Ach, Mist, Ich kann dir einfach nix vormachn, Baby Pop. Alle redn davon, was da drüm im Kino los war. Vorn paar Tagen warn Undercoverbulle hier, un hat Mercedes abgeklopft...Weißte was? Ich hab den Nigga drübn auf der Straße gesehn, wie er mit dem da hinten mitn verdreckten Sneakern gequatscht hat – muß direkt danach gewesn sein. Der mitn Hängeschultern.

El Maricon Blanco con la mirada de un loco en los ojos?

Si, con los tennis sucios.

Gefällt mir nich wie der aussieht. Sieht aus wien User un irgndwie fies.

Naja. Jedenfalls hab ich se draußn zusamm gesehn. Ich erinner mich an die Turnschuh. Dann sindse zusamm im Taxi ab.

Biste sicher daß de n richtigen meinst?

Klar, bin ich, Süßer. Hörma, tut mir leid mit deim Paps.

Die sagn, er kann vielleich nich mehr laufn.

Das hatter nich verdient. War sowieso schon angeschlagn von dem ganzn Kram, wo er verpasst hat.

Nimms nich tragisch, Süße.

Tschüß, Baby Pop. Gib mirn Kuß.

Sieht gut aus, für ne Frau in ihrm Alter. Sollt ich vielleicht auch ma antesten, irgndwann. Ach Quatsch. Echt. Der Schweine-Turnschuh glubscht mir aufn bicho. *Ich hab nix mehr auffer Tasche und sie sagt, sie hatn mit Apollo gesehn. Da könnt ich ja zwei Fliegn mit einer Klappe schlagn.*

Wie gehts?

Steve.

Ricardo.

Grüß dich, Ricardo.

Biste aus Westchester oder sowas?

Genau genommen wohne ich in der Stadt.

Hör, wenn ich dir aufn Wecker geh, mußtes sagn.

Überhaupt nicht.

Also kann ich mich da hinsetzn?

Ich denke, das sollte kein Problem sein.

Problem heiß ich nich. Also, was guckste michn so an, hm?

Brauchstn bißchen Spaß?

Ich hab mich nur gefragt, wie alt du bist.

Zwanzich – ich werd inn paar Wochn zwanzich. Sags halt keim, ich weiß, daß man einunzwanzich sein muß ... Was guckste?

Du hast dich gut gehalten.

Was solln das heißn?

Manche Leute würden es für ein Kompliment halten.

Wo wohnstn du, *papi*?

Downtown.

Also Village, oder?

So könnte man sagen.

Was kostn das, mitm Taxi darunter un wieder hoch?

Warum fragst du?

Willste mir erzähln, wir müssn mit der U-Bahn fahrn?

Was meinst du mit „wir"?

Dirs klar, daßdes nich versteckn kannst, daßde mich magst.

Stimmt, ich habe dich angesehen.

Weißich.

Du glaubst, du gefällst mir?

Was solln das heißn? Hörma, was treibstn du so tagsüber?

Schreiben. Recherchieren.

Was? Mußte morgn früh raus? Kein Problem, machn wir halt schnell un ich bleib nich die ganze Nacht.

Nein?

Nee, *papi*. Eilich hab ichs aber auch nich. Ich will schließlich auch mein Spaß. Haste irgndwelche Videos?

Ich hab vorhin einen Film nur bis zur Hälfte gesehen.

Heißt wie?

Salo: Die 120 Tage von Sodom. Von Pasolini.

Kennich nich. Was dagegn, wenn ich was frag?

Was?

Wie alt bistn du?

Was glaubst du?

Siehst aus wie dreißich.

Schmeichler.

Hör, *papi*, biste auf Drogn?

Nein. Du?

Nee, ich halt nix von dem Scheiß. Bin doch nich verrückt.

Gut.

Willste was lustiges hörn? Als ich dich zuerst gesehn hab, hab ich gedacht du bistn User.

Warum denn das?

Da is sowas in dein Augn.

Ich bin davon weg.

Gut für dich. Also, was is? Willste mit mir mit? Worauf stehste?

Ich improvisiere gerne.

Häh?

Du wirst mir nicht erzählen, daß du Kampfhundausbilder bist, oder?

Was?

War nur Spaß.

Moment mal, Mann. S gibt Zeug, wo ich nich mitmach.

Das wird kein Problem sein. Realistischerweise könnte es allerdings ein Problem werden, mit jemandem hier herauszukommen, der so jung, äh, aussieht wie du.

Kein Problem, weil, ich geh als erster da an Easy vorbei raus auf die Straße un wart dann anner Ecke auf dich.

Genau.

Ich hoff, der is kein cafre. *Ich frag mich, was der vorhat. Ich sag, der isn User, n alter Crackkopf. Mit dem Scheiß kenn ich mich aus. Da kommt er. Is wahrscheinlich um die Vierzich. Die Turnschuh sin erbärmlich, Mann. Hoffntlich hat ern paar Socken für mich, damit ich was davon hab. Soll ich wegn Apollo fragn, bevor er gekomm is oder danach?*

Die Begegnung mit Apollo und der gesetzestreue Impuls, die Polizei zu informieren, schwammen wie Dreck auf seinen Gedanken. Er sah die Spritze in eines der Löcher in der festen, samtigen Haut stechen, sah für einen kurzen Moment Apollos dösende Lider, erinnerte sich an seine Gier und Erregung, als der Junge unter seinen Lippen gestöhnt hatte.

Er tat gelassen und linste zu dem neuen Jungen an seiner Seite. Die dreisten Gesten des kleinen Strichers ließen ihn an Almosen denken, die man einem Bettler vor die Füße wirft. Kurz überlegte er, dem Jungen einen Zwanziger als Aufwandsentschädigung in die Hand zu drücken und ihn aufzufordern, das Taxi zu verlassen; aber irgend etwas hielt ihn davon ab. Vielleicht ein gewisser Stolz, oder die Befürchtung, der Junge würde seine Gesten und Gedanken lesen können. Trotzdem spürte er, wie er schlechte Laune bekam und gereizt wurde.

Der Junge plapperte von seinen Problemen und hochtrabenden Zukunftsplänen. Und die aufgeblasene Angeberei schlich sich in den Kopf des Mannes, wo sich das ausgehungerte Begehren noch mehr entfachte. Angesichts der elenden Situation des Jungen schwankten seine Gefühle zwischen Mitleid und Verachtung. In kleinen Schüben spürte er den Kick potentieller Gefahr, sich mit ihm eingelassen zu haben. Und dieser leichte Rauschzustand wollte gefüttert sein. Irgendwie drängte es ihn, unter dem Mund und den Berührungen des Jungen dahinzuschmelzen.

Ich werd kein Freakscheiß mitmachn. Un der Kunde wird ganz schön guckn, wenn er merkt, daß ich keine Drogn anfaß. Ich leb ja den ganzn Tag mit dem Scheiß, un sogarn paar von den Leutn, die ich bestimmt echt gern hab, bringens keine Stunde ohne den Glasschwanz im Maul. Abern richtiger Mann muß mit sowas klarkomm. Un sicher hatsn Grund wieso ich hier zwischen den ganzn Crackköpfn und Drognköpfn rumhäng, bevors aufwärts mit mir geht.

Ich muß heut Abend wieder gut machn, was der Nigga meim Vater angetan hat. Musses Hirn anstrengn, un auf Zeit spieln, und wenn ich bloß einn auf raus-rein-danke-Mann mach, werd ich nix über diesn Apollo rausfindn. Aber weil der Kerl was inner Birne hat, denk ich mal, wirder irgndn Psychokram veranstaltn, um auf Tourn zu komm.

Du has ja ne Million Bücher hierstehn.

Bedien dich, wenn du willst.

Wird dich vielleicht überraschn, wenn ich dir erzähl, daß ich das Wort intellektuell kenn.

Warum sollte es?

Weißte was die Quadratwurzel aus hundertsechsunachzich is?

Nicht auswendig.

Dreizehn Komma Acht Sechs Drei Eins. Jetz weißte was, wasde vorher nich gewußt hast.

Du bist ein aufgeweckter Kopf.

Nee ich hab nix am Kopf. Ich bin Ricardo un halt einfach schlau. Im Moment sitz ich vielleich noch hier auf der Straße, aber ich werd aufs College gehn. Du denkst wohl, ich hab genau son Erbsenkopf wie die ganzn Versager, die bei Tina rumhängn. Aber ich seh ganz genau, was de grad denks.

Und was siehst du, Klugscheißer?

Runter mit den ollen Sneakern. Wie die aussehn, sollt ich mich wohl aufn ziemlich übeln Gestank gefaßt machn. Was issn jetz los? Ich riech nix. Sieht das nichm Weißen ähnlich? Hat die ekligstn Latschn, un dann stinkn seine Füße nich.

Ich seh, du has Mäuse genug fürn paar neue Turnschuh, wenn duse wolltest. Vielleicht hamse ja nem Cousin gehört oder so, un der Cousin is gestorbn, vielleicht, oder sowas – un deshalb hängste irgndwie dran.

Ich finde sie nur bequem, das ist alles.

Brauchste bloß mal naß machn un inner Papiertüte mit jeder Menge Puder schüttln. Das Puder klebt ann Latschn un dann sehn sie wie neu aus.

Du scheinst auch ohne Ausbildung ganz gut klar zu kommen.

Hör, wieso hastn die ganzen Bücher?

Wie meinst du?

Hast du die alle geschriebn?

Sicher. Jeden Tag eins.

Mach dich nich lustich über mich, *papi.*

Natürlich habe ich sie nicht alle geschrieben. Es dauert Monate, ein Buch zu recherchieren und zu schreiben – manchmal Jahre.

Dann hab ichn Genie als Kusine.

Wieso das?

Wieviel Wörter sin auffer Seite?

Vielleicht zweihundert- oder dreihundertfünfzig.

Also, meine Kusine, die kann fümfzich Wörter inner Minute tippn, also schreibtse ne Seite in fünf, sieben Minuten.

Und?

Na, das heißt, die könntn ganzes Buch inn paar Tagn schreibn, un du willst mir sagn, dass Jahre dauern könnt.

Mach mal halblang, Kleiner. Ich sagte schreiben, nicht tippen.

Wos der Unterschied? Du hasne Idee im Kopf. Un dann tippstes runter.

Sag mal, Kleiner, was willst du denn studieren?

Ach, ich weiß noch nich so. Vielleicht werd ich Dokter, oder Mathematiker oder Wissenschaftler. Vielleich haste gemerkt, daß ich ziemlich gut in Mathe bin, wie ich dir die Quadratwurzln ausm Kopf gesagt hab. Ich bin nich wie die andern Stricher.

Dieses Gespräch hört sich gefährlich ähnlich an wie eines, das ich erst vor kurzem geführt habe.

Wie? Wassn los mit dir? Siehst nich so gut aus.

Ich dachte, du könntest meine Gedanken lesen. Sag mir was. Und in der Zwischenzeit, mach es dir doch bequem.

Du meinst, Klamotten ausziehn, damit dir schon mals Wasser im Mund zusammlaufen kann, von wasde vielleicht kriegst?

Mehr oder weniger.

Zuerst les ich nochn bißchen deine Gedankn. Weißte, manche mein, ich wärn echter Gedankenleser. Ich habne Ururgroßmutter, die kanns auch.

ESP und sowas?

Nee, richtige Psychologie.

Gib mir ein Beispiel deiner psychologischen Fähigkeiten.

Na, eins weiß ich ganz sicher. Du willst, daß ich high bin.

Hört sich eher so an, als ob du das wolltest.

Meinste? Na, nimm halt an, was ich dir sagn wollt, war, daß ich echt auf Sex stehe, wenn ich drauf bin. Was sagste nun?

Ich würde sagen, daß es mir ausgesprochen gefallen würde, wenn du Lust auf Sex hättest. Ist das denn schlimm?

Du bist dir schon wieder nich sicher. Hab ich richtich gelesn?

Und wie ich recht gehabt hab. Schau bloß, wie der blaß wird. Und wie er auf seine Hosentasche guckt, als zieht er gleich den Geldbeutel raus un zittert dabei, als wär er schon dabei Stoff zu kaufn.

Ich hab den Nagl aufn Kopf getroffn, was?
Sagen wir, ich hätte nichts dagegen, herauszufinden, was du gerne tun würdest.
Warum schiebste dann nich einfachn bißchen Kleingeld rüber. Ich weiß, ich kann unten anner Ecke was kriegn.

Langt in die Tasche und holtn Zwanziger raus, wie ichs gedacht hab. Ich werd mir untn beim Nigga an der Ecke n Fläschchen holn, aber der hier obn wird dann wohl ne Überraschung erlebn.

Bin gleich zurück, *papi.*
Versprochen?

Hallo, *papi.* Wie ichs gesagt hab. Ich kenn mich halt in der Gegnd hier aus.
Was hast du geholt?
N paar Steine Crack.
Daran hast du also deinen Spaß?
Ich wußt doch, du bist fickrich auf wasde gesehn hast.
Willst du es nicht anzünden?
Tja ... ich werd die Pfeife für dich packn.
Für mich?
Hier, das is doch n netter Brockn. Haste maln Feuerzeug?
Hier.
Also los.
Ich rauche nicht.
Red nich, *papi.* Du weiß wohl nich mit wemde redst. Jetz nimm schon n Zug un dann gibste se mir rüber.
Ich glaube, du bringst hier etwas durcheinander. Ich habe dir gesagt, daß ich nicht rauche.
Allein machts aber kein Spaß. Ich sag dir was: Du nimms einn Zug, damit ichn bißchen Gesellschaft hab.
Du verstehst das nicht. Schau mal: Ich hab das früher mal getan und jetzt bin ich davon los.
Klar versteh ich das. Ich versteh zum Beispiel, dassn kleiner Zug nix schadet.
Ich hab genau gewußt, er würd was nehmen, gleich wie er mich zum

kaufen losgeschickt hat. Aber, was er nich weiß is, daß ich das Zeug nich anrühhrn werd. Ich will bloß, daß ern stückweit abhebt und ichn nach Apollo ausquetschn kann.

Zufriedn, *papi?* Gehts dir gut? So, leg dich hier hin. Genau so, klar, kannst mir die Hand aufs Bein legn. Brauchs nich so schüchtern sein. Wieso stehstn auf?

Das hat ziemlich reingeknallt.

Hör auf, so hinunher zu renn. Wien Tier im Käfich.

Mach schon. Nimm deinen Zug.

M-mm.

Was soll das heißen, nein?

Ich kann jetz nich. Ich muß inner richtign Stimmung sein. Aber ich werd dich ma was fragn.

Was soll das jetzt?

Kennsdu ein, der Apollo heißt?

Hat er dir erzählt, das er hier war?

Beruhich dich jetzt ersma. Setz dich hin. Kein Grund zur Panik. Mich hat keiner hergeschickt außer mir. Ich will bloß, daßde mir was über den erzählst.

Gib mir die Pfeife.

He, entspann dich. Du warts lieber nochn bißchen. Hast ja selbst gesagt, daßde lange nix mehr geraucht hast.

Ich nehm nur einen Zug.

Okay, aber sei vorsichtich ... Also, wo treibter sich rum?

Wer?

Apollo.

Ich kenne keinen Apollo.

Erzähl kein Scheiß, Alter. Jemand hat euch zusamm gesehn.

Moment mal, wenn das eine Erpressung werden soll ...

Du weiß genau, dasses keine is. Beruhich dich. Los, nehm nochn Zug ... Dann müssen wirn bißchen quatschen. Setz dich jetz dahin. Ich werd dirn Rücken massiern ... Gut so?

Ich hätte es nicht tun sollen, ich hätte es nicht tun sollen.

Was tun, *papi*?

Mein Herz, mein Herz fühlt sich komisch an.

Mit dir is alles in Ordnung.

Hör mal, ich will, daß du jetzt gehst.

Ich geh nirgends hin, bevorde nich gesagt hast, wo der Nigger is.

Mein Herz rast, weil ich das Zeug geraucht habe. Du hast es mir gegeben, aber selbst nichts genommen. Und jetzt stellst du mir komische Fragen.

Jetz hör mir mal zu, du *cafre.* Du hast dich eingelassen mit nem Drecksack, der mein Vater fertichgemacht hat.

Deinen Vater?

Genau!

Ich weiß nicht, wovon du sprichst ... Apollo hat dich hergeschickt, nicht wahr? Aus Rache, weil ich die Polizei geholt habe.

Du has die Bullen geholt wegn Apollo?

Ich kann es wieder tun.

Haha. Du wirs grad die Bulln holn, so wiede jetz drauf bis. So, jetz sag mal, du hastn angeschmiert? Hoffentlich hastes gemacht. Das war mein Vater, dener fertichgemacht hat.

Deinen Vater?

Ja, im Kino. Aber dir mussers ja gesagt ham, sons hättsde nich die Bulln gerufn.

Aber nein, ich weiß nichts davon.

Was hastn dann verpfiffen?

Er hat mir Schwierigkeiten gemacht. Er ... hat versucht, mich zu bestehlen.

Mußte jetz an dir rummachn?

Ich kann nichts dafür. Ich werde immer so, wenn ich high bin. Ich muß Sex haben, sonst drehe ich durch. Komm, zieh deine Hosen runter, bitte.

Schon gut, schon gut, ich hab nich vergessn, wieso ich hier bin.

Beeil dich, mach schnell.

Guck mal, wie großer is. Also, was is jetz, willstn ham? Dann mußte mir sagn, wo Apollo is.

Ich schwöre dir, ich weiß es nicht. Er war schon fort, als ich die Polizei gerufen habe. Ich fürchte, ich werde gleich Krämpfe oder sowas bekommen. Mir geht's ausgesprochen seltsam.

Schwörste beim Kopf deiner Mutter, daßde nich weiß, wo er is?

Ich schwöre.

Also los, *papi.* Paß auf! Beißn nich ab.

Der Arsch flippt aus. Ich hab mirn Sexfreak noch mehr durchdrehn lassn, als ers so schon is. Langsam krieg ich Schiß. Der schlingt, als wärs das letzte Mal. Ich will raus hier.

Okay, jetz, das langt! Los, gib mir mein Geld.
Nur noch ein paar Minuten.
Nix is. Gib mir vierzich.
Was ist mit dem Crack, das du gekauft hast?
Hier, behalt den ganzn verdammtn Scheiß.
Schon gut, schon gut. Hier ist dein Geld.

Ich lasses bleibn, hier noch nach Haargel zu schaun. Un schon garnich nachn paar Sockn fragn. Der cafre *is gleich voll drüber und dann gehter auf mich los. Mann, wie der da aufm Bett zappelt un an seim klein Ding rumziept. Die Schuh bind ich mir draußn zu!*

Als die Tür ins Schloß fällt, springt er aus dem Bett, läuft zur Kommode und leert das Crack aus der winzigen, blauen Tüte. Die Tür ist nicht abgeschlossen. Er stürzt zur Tür und dreht den Sicherheitsriegel, wirbelt zurück zur Kommode. Da waren doch wirklich noch zwei Steine übrig, oder? Alles wird gut.

Er findet das noch heiße Rohr auf dem Bett und schiebt mit der Fingerspitze einen Brösel hinein, wo er schmilzt und am Rande kleben bleibt. So macht es nichts, wenn seine zittrige Hand das Rohr fallen läßt. Der Stein kann nicht rausfallen. Die Flamme läßt den Brocken bereits vielversprechend knistern. Im Bruchteil einer Sekunde wird er Rauch sein. Wenn der Rauch in die Lunge zischt, geht auf der Stelle der Strom an. In der Zwischenzeit mußt du vorsichtig das heiße Rohr weglegen. Auf die Kommode. Es hat schon eine Fingerspitze angesengt. Scheiß drauf.

Dieser Schub scheint aus dem Ruder zu laufen. Die einzige Möglichkeit damit umzugehen ist, schnell vor und zurück wippen und um Deeskalation beten. Dieser Puls wird nie mehr aufhören zu rasen. Es dauert Ewigkeiten, das Video aufzustöbern, mit den Bildern von fleischfarbenen, ineinander verknoteten Beinen und einem

Mundvoll Schwanz, der im Gemenge zu erkennen ist ... Die weichen, jungenhaften Beine Ricardos, wie hart sich sein Schwanz anfühlte.

Dankbar greift sein Herz den Rhythmus der Bilder auf. Er ist so nah an der Mattscheibe, daß er mit der Nase dagegen stößt. Seine Hand reibt so ausdauernd und mechanisch seinen schlaffen, aber empfindlichen Penis, daß es eher wie ein Tick als nach Masturbation aussieht. Der konstante Bezug auf den Penis läßt ihn durchhalten.

Aber plötzlich findet er die Stelle des Tapes gar nicht mehr so gut. Die Szene hat ihre Energie eingebüßt und das Zimmer, wo sie stattfindet – es ist so deprimierend. Ihre Beine scheinen zu frieren, so grau ist die Farbe. Er kann sich nicht mehr erinnern, weder wie sich Ricardos Haut angefühlt hat, noch an seine Temperatur. Statt dessen denkt er an den Vater des Jungen und wie er verletzt wurde. Zum Glück wartet auf dem Regal noch ein Video wie ein Rettungsring. Heftig zitternd schiebt er das neue Band ein und wartet, bis es an die richtige Stelle zurückgespult ist. Der Boden sinkt ab und der Junge ist fort: Jetzt stirbst du wirklich.

Das hier ist besser als er gedacht hat, weil er vorher noch nie auf die Kniekehlen des Typen geachtet hat. Massiver Sex pumpt in das Vakuum des Zimmers und der Penis wuchtet den Arsch aus. Er zieht an seinem eigenen Schwanz, der jetzt, wo das Crack nachläßt, allmählich hart wird. Der aufgereckte Kopf, die gequälte Miene des Typen, sein stöhnender Mund. Er müßte wirklich noch härter gefickt werden. Dankbar bemerkt er, daß genau das geschieht. *Erinnerst du dich an Ricardos gespreizte Schenkel und seine baumelnden Eier an deinem Kinn?* Das Gefühl von Ganzheit hypnotisiert ihn. In seinem eigenen Bauch und den Schenkeln, wo zuvor noch alles ein einziges Krampfen war, kündigt sich das Finale an. Er muß sich aufs Bett legen und die Knie an die Brust ziehen, um den Kraftstrom zu unterstützen. Aber gleich muß er wieder hoch auf die Beine. Die im Video sind schon gekommen, und jetzt küssen sie sich. *Wenn nur ir-*

gendeine echte Person ihre Lippen auf meine drücken würde. Ich wollte nur einen zärtlichen Moment mit dem Jungen, und es mußte ja anders kommen. Er weiß, daß der nächste Teil des Films mit einer Straßenszene beginnt. Da friert ja die Hölle zu, bevor es wieder abgeht. Zitternd drückt er Stop/Eject und zerrt das Band raus.

Auf dem anderen Band gibt es irgendwo die Stelle mit den drei Typen. Wo genau, ist nicht klar. *Fast Forward.* Beim Warten kommt die Erinnerung an das Vakuum zurück, alles bricht ein. Notmaßnahmen, diesen Zustand zu beenden, erfordern einen rasenden Spurt zur Kommode, wo er noch einen Brocken in die Pfeife presst. Er hat allerdings nicht daran gedacht, daß es der letzte ist. Irgendwann waren es zwei, aber jetzt nicht mehr. Bloß noch einer. *Wenn der in der Pfeife ist, gibt es keinen mehr auf der Kommode.* Eine riesige Leere verschluckt die Ablage der Kommode. Dort, wo sie war, gähnt ein schwarzes Loch.

Mit dem Fingernagel teilt er den Stein, schiebt das grausam Unvermeidliche auf. *Jetzt gibts wieder zwei.* Aber der Brösel unter seinem Fingernagel darf nicht verschwendet werden, muß äußerst sorgfältig am Rand der Pfeife abgeschabt werden. Er sieht, wie seine Finger sich Blasen an dem heißen Rohr holen. Dann steckt er den halben Brocken in die Pfeife und legt die ganze andere Hälfte auf die Kommode. Was jetzt noch übrig ist, wirkt wie ein vollständiges Stück. *Fast.*

Er versucht sich einzuprägen, wo die andere Hälfte liegt, und widmet sich der Pfeife. *Eine Flasche Kölnisch Wasser stand dahinter, und rechts davon lag ein Kamm.* Er muß aufpassen, daß der Rest Crack nicht durch eine fahrige Bewegung auf dem Boden landet. Der Rauch aus dem Rohr, an das er ein Feuerzeug hält, stößt ihm fetter in die Lungen, als er beabsichtigte. Wie eine Faust rammt er in sein Hirn und wölbt die Augen aus den Höhlen. *Ich hoffe, es geht schnell, wenn mein Herz platzt. Ich hoffe es wirklich.* Aber wieso kein Schmerz in der Brust? Vielleicht die anästhesierende Wirkung der Droge.

Er sprintet ans Fenster, will es aufreißen, stellt fest, es ist schon offen. Also reißt er es noch weiter auf. Der Crackrauch hat die ganze

Luft im Zimmer aufgefressen, aber auch die von draußen scheint verbraucht. Er könnte die Klimaanlage voll aufdrehen und sich in den Luftstrom stellen, vielleicht wird das seine Haut und die Lungenflügel dazubringen, nicht abzusterben. Ein kalter Luftzug auf seiner schwitzenden Haut läßt ihn zusammenzucken.

Oder im Bad vielleicht, wenn er sich kaltes Wasser in den Nacken spritzt. Unmöglich, nicht den Flur langzurasen, und es scheint trotzdem eine Ewigkeit zu brauchen, bis er am Waschbecken steht. Da, unter der niedrigeren Temperatur läßt das Gefühl ein wenig nach. Das kühle Wasser im Nacken. *Im Spiegel sieht's aus, als würde ich wieder in Ordnung kommen.*

Aber jetzt braucht er auf jeden Fall ein wenig Spaß, schließlich hat ihn der Kleine schon so in Angst versetzt und sich ihm halb verweigert. Das Band läuft schon die ganze Zeit im Schnellauf nach vorne. Kann gut sein, daß es schon zu weit ist. Er eilt zurück ins Schlafzimmer, drückt auf Play und das Band ist nicht an der richtigen Stelle. *Falsche Stelle. Die mit den drei Typen war davor.* Ist ja eine Ewigkeit nach vorn gelaufen, das Band. Er drückt Rewind und wieder Play. *Das ist jetzt in der Mitte der Szene.* Schlechtes Omen hier zu starten, denkt er abergläubisch. Ruiniert den Aufbau, der auch erregend sein könnte. Und was, wenns zu früh zu Ende ist? Er zwingt sich, weiter zurückzuspulen und zählt auf drei. Mit Sicherheit sitzt genau hier der Anfang.

Die gewählte Stelle ist perfekt auf dem Punkt: genau da, wo sie die Hosen ausziehen, aber noch nicht die Schwänze lutschen. *Die Schwänze in ihren Mäulern, das könnte ewig so weitergehen und schmecken wie der Schwanz des Jungen in meinem Mund.* Alle Herzen schlagen noch und alle sind der Zeit entkommen. *Die angenehme Glätte dieser Eier in meinem Mund.* Als ihn der Orgasmus durchbebt, dämmert ihm, daß dies alles bald ein Ende haben wird.

Warme Wixe an den Knöcheln. Doch im Moment sind alle Muskeln entspannt und er fühlt sich völlig normal. *Abgesehen von meinem Herz, das weiter rast, und dem dumpfen Hämmern im Kopf.* Sich aufs Bett zu legen, könnte das Herz beruhigen, aber das in den Kopf schießende Blut würde noch schlimmer sein. Die Wixe trocknet unangenehm klamm und kalt an den Knöcheln. Der Porno läuft weiter, pulsierend und geil. Jetzt sind sie auf-, in- und übereinander. *Zu fertig, um zu stehen, aber vielleicht wenn ich meinen Schwanz reibe, während der Typ sein Ding in den Hintern des Blonden schiebt.*

Dann fällt ihm der Rest Crack ein.

Hat er glatt vergessen. Er rollt sich vom Bett und kämpft ein Schwindelgefühl nieder, um die Kommode zu erreichen. Er weiß, daß der Brocken da irgendwo ist, kann ihn aber nicht lokalisieren. Am besten ist es, jeden Zentimeter mit den Augen abzugrasen. *Es kann so lange nicht dauern. Die Kommode ist nicht besonders groß.*

Was er entdeckt hat, könnte auch nur ein kleines Stückchen Putz sein, das von der Decke gefallen ist. Er kostet es und es zerschmilzt in seinem Mund, wie puderiger Gips. Was es tatsächlich ist.

Aber das da könnte es sein, genau neben dem Kamm. *So klein war das letzte Stück?* Er nimmt's und schnuppert den schwachen chemischen Geruch. Gott, das wird ihn niemals auf das gleiche Level bringen. Das beste wäre wohl, einen Drahtbügel aufzubiegen und damit das Rohr auszukratzen. So würde er das festgekochte Crack herausbringen.

Aber alle meine Bügel sind aus Plastik. Stop: das Zeug aus der Reinigung, noch in der Plastikhülle. Er reißt es aus dem Schrank, zerfetzt die Hülle und versucht, einen der Bügel loszumachen, aber ein Hemd ist darüber zugeknöpft. Zittrig gelingt es ihm, die obersten zwei Knöpfe zu lösen. Dann quetscht er den Bügel ein bißchen, kann ihn herausziehen, und die Kleidung fällt zu Boden.

Er dreht den Haken des Bügels auf und kratzt damit die Pfeife aus. Drückt die winzigen Stückchen, die wie Seifenflocken aussehen, an die Spitze. Presst den Filter auf das andere Ende des Rohrs. Die Flocken werden herausfallen, wenn er das Rohr nicht nach oben hält.

Er packt den letzten Rock dazu. Um das Rohr nicht zu kippen, muß er den Kopf ganz weit nach hinten drehen und das Feuerzeug oben drüber halten. Fast kippt er um. Aber sobald es knistert, bleibt es kleben und kann nicht mehr rausfallen. Er kann den Kopf wieder gerade halten und ordentlich einen durchziehen.

Wieder verrechnet. Die Rauchladung haut ihn völlig um. Er läßt die heiße Pfeife aus der Hand gleiten und rast in höchstem Entsetzen ins Bad. Diesmal wird es keine Gnade geben. Sein Körper, das Zimmer, die Luft, alles pumpt sich zu einer ansteigenden Rauschsäule auf. Mit schwitzenden, klebrigen Fingern rauft er sich die Haare vor Schrecken. Im Spiegel sehen seine Augen wie polierte Steine aus, die Pupillen stecknadelkopfgroß. *Jede Sekunde können die Krämpfe losgehen.* Er schaut auf die High-Tech-Uhr im Bad.

Er dreht den Wasserhahn auf und spritzt sich kaltes Wasser ins Gesicht. Seine Haut prickelt, Beweis, daß er noch lebt. *Eine Sekunde Wirklichkeit.* Abgesehen von dem grausigen Gefühl, daß ein Schraubstock seine Muskeln quetscht, die völlig unkontrolliert zucken wollen.

Hastet in den Flur, will die Spasmen loswerden. Wenn er die nächsten Sekunden übersteht, heißt das, die Gefahr zu sterben hat sich verringert. *Natürlich kann's sein, daß sich das nur verzögert.* Er tigert auf und ab. Will es wissen. Leben, oder das endgültige Ende.

Wieder beim Videorecorder, dauert es ewig, bis das Band ausgespuckt wird. Das andere hier, er hat es schon in der Hand, ist ein Hetero Tape. *Ein dicker Schwanz fickt die Fotze.* Das Neue da dran und die anatomische Paßgenauigkeit werden ihm neue Lebenskraft geben. *Gleich hört sie auf, ihn zu blasen.* Und weil sie klein ist, kann sie in seine zu einem Sitz verschränkten Hände hüpfen und ihre Beine um ihn schlingen, und er fickt sie im Stehen.

Das ist alles andere als enttäuschend: diesem Schwanz beim Eindringen beizustehen, gibt ihm ungeheure Vitalität und Selbstvertrauen. *Gabs schon mal so einen harten Schwanz?* Er könnte die Möse nur zusammen mit einem Kumpel ficken. Wenn er ihn also beim Rein- und Rausgleiten ableckt, bringt er's vielleicht zum Orgasmus. Tatsächlich packt dieser Orgasmus, obwohl es schon der zweite innerhalb weniger Minuten ist, seinen ganzen Körper und beweist, daß noch Leben in ihm ist. So darf er jetzt auf dem Bett zusammensinken wie ein erschöpftes Fohlen ins Gras.

Blöd nur das dumpfe Hämmern im Kopf, der schneidende Atem und die schmerzenden Augen, die den Fluß des Lebens in unsichere Zuckungen zerstückeln. *Ist dies das beschissenste Gefühl, das man empfinden kann?* Die Schläge sind asynchron und zwischen jedem einzelnen liegt ein ganzer Tod. Wie ein großes Gewicht auf Gesicht und Brust, und seine Beine werden gefühllos. Er tastet über das Bett, sucht auf dem Teppich nach dem Rohr, das er fallengelassen hat. Sein Finger berührt das runde Glas.

Er hebt es auf, inspiziert es. Es ist geschwärzt, aber ein paar schimmernde Körnchen sind noch übrig. Er richtet sich auf, greift nach dem Feuerzeug, das er neben das Kissen geworfen hat. Ein wenig Rauch steigt auf, nicht genug für einen vollen Zug.

Seine Augen filzen den Boden. Es gibt die minimale Chance, daß ein kleines Stückchen auf den Boden gefallen ist, während Ricardo die erste Pfeife gestopft hat. Wenn du genau genug hinschaust, siehst du viele winzige, weißliche Stückchen am Boden. Pflaster, Dreck von draußen, ein Fetzen Tapete ins richtige Licht gedreht, und wer weiß? Auf den Knien rutscht er über den Teppich, die Augen ein paar Zentimenter davon weg, probiert ab und zu einen Klumpen. Langweiliger, unsauberer Geschmack. *Wie sich der schreckliche Abgrund wieder öffnet.* Reicht die Zeit, in die Kleider zu steigen und sich ein paar Scheine in die Taschen zu stopfen?

Das war schon komisch, denkt Baby Pop. Er war die Treppen im Haus des Freiers herunterstolziert, als gehörte ihm die Welt, im Triumph über seine erfolgreiche Mission. Er hatte ein paar Informationen, die wert waren, sich vor seinem Vater damit zu brüsten. Einer der Kunden hatte Apollo, dem *cabron*, schon die Bullen auf den Leib gehetzt. Er, Ricardo, und nur er allein, war der stolze Überbringer dieser Exklusivstory. Wenn das nicht Familiensinn war. Und obendrein war er auch noch bezahlt worden, weil er schlau genug gewesen war, zwei Pläne auf einmal durchzuführen, unter Zuhilfenahme subtilster Psychologie.

Doch urplötzlich änderte sich sein Gefühl. Noch war es zu früh, zum Krankenhaus zu gehen. Seine Stimmung sackte ab. Das war‘s, was komisch war – wie man sich in der einen Minute superklasse und in der nächsten absolut mies fühlen konnte. Er hatte nicht wirklich daran gedacht, einen Platz zu Schlafen zu finden. Es war schon 4 Uhr 30, und in weniger als einer Stunde würde die Sonne aufgehen. Wenn er sich jetzt nicht hinhauen würde, bekäme er kaum noch Schlaf, bevor es hell wäre.

Baby Pop lief an dem schwarzen Dealer an der Ecke vorbei, der glaubte, er käme wegen Nachschub. Der Dealer schrie irgendwas von: „Wass mit dir los, Mann? Erzähl mir nich, daßde nich auf mein Stoff abgefahrn bist", bis ihm Baby Pop klarmachte, er suche nur einen Platz zum Pennen. Der Bursche deutete in Richtung Park und Baby Pop fand eine Bank, halbverborgen unter einem großen abgebrochenen Ast. Wer immer die Bank zuvor benutzt hatte, hatte den Ast absichtlich abgebrochen, um Schutz und Ruhe zu haben. Er zwängte sich darunter. Die Blätter fühlten sich klamm an auf seiner Haut. Er zog die eben verdienten Vierzig aus der Tasche und faltete sie klein zusammen. Dann griff er in seinen Hosenbund und klemmte sie hinter die Eier.

Er stolpert die Treppen hinab, das Hemd falsch geknöpft, ohne Gürtel, die nackten Füße treten die Fersen seiner Sneakers herunter, in die er nur notdürftig hineingeschlüpft ist. Das leuchtende Tiefblau, das ihn umhaut, als er die Tür aufstößt, wie ein Schlag mit einem Bügeleisen, ernüchtert ihn. *Gleich ist es Tag. Jeder Dealer in der Gegend macht sich jetzt auf nach Hause.* Die Mühe, die es ihn kostet zu atmen, macht ihm klar, daß er gleich auf dem Gehweg zusammenbricht, den Rücken in Krämpfen gebogen. Und es würde auf einer menschenleeren Straße geschehen.

Er hat aber gar keine andere Wahl als weiter zu laufen. Vorbei an den geschlossenen, vergitterten Läden, worin sich seine ausgezehrte Gestalt spiegelt. Ein Hemdzipfel hängt ihm aus dem Bund, dicke Schweißperlen stehen auf der Halbglatze.

Der Schwarze an der Ecke sieht aus wie ein Dealer, mit den nagelneuen Basketballstiefeln und seinem offenen Parka, unter dem man seine bloße Brust sieht. Eben hat er einem verwahrlosten schwarzen Mädchen etwas in die Hand gedrückt und trottet jetzt in seinen übergroßen Jeans Richtung Osten. Er rennt ihm hinterher, riskiert den Herztod, aber wie durch ein Wunder holt er ihn ein.

„Ausverkauft", meint der Dealer, „un du siehst nich grade gut aus. Geh lieber wieder heim, mein Freund. Könntstn Herzanfall oder sowas kriegn, in deim Alter."

Wie ein Hammerschlag trifft ihn das Urteil, ohne jedoch das

brennende Verlangen nach Crack zu stoppen. Da entdeckt er an der nächsten Ecke eine schmale Figur im Licht der Morgendämmerung: das schwarze Mädchen, das er gerade beim Deal beobachtet hat. Sie scheint keine Angst zu bekommen vor seinen beschleunigten Schritten und seinem Blick, der wild und starr sein muß.

Auch ihre Augen sind hart und glasig! Die Hand zittert unter dem dünnen Ärmel ihrer Bluse. Vom Crack sind ihre ausgemergelten Züge erschreckend verfeinert.

„Ich brauch nurn Zug", keucht er atemlos.

Ein Partikel statisch aufgeladenes Haar löst sich, als sie zu einer Kellertreppe geht.

„Grad was gekauft. Hab alles in die Pfeife gehaun. Hastn Zehner?"

Er drückt ihr das Geld in die Hand. Auf dem Weg zur Treppe bleibt er an ihr dran, so dicht es nur geht. Sie hocken sich hin und sie reicht ihm eine richtige Crackpfeife, mit Pfanne und allem, und hält ein Feuerzeug daran.

Ihre wadenkurzen Hosen knittern über den spindeldürren Beinen. Jetzt erst bemerkt er an ihrem ausgebeulten Bauch, daß sie schwanger ist. Der Rauch füllt einmal mehr seine Lungen und bringt sein erschöpftes System auf Touren. Mittendrin reißt sie ihm die Pfeife weg und setzt sie sich selbst an die Lippen. Sie inhaliert so lange es nur geht, hält das Feuerzeug immer noch an die Pfeife. Springt auf und die Treppen hoch, als fürchte sie, er könne ihr die Pfeife entreißen. Läßt ihn auf der Eisentreppe zurück. Das Crack drängt und fordert, doch der Körper versagt.

Irgendwann kommt er hoch, setzt einen Fuß vor den anderen, arbeitet sich die Treppe hoch ... macht einen schwerfällig steifen Schritt nach dem anderen die Straße hinunter, vorbei an einer Frau mit zwei Kindern. Meidet ihre Neugier und ihren Schrecken.

Wie ein Automat bewegt er sich weiter, die Augen hart wie Murmeln, der Bauch ein krampfendes Loch, das seine Seele verschlingen will. Bis zu seinem Appartement sind es einige Blocks mehr, als er dachte. Die Schuldigkeit zu überleben ist es, die ihn vorwärtszieht – ein Pakt, den er vor langer Zeit schloß.

Braver, tapferer Soldat – los-zwei-drei-vier –, der gehorsam in die große Crackdürre marschiert.
Als Baby Pop die Augen schloß, tauchten die üblichen Bilder auf. In solch einem übermüdeten Zustand wirkte das Schließen der Augen oft wie ein sofortiger Übergang in den Traum. Was er mit offenen Augen für reale Gedanken und Gefühle gehalten hatte, schälte sich jetzt ab wie ein Schleier, hinter dem Bilder auftauchten, die auf der Leinwand seines Verstandes tanzten. Machmal waren sie nur Zeitvertreib, sein eigenes, privates Kino, aber manchmal auch beunruhigende Dämonen, die nicht verschwinden wollten.

Diesmal tauchte das Bild eines fast vergessenen Kunden wieder auf, als führe es ein Eigenleben. Die Macke des Mannes war seltsam fade gewesen. Baby Pop mußte sich in einen Sessel setzen und die Augen schließen. Das machte Angst, denn wenn Baby Pop die Augen geschlossen hielt, hätte der Mann alles mögliche machen können. Dann sollte Baby Pop sich vorstellen, ein Leben zu leben, wie er es ihm beschreiben würde. Ein Leben wie im Fernsehen. Da wären Brüder und Schwestern, eine Mutter und ein Vater und ein kleiner Basketballplatz im Hof. Er würde aus dem Sommerlager zurückkommen und seine Eltern ihm das erste Auto kaufen. Dann wäre da ein Mädchen aus dem College und, so erzählte der Mann, sie sollten heiraten. Sie würden in ein nettes Haus mit Vorgarten ziehen.

Nachdem der Typ die Geschichte zu Ende gebracht hatte, mußte Baby Pop die Augen öffnen und sich aufs Bett legen. Baby Pop fragte sich, was jetzt wohl kommen würde, und wollte ein Kondom haben. Aber statt dessen zog ihn der Typ an sich heran und hielt ihn in den Armen. Er fing an zu weinen und drückte ihn fest an sich. Seine Tränen rannen in Baby Pops Nacken, und er streichelte ihm über die Locken. Um etwas für sein Geld zu tun, tröstete ihn Baby Pop, klopfte ihm auf die Schulter und versprach, alles werde wieder gut. Nach ein paar Minuten sagte er, er müsse jetzt gehen, und der Kunde stand auf, trocknete seine Tränen und bezahlte ihn.

Warum mußte er ausgerechnet jetzt daran denken? Wie eine Antwort tauchte ein unerwünschtes Bild des *cafres* auf, mit dem er es diese Nacht zu tun gehabt hatte. Wie ein rückspulendes Tape rollte die Zusammenkunft über sein geistiges Auge. Zuerst erinnerte er sich an den Staubsaugermund an seinem Schwanz, dann an die irre Panik des Typen, nachdem er ihn endlich auf Droge hatte, und schließlich an die kühle Unterhaltung davor. Genau dieses kühle Gespräch über die Bücher machte ihn stinksauer. Es kam ihm plötzlich in den Sinn, daß der Kerl ihn wahrscheinlich für einen Deppen gehalten hatte, als er ihn nach den Büchern fragte. Dieser Verdacht führte zu einem weiteren: der Kerl hatte gelogen. Wahrscheinlich wußte er genau, wo Apollo war.

Wenn das stimmte, verdiente er den Tod. Was zuvor wie ein Geniestreich ausgesehen hatte, schrumpfte jetzt wegen dieser Befürchtung zu schmerzlich kleinen Proportionen. Der Zorn auf den Kerl kochte in ihm hoch. Sollte er ihm noch mal über den Weg laufen, würde er ihn töten.

Der Mord an dem Kerl war der nächste Film, der auf der Innenseite seiner Lider lief. Er sah sich im Schlafzimmer einen Hammer über der Glatze des Typen schwingen. Schlag auf Schlag matschte er die Kopfhaut zu blutigem Brei. Zwischen Knochensplittern lagen blutbesudelte Bücher, die der Typ angeblich geschrieben hatte. Baby Pop hatte sie aus dem Regal gezogen, zerrupft und auf dem Boden verstreut.

Jetzt, da er von der Polizei verhört wurde, stand er plötzlich im Zentrum des Fernsehinteresses. Das war spannend und er wollte es bis zum letzten auskosten. Er erzählte zuerst der Polizei und dann im Fernsehen lebendige Geschichten von seinem Rachezug und der Schattenwelt der Drogen, des Crossdressing und Sex, die sich alle um bestimmte Kinos und Bars drehten. Die ganze Palette seiner Spitznamen listete er auf, von „Baby Pop" bis „Genie", nicht aber seinen richtigen Namen, aus Achtung vor seinen Vorfahren und Verwandten und zu ihrem Schutz. Er zeigte den Reportern Tätowierungen an Stellen, wo sie nicht fotografieren durften, und schilderte ausführlich wann und wo sie in sein junges Fleisch geritzt worden waren. Genaugenommen breitete er alles vor ihnen aus, was sein spiralförmiges Abwärtstrudeln erklären konnte, beschrieb die Bewegung, die ihn zu einem 14jährigen Mörder gemacht hatte, und er setzte seinen geballten Verstand dazu ein, soviel Verführer, Kriminelle und Kinderschänder in seine Verteidigung einzubauen, wie ihm nur einfielen.

Schließlich brachte man ihn vor den Oberstaatsanwalt, und nun war es an ihm, der Welt ihre eigene Verderbtheit und Korruption vorzuführen.

Ricardo Rodriguez, auch bekannt als Baby Pop? fragte der Staatsanwalt.

Sie kenn ich.

Tatsächlich?

Mhm, Sie ham bei Tina abgehängt.

Ich glaube nicht, daß wir uns in einer Transvestitenbar getroffen haben könnten, Söhnchen. Aber wie kommt es eigentlich, daß du in einer solchen Umgebung „abhängst"?

Hab den cabron *gesucht, wo meim Vater wehgetan hat.*

Und wer ist dein Vater?

Man nenntn Casio.

Und der cabron*?*

Son nigger, heißt Apollo.

Warum hast du geglaubt, diese Person ausgerechnet in dieser Transvestitenbar zu finden?

Weil er n Prostituierter is, Euer Ehren.

Und woher weißt du das?

Weil, ich hab den Sack mitm Männerschwanz im Maul gesehn.

Wo kann man denn sowas sehen?

Hinterm stinkichn Vorhang im Kino auf der Avenue, wo er auf die Knie runter is und nem ganzen Rudel Typen ein geblasen hat, ohne sich umn Kondom zu schern

Was hast du in diesem Kino getan?

Mein Vater arbeitet da.

Weiß denn dein Vater nicht, daß das ein Kino für Erwachsene ist und kein Ort für Minderjährige wie dich?

Is doch nich der, ders Sagn hat wer reindarf un wer nich da drobn. Ne alte Portugiesin isses, die nie ihr Gesicht zeigt, soweit ich gehört hab.

Und wer sagt das?

Weiß jeder.

Warum erzählst du nicht einfach, was in dieser Nacht geschehen ist, Söhnchen. Fang ganz von vorne an.

Ja also, Angelo hat gesehn, dasse mein Vater ins Kranknhaus bringn, und is zu mir un hat gesagt, ich solltn besuchn.

Wer ist Angelo?

N Crackhead. Also bin ich ins Krankenhaus, wo der Priester war, der mich mißbraucht hat, wie ich grad mal so groß war.

Du beschuldigst einen Priester, dich belästigt zu haben? Das ist eine schwere Beschuldigung. Ist das dein Ernst?

Ja.

Wie heißt er?

Pater Kraus.

Du weißt, daß ich das aufschreibe.

Soll ichs für Sie aufschreibn? Ich kann schreim, müssense wissen.

Ich bin sicher, daß du das kannst.

Also jedenfalls is da mein Vater, der immer high war die ganze Zeit wo ich klein war, und liegt völlich fertich im Kranknhausbett.

Welches Krankenhaus war das?

Drübn an der Neunten. Un er sagt mir, daß der Halbnigger Apollo n mit ohne Grund fertichgemacht hat.

Und weiter?

Was mein Sie mit weiter? Ich hab mir gedacht, daß ich machn sollt, wassn guter Sohn zu tun hat. Sein Arsch aufreißn.

Das ist alles schön und gut, aber der Mann, den du getötet hast, ist nicht dieser Apollo.

Denken Se, ich wüßt das nich? Dassdas Problem mit euch Leuten. Immer glaubn, ihr wißt alles, un ich könnt mein Arsch nich vom Ellbogn unterscheiden.

Dann sag mir, warum du auf den Mann losgegangen bist, Kleiner.

Der Drogntyp wollt mir ann Arsch.

Sekunde, Kleiner. Du sagst, der Mann hat versucht, dich zu vergewaltigen?

Okay.

Was, okay?

Na: okay, ja. Genau das sag ich. Is nich leicht für mich, sowas zu sagn. Klar, Euer Ehrn?

In Ordnung. Fangen wir noch mal früher an. Wo hast du zu der Zeit gelebt?

Ich wohn in Port Authority.

Du meinst, du schläfst dort?

Ich schlaf am World Trade Center. Aber ich studier am Port Authority.

Was studierst du?

Mathe. Un außerdem les ich dort auch noch mein Stephen King Buch.

Du bist ein Fan? Ich auch.

Na sowas.

Also, der Mann, der dich angeblich vergewaltigen wollte. Hat er dich in seine Wohnung mitgenommen?

Ja.

Und warum bist du mitgegangen?

Na, weil, ich hab doch den cabron *gesucht, wo mein Vater verhaun hat. Un Angelita hat gesagt, der Drogntyp mit den dreckichn Turnschuhn wär ne gute Adresse.*

Wer ist Angelita?

Ne Transe. Hat jetz die neuen Wassersäcke und war ma mit meim Vater zusamm. Wolln Se mir erzähln, dasse Angelita nich kenn?

Also Angelita sagt zu mir –

Wo hast du diese Angelita getroffen?

Bei Tina. Wo die ganzn Queens anschaffn und auch n paar Stricher rumhängn. Kohle fürn Fläschchen Scotty odern Schuß zusammkratzn.

Und was hat Angelita da gemacht?

Was wird die wohl da gemacht ham, Euer Ehrn? Hat wohl gehofft, sie könnt sich ein von den reichen Politikern oder Abgeordneten abschleppn, die da immer mal reinschaun. Sie kennt die Namen, glaub ich, besser wie ich.

Ach ja? Und wie kommst du auf diese Idee?

Also Angelita zeigt auf den Weißn un sagt, den hatse mit Apollo gesehn, in der Nacht, wo der Scheiß passiert is. Er warn – wie sagt ihr gleich?

Ein Augenzeuge?

Genau. Augenzeuge.

Und, was hat er dir über Apollo erzählt?

Daß der mein Vater krankenhausreif geschlagn hat.

Das hat er dir erzählt?

Genau!

Noch einmal. Angelita zeigt dir diesen Mann und behauptet, er sei mit Apollo in der Tatnacht zusammen gewesen?

Genau.

Und was ist dann passiert?

Ich bin zu dem hin un hab gefragt, wo hat er den Verbrecher versteckt.

Was hat er geantwortet?

Hat so getan, als wüßt ers nich, naja, so: wovon sprech ich eigentlich? Aber ich hab gesehn, er lügt, so nervös wie der war.

Warum hast du uns nicht über 911 angerufen, wenn du Informationen hattest, die deinem Vater geholfen hätten?

Weil, Euer Ehrn, vorm Jahr hat mich einer von euern Wagn wegn Landstreichen geschnappt. Un der Bulle fährt mich inne Sackgasse un ich mußt jede Menge komische Sachn mit ihm machn.

Sei vorsichtig, Junge. Du weißt nicht, womit du da spielst.

Is mir egal, Euer Ehrn, ich hab eh nix zu verliern.

Bleiben wir bei der fraglichen Nacht. Du hast gesagt –

Wieso hörnse auf zu schreibn, Euer Ehrn? Keine Tinte mehr im Füller?

Ich habe wesentlich gefährlichere Arbeitsmethoden als einen Füller, die du nicht gerne kennenlernen würdest.

Ich wett mit Ihnn, ich kennse schon.

Ich will dir mal etwas sagen: Wie du dich jetzt benimmst, hat großen Einfluß auf alles, was passieren wird. Also red nur weiter. Du kannst dich jetzt darüber amüsieren, aber später wirst du dafür büßen.

Ich sag nur die Wahrheit, Euer Ehrn.

Glaubst du wirklich, die Welt würde sich für deine Wahrheiten interessieren? Würde sie das tun, dann wärst du überhaupt nicht in dieser Situation.

Von mir aus, un ich bin nich die Welt, aber mich interessierts. Mich intressierts, wie ich meine Familie beschützn kann, auch wenns sonst alln wurscht is. Un deshalb hab ich jetz den ganzn Scheiß am Hals.

Ha.

Warum lachnse da, Euer Ehrn?

Hast du gewußt, daß deine Mutter hier war?

Nö. Warum darf ichse nich sehn?

Naja, sie kam eigentlich nicht wegen dir. Wir haben sie hergebracht, Herr Familiensinn. Weißt du, sie hat immer noch auf deinen Namen jeden Monat Kindergeld kassiert.

- - - -

Das nennst du wohl Familie, wie?

Sie könn ihre Mutter fickn, Euer Ehrn.

Das habe ich überhört.

Ich find, ihr Kerle überhört n bißchen viel. Wieso habt ihr den Apollo-Nigger noch nich geschnappt?

Das ist nicht unser Fall. Du bist unser Verdächtiger.

Ich will noch mal mitm Fernsehn sprechn.

Du wirst mit gar niemandem sprechen, solange du dieses Geständnis nicht unterschrieben hast.

Schiebnses rüber, ich unterschreib.

Sobald er die Unterzeichnung des Geständnisses phantasiert hatte, stellte sich der Stolz über seine großmütige Mission wieder ein.

Wie er da in seiner Phantasie das Geständnis unterzeichnete, wurde ihm wieder die Ritterlichkeit seiner Mission klar. Die Größe des Opfers schien ihm so bedeutend, daß sich erneut, wie beim Verlassen der Wohnung seines Kunden, ein Hochgefühl einstellte. Baby Pop setzte sich auf, schob den Ast zur Seite und machte sich mit frischer Kraft auf den Weg. Er mußte seine Heldentat mit Abuela und seinem Vater teilen. Ganz sicher würde es ihre Stimmung um einiges heben.

Er nahm die U-Bahn und betrat dann beflügelt das Krankenhaus durch den Besuchereingang. Kurz danach mußte er erfahren, daß sein Vater nicht mehr hier lag. Während Baby Pop auf seiner Bank davon geträumt hatte, ein berüchtigter, bekennender Mörder im Namen seines Vaters zu sein, war Casio ohne großes Aufheben in die Krankenabteilung von Riker´s Island überführt worden. Die im Krankenzimmer campierende Abuela hatte man packen geschickt.

XII

Perdon madre mia

– *Gefängnistätowierung*

ANGELITA, MEIN KLEINER ENGEL,

ich hoff, daß dieser Brief dich in bester Gesundheit und gutem Mut finden möge. Dein Casio denkt an dich, auch wenn du denkst, er is nur ein schlimmer Arsch, der dein Leben vermiest hat und wo nie nichts getaugt hat und dich an die Nadel gebracht. Aber das war damals und laß es uns vergessen. Vielleicht sagst du dir heute, wenn du meinen Namen hörst, nicht mehr jedesmal „Ich will nix von ihm wissen."

Laß mich bei dieser Gelegenheit, wo ich wieder einmal für jeden Scheiß zahlen tue den ich dir angetan hab, eine Sache sagen. Von den ganzen vielen Frauen, mit denen ich zusammen war, bist du die wo ich am meisten achte. Darum habe ich mein Kopf hingehalten, wie wir den Überfall gemacht haben, kleiner Engel. Wenn du in dein Herz guckst, kannst du vielleicht dem alten Casio vergeben und dann tust du vielleicht den Brief nicht zerreißen und mir zuhören, was ich dir sagen will.

Vor zwei Monat haben sie mich nach Rikers verfrachtet. Ich gehe nicht so gut. Ich kann nur ein paar Schritte hoppeln an meinen zwei Krücken. Ein paar Nerven in meinem Rückgrat sind am Arsch, darum haben sie mich in der Klinik in Sicherheitsverwahrung. Fast alle Leut hier haben AIDS. Ich hatte keinen Besuch, bloß mein Jungen Baby Pop, der hat es geschafft letzte Woche hier mit dem Bus herzukommen. Der hat mir gesagt daß meine schöne kleine Urgroßmutter Abuela unsre Welt verlassen hat, zu Tode ermordet von einem Penner auf der Straße weil sie ihre Wohnung verloren hat. Das ist was, was ich mir nicht vergeben kann, daß ich nicht da war und aufgepaßt hab auf Oma. Wie ich noch draußen war hat sie immer ihre Sozialwohnung gehabt.

Angelita Baby ich kann dir nicht sagen wie es is hier jeden Tag zu liegen un diese AIDS Fälle sterben um dich rum und dann sowas von Abuela hören und ich kann nix dagegen tun. Noch schlimmer wo sie Apollo den cabron der mich so zugericht hat noch nicht haben. Wenn der nicht gewesen wär, wär ich draußen gewesen und hätt ihr geholfen. Ich glaube ich war dumm wie ich so schnell auf ihn los bin auf der Treppe. Ich geb zu daß es is weil ich Nigger noch nie hab leiden mögen. Aber immerhin tut sich das grad ändern. Diesmal lern ich was hier drin, daß wir unterdrückten Leute alle zusammenhalten müssen. Aber trotzdem hat der Arsch kein Recht nicht gehabt da im Kino auf mich loszugehen. Also wenn du den da draußen siehst, vergess nicht was er deinem Casio angetan hat. Und vielleicht schickst du dem die Bullen auf den Hals? Oder noch besser wenn du einen von unsren Leuten losschickst und der kümmert sich um den.

Aber ein anderer Fall hat mir recht geschehen und zwar ausgerechnet der Detective Pargero. Du kennst die Nummer. Den hab ich mein ganzes Leben lang am Hals, weil er wie er sagt der is, wo mich vor vielen Jahren aus der Wanne in Jersey City gezogen hat. Das sagt er mir und guckt dabei böse wie er mich diesmal hochnimmt. Der is ein perverser Sack der die Tunten nich in Ruhe lassen kann und die ganze Welt weiß Bescheid. Wo ich soviel Zeit hab liege ich hier und tu davon träumen wie er einmal in den Dreck fällt und seine Marke dreckig ist.

Ich will dich nicht anlügen, Baby Pop hat mir was von dir geflüstert, munequita. Scheints läuft alles so gut bei dir daß du nichtmal aus der Wohnung gehen mußt damit du dein Geld kriegst. Was ich hör hast dus weit gebracht von damals wie du noch was zum Umziehen dabei gehabt hast und die Lastwagen in den Strapsen abgeklappert hast. (Jetzt mußt du nicht sauer sein weil ich hab alles schon lang gewußt.) Es heißt daß du jetzt ein paar dicke Sponsorn hast für um die Miete zahlen. Auf der Straße sagen sie daß du jetzt die Operation machst, weil du genug Geld hast.

Hör zu, Baby. Was du dir wünschst wünsch ich auch, aber mir hast du immer gefallen wie du warst. Du hast immer alles weggepackt, daß ich nicht sehen sollt und warum dann alle Schmerzen und Ärger mitmachen, bloß um damit du dich eine Frau nennen kannst. Wenn du glaubst ich werd zu intim dann denke nur an die vielen Nächte, wo du mich in dir gefühlt hast. Aber lassen wir es dabei, ich steh bei allem was du tust hinter dir. (Haha)

Ich hoffe du glaubst mir das. Weil jetzt muß ich dich um eine Sache bitten und hoffe du hast noch genug für mich übrig, damit du nicht nein sagst. Du weißt wahrscheinlich, alles was sie bei mir gefunden haben waren paar Tütchen und Besteck. Wenn ich die Vorstrafen nicht gehabt hätt und die paar Strafzettel wegen Schwarzfahren, hättn sie die ganze Sache in Ruh gelassen. Ich hab bloß noch vier fünf Monat das is alles. Dann komm ich raus.

Das Problem is, daß ich nicht gut auf den Füßen bin. Ich hab nicht viel Gefühl in den Beinen. Wenn Abuela noch leben tät und noch ihr Zimmer hätt, könnt ich dort ein Weilchen abhängen bis die Physiotherapie und der ganze Scheiß mich wieder auf die Füße bringen könnt. Aber ich habe dir schon gesagt was mit ihr passiert is. Alles was ich dich bitte ist ob dus übers Herz bringen tätst mich für paar Monat bei dir wohnen lassen bis ich wieder in Ordnung bin. Ich werde Sozialhilfe kriegen und kann dir zahlen.

Baby, wenn irgendwas von dem Scheiß wo zwischen uns war dir was bedeutet, weiß ich du tust mich jetzt nicht hängen lassen, noch einmal. Vielleicht könntest du hier raus kommen mit dem Bus und wir könnten wenigstens darüber sprechen. Wenn du kommst tät ich dir nie vergessen wenn du paar Päckchen Newports mitbringst oder bißchen Geld.

Ich will nicht lügen und auch noch den andern Grund schreiben wegen dem ich dich bitten tu. Wenn ich an dein schönen Arsch denk krieg ich immer ein Harten. Jetzt grad ist er so steif und groß daß ich gar nicht weiß was ich machen soll. (Du kannst mir glauben daß meine Beine kaputt sind aber das dazwischen ist immer noch ganz.) Oh, Baby, ich kann richtig fühlen wie du ihn dir reinsteckst.

Er liegt in meiner Hand und schreit nach dir. Ich hoffe ich kann damit warten meine Ladung loszukriegen bis wir zusammen sind. Er ist so heiß und steif, und das ist ein Zeichen für daß du noch nicht alles vergessen hast von der süßen alten Zeit. Ich weiß daß du das auch fühlen tust und daß ich bald in deinem süßen, kleinen Arsch steck.

Peace,
dein Geliebter
Cas (Theodoro)

He, Monica Baby, was geht ab? Immer dasselbe?

Vielleicht fragst du dich welches Arschloch dir diesmal vom Knast schreibt. Nur dein alter Ehemann, Casio. Genau, ein Gespenst aus der Vergangenheit. Ich hoff daß dich der Brief bei bester Gesundheit finden tut.

Was mich angeht, hat sich endlich diesmal alles zum Guten gewendet. Alles cool! Keine echten Probleme! Mir gehts prima! Ich hab mich zusammgerissen und wenn ich rauskomm werd ich wer sein. Versteh mich nicht falsch. Das ist nicht der abgenudelte Scheiß von wegen dicke Kabel um den Hals und tote Präsidenten in der Tasche, sondern echter realistischer Kram. Ein Geschäft lernen, was auf die Reihe kriegen.

Warum warst du noch nicht zu Besuch hier, du eiskalte Schlampe? Du sollst dich was schämen! Vielleicht kommts dir komisch vor, aber wenn einer hier drin hockt und die Zeit geht nich vorbei, dann fängt er an an seine Familie zu denken. Klar denkst du jetzt: schließlich wars Casio wo die ganze Familie und mich ruiniert hat wie wir die ganze Zeit Drogen gefressen ham. Vergess das. Du hast Verantwortung.

Ach ja, ich hab noch ein Hühnchen mit dir zu rupfen. Baby Pop war mich besuchen und sagt, er hat dich nich gesehen seit als die Hölle zugefroren ist! Was soll der Scheiß? Dein Fleisch und Blut so hängen lassen? Du bist die Mutter, erinnerst du dich?

Ach und außerdem, mamita, ich weiß du fühlst dich genauso

mies wie ich wegen daß Abuela tot is. Aber wir können glücklich sein daß sie jetzt ihrn Frieden hat und da oben mit den ganzen andren Engeln ist. Wenn du nich zu beschäftigt bist, kannst du vielleicht mal rüber zu meiner Tante in der Bronx und schauen, daß du ne Locke von ihr kriegst wo sie ihr im Sarg abgeschnitten ham. Ich bitte dich nich daß du mich besuchst, weil ich weiß jetzt daß du dein eignes Leben hast und so. Pack sie einfach in die Post? Wenn du das für mich tätst könntst du sagen du hättst was gutes für jemand getan. Weil ob dus glauben tust oder nich du bist die einzige Frau wo ich jemals Respekt vor gehabt hab.

Von dem abgesehen, immer der gleiche Scheiß. Ach ja, einmal was schon wieder sechs Sonntage her is wars ganz cool. Mein Kumpel Shorty hat so ein Fettweib das ihn besuchen kommt. Die is so quaddlig daß sie sich Bacardi unter eine Titte klemmen konnt und keiner hat was gefunden wie sie sie gefilzt ham. Dann sind wir alle im Besucherzimmer gesessen mit ihm und ihr. Und dann hat sie das Zeug heimlich rausgetan und in eine Coladose getan und wir ham reihum dran genuckelt. Ich weiß das hört sich nicht groß nach was großem an aber für uns hier drin war es DAS DING.

Ich laß dich jetzt gehen weil ich weiß du lebst wahrscheinlich riesig mit so nem Heinz wo dich wie eine Königin behandelt. Da kannst du keine Zeit verschwenden mit Briefe lesen von alten Ehemännern. Bloß eins noch. Kannst du mir ein Bild mit deinen Beinen drauf schicken, in den schwarzen Strapsen und Strümpfen wo ich immer so gern gehabt hab? Oder nur die nackten Titten? Mach dir keine Sorgen ob andere Knackis die sehen. Ich werd sie keinem zeigen (Versprochen). Und du brauchst auch gar nicht kein Gesicht herzeigen auf dem Bild.

Peace und love
von
Deinem Casio

XIII

Apollo, nackt, erwachend. Durch die Jalousien zeichnet die frühherbstliche Sonne Streifen auf seine Brust und bemalt seinen bloßen Bauch. Keine Gänsehaut, kein Zucken in der Miene. Nur ein friedliches Gesicht. Entspannte Muskulatur.

Er rollt sich auf den Bauch und drückt den Rücken noch mehr durch, streckt sich, greift in die Luft. Trockene Stirn. Entspannt. Die schlafschweren Augenlider klappen auf. Schwungvoll wälzt er sich zur Seite, gönnt sich ein herzhaftes Gähnen.

Die Blässe unter dem Walnußton seiner Haut ist einem zarten, frischen Rot gewichen. Er hat ein bißchen zugenommen, Waden und Schenkel sind voller, wodurch die Kegelform seiner kräftigen Beine betont wird. Dünn und weich ummantelt die neugewonne Fülle die alte, ausgemergelte Version. Umpolstertes Glas, gehüllt in weiches Hautgewebe.

Erschreckend, wie sehr sein Aussehen jetzt seinem Alter entspricht. Ein Teenager, auf der Schwelle zum Erwachsenenalter. Der Glanz seiner schwarzen Locken hebt die gereifte Tönung der Haut hervor. Am sonst haarlosen Körper zieht sich eine schmale Spur mattschimmernder, schwarzer Haare von seinem Nabel hinunter zum struppigen Schamhaar. Nur knapp verhüllt, zeichnet sich unter den Laken eine solide Morgenlatte ab. Haarlose Beine. Die Sohlen in einem blasseren Ton, der Spann hoch genug, einen Schatten zu werfen.

Er wirkt wie Mr. Jedermanns Morgenerwachen – jenes Mädchens sportlicher Freund, jenes Geschäftsmannes gesunder Sohn, oder irgendjemandes hart arbeitender, junger Vater. Mit anderen Worten: nicht verfügbar.

Mit den Drogen streifte er auch die Verfügbarkeit ab. Nach der Verwandlung ist er jetzt einfach irgendeiner, der mit seinem kranken Freund in dessen Wohnung lebt. Verdeckt, weil die Polizei ihn noch immer sucht, aber kerngesund. Er muß eingestehen, der Welt nicht mehr bieten zu können.

Voller Farben ist diese Welt jetzt und alle Formen sind dreidimensional. Was anfangen, mit all dem Zeug? Es dauert lange, bevor man dem wirklich Bedeutung beimißt. Manches beschämt ihn, weil es ihn spüren läßt, wie dumm er war. Manches ist so abstoßend, daß ihm einsichtig wird, warum er es nie sehen wollte.

Am Tisch drüben sitzt sein HIV-positiver Freund und krakelt in sein Tagebuch. Genausowenig wie Apollo noch nachvollziehen kann, wie der Rausch sich anfühlte, kann er sich erinnern, mit dem Mann geschlafen zu haben. Er empfindet eine tiefe Dankbarkeit gegenüber der ganzen traurigen, süßen, kranken Menschheit. Sonst nichts.

Ihm ist klargeworden, er hatte noch nie so etwas wie ein Liebesleben. Er fing zu früh an zu fixen, um andere Menschen an sich zu binden. Zwar spürt er noch so was wie einen Geschlechtstrieb, doch er muß sich zum ersten Mal eingestehen, daß der sich nicht auf andere richtet.

Wie soll man sich diese Wiedergeburt hinein in die Banalität erklären? Sie ist so irdisch wie Fleisch und Blut. Leben heißt jetzt ein ganz realer Morgen mit Sonnenlicht, in das hinein du erwachst. Man erwartet von dir einen Kommentar zum Wetter, der Herbst kommt, und dann soll dir klar sein, was du mit dem Rest des Tages anfangen wirst. Ein Tag ohne high zu werden kann sich leicht ins Endlose ziehen.

Sollte er sich so schnell wie möglich stellen und auf einen Gnadenhandel bauen? Sollte er sich um einen Therapieplatz kümmern und damit einen Antrag auf Aussetzung seines Verfahrens begründen? Sollte er sich sagen „Scheiß drauf", einen Job suchen und hoffen, sie würden ihn vergessen?

Wie sein Gönner meint, der am Schreibtisch kritzelt, ist das der Tenor von morgendlichen Entscheidungen, mit denen sich viele, die nicht auf Drogen sind, meist herumschlagen müssen. Aber Apollo gammelt lieber noch ein Weilchen im Halbdunkel. Ein Schattenstreifen von der Jalousie in perfekter Position schützt seine Augen vor dem hellen Licht. Er schließt sie fest und versucht sich zu erinnern ...

Kannst du dich an diesen Film erinnern? Du hast ihn ganz gesehen, aber das Ende vergessen. So ähnlich kommt ihm nun alles vor, was vorher war. Zielloses Kommen und Gehen und Entschuldigungen, warum du an manchen Orten nie aufgetaucht bist. Du hast Zeug ausgedacht, um auf der Straße klarzukommen. Es gab mächtige Figuren, wie Mrs. Huxton, die alle Trumpfkarten in Händen hielten.

Hatte er die Alte jemals getroffen? All diese Geschichten über die reiche, alte Dame, der alles gehörte und die über dem Kino wohnte. Sollte er tatsächlich einmal einer solchen Person Auge in Auge gegenübergestanden haben, so kam ihm das jetzt nur wie ein Traum vor.

Ein verfallener Körper, umgeben von Luxus, driftet über den Ausdünstungen des Kinos ... Dann ein Traum der sich aus dieser Vorstellung speist und zum Anlaß wird, Geschichten zu erfinden ... zum Anlaß, weiterhin Drogen zu nehmen ... und die Geschichten falten sich auseinander zur Legende ...

Du selbst besetzt darin nur eine Rolle und deine Sätze gehen dir leicht über die Lippen. Die einzig unerträglichen Momente sind die, wenn du den Grund spürst, der der Story ein Ende setzt. Das heißt Verrat und ist ein guter Grund für noch mehr Dope. Über dem Kino hat doch tatsächlich eine alte Dame gewohnt, oder nicht?

Der Füller des kranken Mannes kratzt weiter über das Papier. Er bemüht sich, irgendwie mit dem pulsierenden Dilemma umzugehen, das sich in seiner ganzen Fleischlichkeit hinter ihm auf dem Bett fläzt. Er hat Apollo ins Leben zurückgeholt und nun sind sie „dead on each other“ – wie man auf der Straße sagt. Was soviel heißt wie: kein Sex. Oder, weitergefaßt, keine Möglichkeit, gegenseitigen Nutzen voneinander zu ziehen.

Was übrigblieb, schmeckt entschieden nicht nach Straße. Die Milch menschlicher Anteilnahme. Diesem Mann, dem nur noch wenig Leben bleibt, fällt das Eingeständnis schwer, nur die Droge gevögelt zu haben. Es ist nicht leicht, sich wie Dr. Frankenstein zu fühlen, dem es gelungen ist, ein reales Wesen zu schaffen, nur um dann die Kontrolle darüber zu verlieren. AIDS-kranke Angst hat ein Kind mit perfekten Gliedern und eigenem Willen zu leben in die Welt gesetzt. Sobald Apollo wirklich begehrenswert wurde, hat alles, was ihn betrifft, den Fluß des Begehrens vollständig versiegen lassen. Doch ist es nicht genau das, was Freundschaft ausmacht?

Liebes Sterbetagebuch,

Dein Schmerz wird vielleicht weiter leben, aber der meine wird im Opfer beendet sein. Ich muß alles hergeben, obwohl meinem Stift die Tinte ausgeht. Offensichtlich braucht es ein Opfer, um aus einem Zombie einen Überlebenden zu machen. Doch um ein Heiliger sein zu wollen, muß irgendetwas in dir ziemlich schief laufen. Wenn ich nicht krank geworden wäre, hätte ich vermutlich mein Leben damit zugebracht, die Straßenseite zu wechseln, um Leuten wie Apollo aus dem Weg zu gehen.

Seit ewigen Zeiten versagen die Regeln dieses Spiels den irdischen Lohn. Apollo ist jetzt wahrscheinlich so lebensfixiert, daß er zögern würde, mir beim Abgang zu helfen. Als er noch ein Junkie war, wäre er wahrscheinlich losgespurtet, hätte ein paar Päckchen Heroin besorgt und mich den goldenen Schuß setzen lassen – falls ich vor ihm an den Stoff gekommen wäre.

Mein Vermächtnis an die Welt wird eine Person mehr sein, die sich um ihre Selbsterhaltung kümmert.

So soll es sein.

Apollo lauscht. Im Fernsehen läuft eine Morgentalkshow und er schaut einem Interviewer zu, der jemandem eine Frage stellt. Er registriert die Bewegung in den Augen des Befragten und die Veränderung der Gesichtsmuskulatur, die beweist, daß der Interviewte zuhört. Er staunt. Dann hört er, wie der Befragte eine auf sorgfältiger Erwägung basierende Antwort gibt. Er staunt wieder.

Jetzt spricht sein kranker Freund. Apollo kann ihn tatsächlich hören. Wie er sagt, er sei zu schwach, um rauszugehen und frischen Orangensaft zu kaufen. Apollo reagiert auf die Worte. Die Ebbe und Flut seiner Hirnchemie als Reaktion auf äußere Anlässe erfüllen seinen Freund mit trauriger Verwunderung. Das Gefühl, Apollo hört zu, ist wie beim Blick durch ein Mikroskop zum erstenmal das Fließen des Zytoplasmas in einem Mikroorganismus zu entdecken. Im Kielwasser dieser zähen Strömung treiben Fragen, von denen die zwei bisher nicht berührt waren.

Welches Fernsehprogramm würdest du gerne sehen? Ist das wirklich dein Geschmack? Warst du wirklich einer Meinung mit dem Moderator? Glaubst du an Gott? Würdest du echt diesen Präsidenten wählen? Was hast du wirklich von meinem unkonventionellen Verhalten gehalten? Du meinst, daß du dich nie mit mir als Außenseiter identifiziert hast?

Das unerreichbare Bild – ein Bild der Zukunft – belebt sich. Ein lebendiger Apollo reagiert auf die Bitte nach Orangensaft, zieht sich Unterhosen und Hosen an. Unwirkliches Ereignis: Apollo ist seinem Freund gefällig.

In der Tür umarmt Apollo seinen Wohltäter mit brüderlicher Zärtlichkeit, die Hüfte vorsichtig zurückgenommen. Der Mann geht wieder an seinen Tisch zurück, wirft noch ein paar Zeilen mehr aufs Papier.

Liebes totes Tagebuch,

der Morgen brachte einen Beweis für Apollos Zuneigung. Er ist los, um mir Orangensaft zu kaufen. Du dagegen hast mir fast alle Tinte ausgesaugt, die du bekommen wirst. Noch ein weiterer Aderlaß sollte genügen. Es geht um die Ironie meiner Behandlung.

Ich bin meiner Krankheit nachgejagt wie ein Hund seinem eigenen Schwanz und habe die Krankheit Gesundheit genannt, um den Kreis zu durchbrechen und allein zu sterben ...

Mach was aus dir. Schließlich kannst du nicht ewig von deinem kranken Freund abhängig bleiben.

Nachdem er den Orangensaft besorgt hat, zieht er saubere Hosen an und bügelt ein Hemd nach sorgfältig inszeniertem Ritual.

Geht auf die Straße und saugt die erregenden Empfindungen auf. Es ist immer noch Vormittag. *Ich bin ein junger, gesunder Mann, der Arbeit sucht. Neue Treter, und die Füße stinken nicht. Das reicht fürs erste.* Aber die Zukunft? *Computer, oder vielleicht ein Pflegeberuf.*

In der klaren Herbstsonne eilen Leute auf dem Weg zu Terminen vorbei. Ein Typ mit Aktenkoffer lehnt in einer Telefonzelle und telefoniert. All das mag Klischee sein, doch bisher lag es im Schatten. Jetzt macht ihn das neue Licht zu einem Teil des Geschehens.

Wie auf Befehl taucht ein „Bedienung gesucht"-Schild im Fenster eines Burger Kings auf. Er stolziert hinein, ist sich der atmosphärischen Veränderung überbewußt. Seine frisch sensibilisierten Rezeptoren riechen Arbeit – die ausbeuterische, fettgeschwängerte Luft – und nehmen drangsalierte Immigranten wahr, die am Tresen und weiter hinten, in der Küche, herumschleichen. Er konzentriert sich auf bestimmte Muskeln in seinem Handgelenk, versucht, sich als Hamburgerbrater zu sehen. Doch der Pakistanimanager, der ihm das Bewerbungsformular aushändigt, scheint auf gespenstische Weise sein Potential zu verkennen.

Natürlich bleibt ihm immer noch das Kleiderviertel. Er schlendert zu Fuß nach Midtown, stellt sich vor, ein fleißiger, junger Vater zu sein, der ein paar Mäuler zu füttern hat. Im Schatten abgestellter Lastwagen sieht er die Schwarzen und die Latinogesichter: einige leer vor Müdigkeit oder Langeweile, andere in unterdrückter Wut erstarrt. Kein Gruß in ihren Augen, als er vorbeiläuft. Er ist nur einer mehr im Wettbewerb, dem man daher nicht unbedingt vertrauen kann. Oder ein weiteres Häufchen Elend mit einer deprimierenden Lebensgeschichte. Er geht weiter nach Nordwesten.

Die altbekannte Gegend läßt sein Herz schneller schlagen. Die Achte Avenue, Tinas Bar, das Pornokino im strahlenden Sonnenlicht. Eine Eingebung sagt ihm, noch nie hier gewesen zu sein – als würde er durch ein fremdes Photoalbum blättern. Nicht nur weil die Gebäude auf eine Art verfallen, die er nie bemerkt hatte, und überall auf dem Gehweg abgeblätterter Putz liegt. Auch nicht wegen des abgestandenen Geruchs oder den verkrusteten Händen und glasigen Augen der Crackgespenster. Auch nicht wegen des halbbekleideten Tuntenspeedfreaks mit dem verschmierten Maskara und den zerstochenen Unterarmen vor dem Stundenhotel, oder wegen des übernächtigten Junkies, der tranig einen Schokoriegel in einem koreanischen Gemüseladen angafft. Es ist der Eindruck von Nichtigkeit. Ein abgelegenes, sterbendes Dorf. Alberne kleine Bars, in die niemals jemand mit richtigem Geld kommen wird. Großspurige

Pläne, die immer und immer wieder ausgesponnen werden, wie eine kurze Endlosschlaufe.

Auf dem Rückweg runter zum Port Authority läuft ihm Cubby über den Weg, in einer geklauten Lederjacke. Er trägt sie offen über der nackten Brust, um mit den Tätowierungen zu protzen. Cubby mit seinen Teufeln und dem Henker, den Piraten und Kreuzen, der so großartig und gefährlich und absolut klasse ausgesehen hatte und jetzt wie ein mieser Versager daherkommt, nichtssagend.

Wie immer begrüßen sie sich mit Abklatschen und Bärenklammern, aber in Apollo macht sich ein unheimliches Gefühl breit. Die tätowierten Arme des Kerls kommen ihm vor wie Tentakel mit nutzlosen Saugnäpfen. Apollo läßt sie abgleiten, aber der Schleim, den sie zurücklassen, glibbert katalytisch, erzählt von den verborgenen Zwängen des alten Milieus.

Natürlich sind Cubby Apollos frische Farbe, die zusätzlichen Pfunde, die klaren Augen aufgefallen und er stellt tausend Fragen. Apollo bleibt vage, zuckt die Schultern, dreht die Hände nach oben. Er stellt sich dumm, tut so, als bemerkte er nicht, daß man ihn beobachtet. Wo er gesteckt hat? Bei seiner Mutter abgehangen, seinen Scheiß auf die Reihe zu kriegen. Eigentlich sucht er gerade einen Job.

Ein möglicher Freundschaftsdienst läßt Cubbys graue Schielaugen funkeln. Zufällig weiß er, wo ein Job wartet, und vielleicht interessiert das Apollo. Wie es aussieht, haben die Cops Tinas Laden die Nachtlizenz entzogen. Zum Ausgleich hat sie einen anderen, erst nach der Sperrstunde öffnenden Club drüben auf der Elften Avenue aufgemacht, für die harte Seite des Gewerbes. Cubby hat den ganzen Morgen an den Wänden rumgepinselt. Eröffnet wird heute Nacht um vier. Die Bullen sind geschmiert; und wenn es hell wird, muß man klingeln, um reinzukommen, also brauchen sie einen Türsteher.

Apollos Spürsinn verhakt sich wie Antikörper an Cubbys Vorschlag. Das hört sich doch schon ganz anders an als Burger King oder Kleiderviertel. *Ich hab nen Job!* freut sich Apollo und ist insgeheim erleichtert, sich nicht in ein fremdes Umfeld einleben zu müssen. Cubby wird ihn einführen. Apollo soll einfach gegen drei auf der Matte stehen. Und nicht vergessen, daß Cubby mal was gut hat.

Zeit – Organisation – wird zur nächsten Hürde. Was tun während der nächsten sechzehn oder so Stunden, bis die Arbeit beginnt? Die einzig mögliche Antwort lautet: sie bei McDonalds absitzen und Kaffee kippen. Momentan hat er noch keine rechte Lust, mit seinem kranken Freund über den Job zu reden.

Ein Job in einem After Hours Club ist die ideale Lösung, wenn man vor der Polizei abgetaucht ist. Er läuft nicht auf Karte. Sie nehmen dich nicht hoch, außer es fällt ihnen ein, den ganzen Laden hochzunehmen. Die Atmosphäre wird von der ganzen alten Mannschaft bestimmt sein, er nimmt sich jedoch vor, die Finger von den Drogen zu lassen, was, wie er schon jetzt ahnt, ein echt bizarres Erlebnis sein wird.

Sie klatschen sich noch einmal ab. Dann fällt Apollo noch ein, er möchte unter einem neuem Namen dort eingeführt werden. Er überlegt kurz, denkt an seinen neuen, nüchternen Zustand und sagt: „Perk".

„Du meins, wie Percodan?" fragt Cubby.

„Nein", sagt Apollo, „wie ‚perky'. Ich hab dir doch gesagt, ich bin sauber."

*perky: lebhaft, munter, keck, selbstbewußt.

XIV

Sieht aus, als hätt unser Obergangster ne Goldader angezapft.

Wass los, Mercedes?

Na, Apollo, weg von Fenster gewesn, wie? Siehst aus, als hättste dreimal am Tag was zu futtern gehabt.

Ich hab nur ne Weile flach gelegen.

Mitm Heinz, dern volln Kühlschrank hat, scheints.

Ich hab nen Job, Mercedes!

Wern wir jetzt ehrlich? Für wen arbeitstn?

Für Tina. Ich machn Türsteher hier.

Hier? Hängs noch an der Nadel?

Nee, habs gesteckt.

Mein Mann erlöst! Aber trotzdem wagt er sich in die Hölle zurück, weil er ne ordentliche Lohntüte will. Echt witzig. Hier drin wirds gleich bloß so wimmeln vor Fixern un Rohrlutschern.

Du kommst jednfalls nich rein, Mercedes. Tina meint, ich soll kein reinlassn, der high is.

Na sowas. Sagt Susi Sauber, oder wie? Letztes Mal, wo ich dich gesehn hab, haste mit ner U-Bahn-Schranke gequatscht.

Davon weiß ich nix.

Kein Wunder. Du wars so drüber, du hätts es dritte Loch fickn könn und nix gespürt.

Ich hab gesagt, du kannst nich rein.

Du Fünf-Dollar-Nutte! Ich hab von Anfang an kein an dich rangelassn! Wenn ich nich gewesn wär, hätt dir irgendn Vogl die Bullen aufn Hals gehetzt! Jetzt geh ich da rein un dann wirste damit klarkomm müssn.

Verdutzt sah Apollo hinter ihr her.

Sie war vor der Tür aufgetaucht, wacklig, auf hohen Absätzen, die platinblonde Perücke lachsfarben im Licht der Straße. Das silberne Kettenkleid an ihrem zitternden Körper glitzerte auf der schwarzen Haut.

Beim Versuch, ihr den Eintritt zu verweigern, hatte Haß ihre Züge verzerrt, wie damals, als sie mit dem Messer auf ihn losgegangen war. Dann hatte sie ihm ihre Kettenhandtasche ins Gesicht geschlagen und sich gewaltsam Eintritt verschafft.

„Also gut, ausnahmsweise“, schrie er hinterher. Die Queen hörte es nicht. Sie war schon auf der Damentoilette verschwunden, um Lungenpuder nachzulegen, und würde gleich noch bedröhnter und irrer wieder aufkreuzen.

Im nichtbedröhnten Zustand fiel es ihm schwer, den überdreht übelgelaunten Schwarzen mit der sirupsüßen, schlangenhaften Queen, die er so oft beschlafen hatte, in Verbindung zu bringen. Er sah nur die grobgliedrigen Finger mit den krallenartigen Nägeln und die knotigen Muskeln.

Eine Woge massenhaft einfallender Nachtschwärmer, die an ihm vorbei in die Bar strömten, ertränkte seine Gedanken. Hellwach wie nie zuvor, inspizierte er jeden einzelnen und schob ein aufkeimendes ungutes Gefühl beiseite. Es war nicht das gleiche Publikum wie in Tinas alter Bar in der Achten, das hier waren Ausgestoßene einer niedrigeren Kaste. Minderjährige Homeboys aus New Jersey in übergroßen Klamotten und Goldketten, Kleindealer in Nylon-Parkas und neuen Basketballtretern und heruntergekommene, besoffene Freier: Abhänger aus den anderen Bars, die um diese Uhrzeit schlossen, untermischt von deren ausgelaugtem Personal.

Mit ungewohnter, geistiger Erregtheit, die das Dope früher blokkiert hatte, begriff er die Anforderungen seines Jobs. Er würde die Regeln je nach Situation dehnen und anpassen müssen. Jeder hatte das Recht, high zu sein und trotzdem reinzukommen, solange er mit seiner Dröhnung keine wirkliche Bedrohung darstellte. Gequatsche über den korrekten Ablauf war Bockmist und diente nur dazu, den Preis auszuhandeln, außer, wenn Tina mit einer ausdrücklichen Anweisung kam, die ohne Scheiß aufs Komma befolgt wurde. Und er könnte sehr schnell seine Autorität einbüßen, wenn er als Türsteher

Leuten nachgab, die davon ausgingen, daß er das letzte Wort hatte.

Zum ersten Mal dämmerte ihm – und er konnte nicht verstehen, wieso erst jetzt –, daß er von nichts als vier Wänden und Boden umgeben war, mit dem einzigen Zweck Drogen zu ballern, wenn die Straßen sich leerten und sonst alles schon zu war. Was vielleicht in den Augen derer, die von den nächtlichen Straßen kamen, wie ein Riesenfest aussah, verwandelte sich unter seinem nüchternen Blick in eine schmierige Bar, der man ein buntes Mäntelchen aufgepinselt und ein paar lasche Papiergirlanden umgehängt hatte, und die nach Klodesinfektionsbonbons roch.

Mit eisig lächelnder Grimasse fertigte er die Nullen mit ihren Goldzähnen und großen Billigkappen ab, ganz strahlende Manneskraft und kantige Gesichter, aber wahrscheinlich gerade mal achtzehn oder sogar noch jünger. Magere Körper auf stramm getrimmt, mittels weiter Klamotten – alter Knasttrick. Zungenspitzen, die über zusammengepreßte Lippen leckten – der typische Kokstic.

Den Queue noch in der Hand, trat einer vom Billardtisch zurück und fiel einer drallen Blondine in Pink in die Arme. Bei genauerem Hinsehen: die Blonde war eine jugendliche Transe.

In einer Ecke bearbeitete ein teiggesichtiger schwuler Junge einen pickligen Kunden, der nur mühsam sein Gleichgewicht auf dem Hocker hielt. Der Junge wichste ihn durch die spießigen Hosen. Er ließ den Typen die Zunge in seinen Mund stecken und bat ihn um ein paar Dollar für das „Puderzimmer". Der Typ spuckte das Geld aus und der Kleine verschwand eilig nach hinten, sicher um einen Zug aus einer Crackpfeife zu kaufen. Frisch belebt kam er zurück und brachte den Job an dem alten Bierbauch zu Ende.

Die Bilder drängten sich Apollo auf, wie Straßentypen ihren Opfern. Sie machen dich an und werden fies genug, daß du ein bißchen Schiß bekommst. Und dann versuchen sie das letzte aus dir rauszuholen.

Ein völlig dichter Cubby klemmte Apollo in der Tür ein. Sein rasender Puls vibrierte auf Apollos Brustbein. Die nackte Haut verströmte feuchte Hitze und faulen Geruch, die in Apollos Haut eindrangen. „Ich hab dich aufn Trichter gebracht, Perk", spuckte er durch einen Crackkrampf, „stimmts?“ Er wollte ihm nur einen Zehner für eine Dröhnung rausleiern und fand, Apollo schulde ihm das. „Bloß fünf Krötn fürn halbn Gockel?“ greinte er.

„Weg von der Scheißtür, Cub! Du weißt, Tina will, daß ich mir euch Typen durchs Guckloch anschau, wenns hell wird.“

Trotzig streckte Cubby das Kinn vor, in seinen Stecknadelaugen blitzte eine Drohung. Er wußte verdammt genau, daß Apollo schon fleißig bei den weißen Kunden, die blöd genug waren, drauf reinzufallen, Handgelder kassierte, indem er ihnen weismachte, es koste Eintritt. Doch Apollo war klar, wie uncool es wäre, Cubbys Erpressungsversuch zu früh nachzugeben und so schnell Geld locker zu machen.

Draußen auf der Straße wirbelte der Crackhead noch mal herum. „Nigger, ich werd gleich wieder dasein. Besser, du machst dir schon maln Kopf wegen mir.“ Im Zickzack lief er nach Westen und ruderte bedrohlich mit den Armen. Vorbei an dem Trupp Obdachloser, die unter einer Brüstung in ihren Pappkisten campierten. Als er eine der Kisten mit der Faust traktierte, kreischte eine Frau von drinnen „Weiße Schwuchtl!“ Apollo linste durch das Guckloch in der jetzt geschlossenen Tür. Er sah Cubby schimpfend durch das Pappdorf ziehen, vorstoßend und zurückweichend, während die Frau aus ihrem Karton Flaschen nach ihm warf.

Zur Einweihung ihres neuen Clubs hatte Miss Tina sich zu einem ihrer seltenen Auftritte ohne Frauenkostüm entschlossen. Den ganzen Abend hatte sie im Zimmer, wo sich der Safe befand, damit zugebracht, das männliche Outfit zusammenzubasteln. Beim Intro von „It's not unusual“ verstummte die Menge, und Tina erschien. In grandiosem steifen Bogen schleifte sie ein rotgerändertes Operncape hinter sich her, und die Jungs und Queens mußten sich ein wenig zurückbeugen, um nicht die falschen Wimpern einzubüßen. Darunter trug sie ein loses Tom Jones Hemd über weggebundenen Titten, Smokinghosen und einen Kummerbund. Sie wedelte mit einem großen, straßbesetzten Mikro.

Der Effekt war primitiv, eine gewaltige Show der Dominanz, und ringsum sah Apollo ausgelaugte, bedröhnte Gesichter, die vor ihr zurückwichen oder um ihre Aufmerksamkeit buhlten: Ex-Favoriten, die sie wieder auf die Straße gesetzt hatte, wichtige Geschäftspartner, Transenfreundinnen.

Er hatte die Kriecher schon tausendmal gesehen, die sich hier um Tinas Gnade bemühten. Nie war ihm dagegen ihre computergenaue Bewertung dieser Leute aufgefallen: kesse Anerkennung der korrekten und wichtigen, an den anderen fegte sie vorüber, als wären sie Müll.

Müllappeal war der entscheidende Kontrollfaktor. Und die Elenden verharrten oft in dieser Lage, um die ohnehin Mächtigen noch mächtiger zu machen. Die kükenartig gereckten Hälse der Verdammten waren ihr Kapital. Meist hatten sie in der Vergangenheit irgendeinen fatalen Fehler gemacht. Hatten eine Regel dieses Rechtssystems gebrochen und Tinas Geschäft gefährdet, einen zahlenden Kunden bestohlen, Geheimnisse ausgeplaudert oder einen unschönen Streit angezettelt.

Diese gedemütigten und aus Tinas anderen Läden verbannten Kreaturen richteten jetzt ihre Augen ins Scheinwerferlicht und hofften auf eine zweite Chance.

Tinas entscheidende Macht stand durch ihr Auftreten als Mann an diesem Abend noch deutlicher vor Apollos Augen – das markante, angejahrte Gesicht; schmaler, geschäftsmännischer Mund, scharfsinniger, väterlicher Blick.

Keinen befremdete die überzeugend machohafte Tom Jones Imitation. Schließlich lief ja auch der Papst im Fummel, ohne daß ihm jemand seine Männlichkeit absprach. Es folgte „Woman, Have You Got Cheatin′ On Your Mind“. Tinas Gesicht strahlte, als sie in einer Parodie auf den Text mit ihrem Blick die Zuhörer fixierte, wie ein Lehrer bei der Suche nach ungezogenen Schülern. Und einige der Wiederbelebten liefen rot an und senkten beschämt die Augen.

Als die Nummer beendet war, tobte die größtenteils zugekokste Menge in frenetischem Applaus. In diesem Moment bemerkte Apollo den herbgesichtigen Mann an der Bühne. Er sah wie ein Bulle aus und Apollos Herz stockte. Es konnte Pargero sein, aber Apollo war sich nicht sicher. Nüchtern hatte er ihn noch nie gesehen. Bedröhnt wurden Bullenvisagen nur wirklich, wenn man hopsgenommen wurde. Sonst blieben sie ein vages Gebilde, auf das sich Ängste und Wut projizieren ließen. Wenn es dann zu spät war, zoomte der Blick so nah, daß sich jede Pore in die Hirnzellen fraß. Apollo wußte nicht recht, ob dieses Traumbild aus seinem vergangenen Leben der gespenstische Bulle war oder nicht. Nicht einmal, ob ein solches Wesen als einer der Vollstrecker von Mrs. Huxton womöglich nur in seiner Einbildung existierte.

Das Kommen und Gehen zwischen Klo und Bar steigerte sich zu fieberhafter Aktivität. Arme fuchtelten und Zungen brabbelten im zehnfachen Tempo. Gelächter schallte. Überdrehtes Getue. Starrgesichtige Drogenesser, die Augen hart wie Münzen, zitterten angespannt in den Ecken. Exaltiert schworen streitsüchtige Tunten ihren Dealerfreunden, die die Hand auf dem Stoff hatten, Liebe und Rache zugleich.

Am störendsten war die Zahl der Abgeschnappten. Einige von ihnen hatten seit Monaten in allen Läden der Gegend Hausverbot. Sogar Angelo war dabei, dem die Crackkarriere zu einer Wohnung im Pappkartondorf verholfen hatte, begleitet von seinem X-mützigen Freund. Doch heute nacht waren Angelos blutunterlaufene Augen im Crackrausch hervorgewölbt und er fixierte die X-Mütze nur mit tödlich gefrorenem Blick.

Die X-Mütze hob die geöffneten Hände, als würde er mit einem Schulterzucken fragen, was Angelo eigentlich von ihm wollte. Apollo spitzte die Ohren in Richtung Gefahrenherd und hörte Fetzen einer gurgelnden Unterhaltung.

„Du wars mitm zusamm, in der Nacht, Mann ..."

„Geschwätz! Ich war noch nich mal in der Nähe! ..."

„Ich sag dir, wenn ich rauskrieg, daß du mein Kuseng abgemurkst has..."

Das Bild verwischte plötzlich wie das zweier kämpfender Katzen mit gesträubtem Fell, die sich zu einer einzigen keifenden Kugel verknäueln. Die beiden Männer gingen in gegenseitigem Schwitzkasten zu Boden.

Eine Welle des Chaos schwappte durch den Raum, als Leute aus dem Weg drängelten und dabei andere anrempelten, die laut fluchend sofort in Kampfhaltung gingen. Sie waren zu stoned, um den

Grund für die plötzliche Unruhe auszumachen. Die Jüngsten quetschten sich durch die Menge zum Schauplatz der Attraktion vor, wollten ihren Mut demonstrieren und bei dem Streit Schiedsrichter spielen. Doch vorne angekommen, warteten sie zögerlich, ob einer der beiden eine Waffe ziehen würde.

Apollo wußte, wessen Aufgabe es war, den Kampf zu beenden. Aber auch er wartete, ob ein Messer oder eine Rasierklinge auftauchen würde. Dann straffte er den Hintern, um seinem Gang eine gewisse Entschiedenheit zu geben, und marschierte los. Die Mütze des X war runtergerissen und man sah behandeltes Haar, das in steifen Strähnen in alle Richtungen vom Kopf abstand. Angelo hatte eine Hand zur Hälfte im Mund von X-Mütze und versuchte, ihm den Kiefer auszurenken, bevor ihm die Finger abgebissen würden. Aus Angelos Nase und Wange rann Blut und er kämpfte hart darum, den Griff nicht zu verlieren.

Apollo erstarrte, als Tina auftauchte. Sie hatte sich wieder vom Mann in eine Frau zurückverwandelt und trug zu den Smokinghosen ihre nackten, freischwingenden Titten. Der Tom Jones Pferdeschwanz sah plötzlich aus, als gehöre er einer Puffmutter aus Connecticut, ihr wütendes Gesicht brannte unter einer dicken Schicht Makeupschmiere. Sie stürzte nach vorn und kickte mit der scharfen Spitze ihrer Pumps in die kreischende Masse, bis sie sich auflöste. Sie wandte sich zu Apollo und bellte: „Schmeiß X raus!"

Wacklig rappelte sich X auf und bedeckte die steifen Haare mit der Kappe. Er fuhr herum zu Apollo und schoß giftige Blicke ab. Angelo ging wieder auf ihn los, aber Apollo trat zwischen die beiden und packte den Arm von X. Zwei Homeboys hielten Angelo zurück und flüsterten beschwichtigend in sein Ohr wie Trainer bei einem Boxkampf.

„Du da! Setz dich da drüben hin!" befahl Tina, den Finger auf einen Barhocker gerichtet. Die zwei Jungs führten Angelo, dem immer noch das Blut aus Wange und Nase rann, zu dem Hocker. X sagte: „Ich hab nich angefangn un ich geh auch nich."

Wutschnaubend zog Tina einen Schuh aus. Sie zielte mit dem Pfennigabsatz auf das Auge von X und deutete mit der anderen Hand zur Tür.

X stolperte blöde auf sie zu, aber Apollo tauchte ab und umschlang seine Hüfte mit den Armen. Er wirbelte ihn herum und schleuderte ihn zum Ausgang. X krachte gegen die Tür, die Abdeckung des Gucklochs krachte an seine Stirn, wo es einen blutenden Abdruck hinterließ. Benommen, eine Hand auf die Platzwunde gepreßt, taumelte er rückwärts. Apollo riß die Tür auf und stieß ihn auf die Straße. Er donnerte die Tür zu und schob den Riegel vor.

Tina bückte sich, um ihren Schuh wieder anzuziehen, dann verschränkte sie die Arme vor der nackten Brust. Gebieterisch blickte sie auf ihre gaffenden Kunden und wies mit dem Kinn auf den blutenden Angelo. „Macht ihn sauber!", befahl sie. Dann marschierte sie in verächtlicher Nonchalance zurück in das Zimmer mit dem Safe, um ihre Verwandlung zu beenden.

Auf der Toilette drückte Apollo feuchte Papiertücher in Angelos blutendes Gesicht und sog Luft ein, die so crackgeschwängert war, wie er vermutet hatte. Der Zustand der Toilette war exemplarisch für diese Nachtzeit und er erinnerte sich, wie gerne man die Erleichterung nach einer spätnächtlichen Prügelei mit einer kleinen Dröhnung feierte. Die in der Pißrinne verstreuten leeren, blauen Plastiktütchen, ein Feuerzeug am Boden, die Klopapierrollen, die zum Schutz vor Dieben an einer verriegelten Metallstange befestigt waren, brachten alles wieder hoch. Selbst der Geruch von Angelos Blut auf den feuchten, bräunlichen Papiertüchern berauschte ihn für einen kurzen Moment.

Diese Eindrücke und Gerüche erinnerten ihn mehr an seine alte Welt, als die Drogenkumpels, die ihm hier über den Weg liefen. Er hatte sich den ganzen Abend in eine Art Nische gedrückt, um der Versuchung der Welt zu entgehen, die er im Griff haben sollte. Das war ebenso bitter, wie in einer Kinokomödie nicht lachen zu dürfen oder auf Video einen alten Favoriten zu sehen, wie er es mit jemand anderem trieb.

In Situationen wie dieser schien ihm alles bestenfalls seicht und grotesk. Alles um ihn her war belanglos und durch jede Ritze sickerte der Tod herein. Ein Gefühl, als gehe er über einen Teppich aus Augen oder aufgereihten Leichen. Jetzt, beim direkten Einatmen des Todesgeruchs, fuhr ihm ein glühender Schock durch den Leib – ähnlich einem Insekt, das die sensiblen Härchen einer scheinbar unbelebten Venusfliegenfalle berührt. Er mußte jede Zelle seines Körpers mobilisieren, um den Hormonstoß, der ihm auflauerte, abzuwehren.

Sonnenstrahlen krochen durch den Ritz der Abdeckung des blutverschmierten Gucklochs. Die Resthänger in der Bar würgten an der neuen Stimmung. Das Packpapier außen vor den Fenstern glomm in fahlem Braun wie gekochte Leber. Angelo dümpelte in einer Ecke vor sich hin. Auf den Schnitten in seinem Gesicht hatte sich weicher Grind gebildet. Zwei oder drei Jungs und eine Queen hatten noch Wortdurchfall vom Koks – erzählten Witze oder tauschten Zoten. Über ihren Köpfen hing ein öliger Dunst aus Zigaretten- und Crackqualm.

Apollo, wegen des Schlafmangels zum Roboter geworden, schlurfte Bierflaschen sammelnd durch den Raum, während Tina Kasse machte. Cubby war noch einmal aufgetaucht und hatte Apollo einen Zehner rausgeleiert. Es war fast schon Zeit, den Laden dichtzumachen und mit dem Rest des Lohns nach Hause zu gehen; 25 Mäuse von Tina, 10 von den weißen Blödmännern an der Tür. Zuerst jedoch, hatte Tina ihm eingeschärft, mußte er die Tür öffnen und den Block auschecken. Tina hatte angedeutet, daß die Behörden ihre After Hours Bar zwar duldeten – aus Gründen, die nur die Behörden und Tina kannten –, aber wenig Lust auf die Scherereien hatten, die ein paar morgendliche Überreste veranstalten konnten.

Die Tür schwang auf und zeigte den widerlich verdreckten Gehweg und einen schmuddeligen Straßenjungen mit spitzen Schultern in einem ausgeleierten roten Sweatshirt. Seine übergroßen Jeans standen vor Dreck und die weißen Sneakers waren vom Teer verfärbt.

Nur zwei braune Augen brannten in seinem verzerrten Gesicht und stierten mit leidenschaftlicher Wut durch die Lockenmatte. Die Augen schienen ihre Energie nicht aus dem verwildert aussehenden Körper zu ziehen.

„Apollo, *cabron*“, schnappte der Junge.

„Ich heiß Perk“, antwortete Apollo.

„Mir egal, wiede jetz heißt, weil, du hast mein Vater plattgemacht.“

Aus den Falten seiner Hosen zog der Junge ein großes Jagdmesser und stolperte auf Apollo zu. Apollo trat einen Schritt zur Seite, der Junge stürzte an ihm vorbei und fiel aufs Gesicht. Das Messer klapperte über den Boden und landete am Bein eines Barhockers.

N Mann hat nix wie seine Ehre. Ich mein, du mußt fair sein zu denen, die dir geholfn ham. Ehre is, was nen Mann ausmacht. Jetz frag ich mich, wieso ich überhaupt dem Apollo hier nachgegebn hab.

Un das für magere zwanzich Krötn. Das Letzte, was ich weiß, is wies mich auf die Treppn gehaun hat un ich gehofft hab, ich bin nich mitm Bauch ins Messer gefalln. Wie ich zu mir komm, denk ich, ich sitz beim Verhör aufm Revier, un nich bei Tina. Ich seh bloß son altes Irngesicht Fragn abfeuern. Was is mit dir passiert un warum siehste so mies aus un haste nix zu essen gehabt un so in der Art. Weil nämlich, ich hatt noch nie Tina ohne ihr Make-Up un bei Licht gesehn. Für mich hat se ausgesehn wie Tinas Bruder als Cop.

Ok, das is keine Entschuldigung, sag ich mir. Weiß ich. Ich hätt die zehn Dollar von Apollo nich nehmn solln un sagn, jetz sindwer quitt. Abers versteht eh keiner, wies mir geht, seit ich weiß, ich bin HIV-positiv. Keine Ahnung wos passiert is unso. Der Typ im Kranknhaus, wo mein Vater gelegn is, hat mich hingesetzt, wie ich zu ihm komm. Ich kann nix im Bauch behaltn, s läuft immer wieder aus mir raus. Er sagt: Da solltste dich drum kümmern, abers is kein Todesurteil. Wir ham Pilln un vielleicht kannste schneller alsde denkst wieder futtern.

*In sonem Moment kannste echt nich sagn, was dir gleich ausm Mund kommt. Wahrscheinlich hat er schon jede Menge Scheiß gehört, von Leutn, dies grad erfahrn. Aber wie ich sag: Wenn ich das AIDS hab, kommts von dem Scheiß*cafre *von Doktor, den ihr hier arbeitn habt, da steht ihm es Maul sperranglweit auf.*

Ich laß das jetz mal. Wenn der Recht hat, kriegste eh nie raus, wodes dir geholt hast, weil es könnt schon vorn paar Jahren passiert sein. Also. Der Sack von Cubby musses gewesn sein, der war der erste un hats mir immer nur in Arsch besorgt. Aber der kann so weitermachn un sich selbst umbringn. Der is son Crackschädl, der braucht mich nich damitter verreckt.

Vielleicht isses bloß son Gefühl, daß es eh ganz egal is, was ich tu, ich krieg sowieso immer eins aufs Dach, da draußen. In mir drin sin immer noch die blödn Riesenträume von der Zukunft, un hier draußn falln schon die Blätter vonn Bäumn. Hat mich ganz schön runtergebracht, wie ich mich aufn Weg zu der Nachtbar gemacht hab, nachdem mir Cubby sagt, sie hättn da Apollo an der Tür. Sag dem Scheißer n schön Gruß von mir, sagt er, un geht los zum Nuttenklatschen.

Wie ich zur Tür komm, fängts an, mir schwindlich zu werdn, als ob mein Magn ausm Bauch fällt. Ich bin keiner, der sich von seim Körper kontrolliern läßt. Ich bin eher wien Ninja-Meister. Aber so hab ich mich noch nie gefühlt. Wie ich auf den Nigger losgeh wird alles schwarz. Als nächstes fragt mich Tina die ganzn Fragn.

Ich konnt bloß eins sagn. Daß ihr Rausschmeißer wegn versuchtm Mord gesucht wird, was die ganze Scheißwahrheit is. Also machtse die Tür zu un kommt an den Tisch, wo ich drauf lieg. Se legt mir ne Hand auf die Stirn, damit ich mich beruhich.

Du weiß doch, daß ich die Königin von der Straße bin, und wenn einer, der immer anständig war, kommt weil er in Schwierichkeiten is, daß ich ihm dann helf, oder? Bevorde dirn Mund heißredst wegn meim Türsteher Perk, erzähl mir erst mal, wiesode so mies aussiehst.

Ich hab es AIDS, sag ich.

Das braucht jetz keiner wissn, aber ich glaub, ich habn Wasserhahn aufgedreht. Was soll ich bloß machn? Ich fang an zu flenn. Ich kann nich anschaffn, weil in som Zustand will dich doch keiner. Tina gehtn Stück zurück un ich hörse brummeln, du bleibstn Weilchn bei mir, das wirste machn. Bisde wieder aufm Damm bist.

Ich dacht, ich hätt Hallus, wie ich das hör.

Tina hattn großes Haus in Brooklyn, ganz für sich. Jeder Stricher hier im Block versucht, da nen Fuß reinzukriegn. Die gehn da rein als Favoritn un wennse zurück inn Block komm, ham se dicke Goldkabel um n Hals hängn. Die ham dann die Taschn voll mit Geld un Drogn un jede Menge neue Klamottn.

Wennse dann schließlich aus Tinas Haus geschmissn wern, un so gehts alln, sinse der Abschaum der Welt. Dürfn nich mehr in die Bar un manchmal ham se komische Mackn. Deshalb wars so ausgefreakt, wie Tina beschlossn hat, mich durch die Drehtür zu schiebn, so wie ich ausgesehn hab un drauf war. Ich hab nich gewußt, ob ichs tun könnt.

Sie sagt: Du hastn falschen Eindruck. Ich hab gesagt, du kanns bei mir bleibn, bisde wieder aufm Damm bist. Keiner will dein Körper, chez moi, also schmink dir das ab. Da is mir aufgegangn, vielleicht hab ich se die ganze Zeit immer falsch eingeschätzt. Was ich fürn bösn Willn gehaltn hab, war bloß, dasse weiß, wie alles im richtign Verhältnis bleibn muß. Se weiß wennse kalt un hart bleibn muß, aber genauso, wennse gut zu Leutn sein muß.

Schön un gut, abers hat nix geändert an meiner Aufgabe un daran, daß der cabron *Apollo immer noch auf zwei Bein da draußn rumgestandn hat. Vielleicht wollt ihn Tina bloß in Schutz nehm un dacht sich, so könntse sein Arsch rettn. Tut mir leid, sag ich, aber Apollo, oder Perk, oder wie de n nenn willst, hat mein Vater allegemacht.*

Glaubste, ich könnt son Laden aufmachn, ohne dassich mich mitn Bulln absprech? Ich weiß genau, die suchn Apollo. Aber ich hab kein Grund, n zu verpfeifn, weil ichn Türsteher brauch, der vorsichtich genug ist, auf der Straße kein Ärger zu machn, solang er hier arbeitet. Schau her, im November, wenn die Wahln anstehn un ich hier abgesahnt hab, machnse den Ladn eh dicht. Un so lang bleibt der Nigger da draußn genau dort, wo die Bulln ihn ham wolln. Wenn der Ladn eingeht, geht der mit. Alles schon geregelt. N abgemachter Deal.

So is Tina, weißte. Sowas heißt organisiert. *Jeder von ihrn Deals hat auchn süßn Geschmack, un deshalb machts nix, wennse außn bitter schmeckn. Es Problem war bloß, daß der Nigger s nie glaubn tät, wenn ich ohne n Wort da rausspazier. Alles was ich noch hab, is meine Ehre. Ich beschwer mich nich, daß Tina den* cabron *für mich übernimmt, aber ich muß nen Weg findn, dem klar zu machn, daß keiner sich mit Ricardo anlegt. Also hab ich Tina überredet, rauszugehen un ihm zu verstehn zu gebn, wiese mich zu ner Einigung überredet hätt. Dasser hier rein komm müßt, un sich entschuldign, bevor ich zufriedn bin undn in Ruh laß.*

Also is Tina raus, um n zu holn, hat aber die Tür hinter sich zugemacht. Ich konnt hörn, wie der Nigger mit ihr rumgezetert hat, aber dann is mirs Hirn fortgeschwomm und die Luft weggebliebn. Ich hab den Asthmainhalator rausgeholt undn Zug genomm. Ich hab mir Gedankn über mein Zeug gemacht un ob ichs holn un mit zu Tina nehmn sollt.

Vor nem Monat bin ich nämlich nach Grand Central umgezogn. Wenn dun paar Treppen runter gehst und dann durch die stillgelegte

Halle, dann kommste an noch mehr Treppen. Dann gehste durch nochn Tor un alles wird schwarz un du mußt dich nach untn tastn und dann kommste an paar alte Schienen. Die kannste immer weiter lang gehn, un noch weiter, wo alles zappenduster is, abgesehn von paar Lichtern ab un an wennse Züge repariern. Aber eigentlich isses n Friedhof *für Züge. Du kanns dich meilnweit die Schienen langtastn, bisde zu so altn silbernen Bahnen komms, die so aussehn, wie die, mit denen ich un Abuela immer zu meim Vater in Knast hochgefahrn sin. Manchmal siehste einn wo in den Zügn wohnt, aber meistens siehste nur ne Ratte oder zwei wennde dich da langschummelst. Un dann kommste zu* meiner Wohnung, *in der ich gelebt hab, seit es Wetter sich geändert hat. Mein Waggon, in dems sogarn Radio unn Bett gibt, aus zwei losgeschraubten un zusammgebundnen Sitzen. Ich habn Quilt undn Kopfkissn. Mein Mathebuch un die Bibel un das Stephen King Buch sin da un ich hab Licht zum Lesen, seit ich den U-Bahn-Strom angezapft hab.*

So schwarz isses da drin, daßde absolut nich weißt, was wo anders abgeht. Die Luft is so schwarz, du könntstse trinkn. Un wenn ichs Licht ausknips, kommt das Schwarz reingeflossn wie Sirup. Du denks, daß der Zug niemals nirgends war und nie nirgends hinfahrn wird. Hängt einfach im Schwarz fest, wie ne Schabe im Bosco. Fühlt sich aber überhaupt nich schlecht an, weils ja alles dir gehört. Nix is da, bloß du un die ganze schwarze Nacht.

Wie ich das so denk, geht die Tür auf un der Nigger Apollo kommt rein. Ich rappel meine ganze Kraft zusamm, damit ich aufstehn un mich wehrn kann, wenn er das Arschloch markiert. Aber statt dem sagt er zu mir, tut mir echt riesich leid, was mit deim Paps passiert is un der ganze Scheiß, aber das Ganze warn Unfall. Tina hat uns von hintn zugeguckt. Un dann streckt er mir zwanzich Dollar hin un sagt, ich hoff, die Spende reglt das zwischn uns und du bis zufriedn.

Apollo war so erschöpft, daß ihm noch immer die Bilder der anstrengenden Konflikte dieser Nacht vor Augen standen. In diesem Zustand betrat er das Appartement, wo sein Freund zu seinem Bedauern wach und mit blassem Gesicht im Bett lag. Panik flackerte in seinen aufgerissenen Augen, als habe man ihm den Boden unter den Füßen weggerissen. Seine Stimme klang schrill und fanatisch. *Wo warst du?* wollte er sofort wissen. *Gearbeitet!* rief Apollo triumphierend. Um es zu unterstreichen, nahm er die fünfundzwanzig Mäuse und ließ sie aufs Bett regnen. Aber der Freund wischte sie auf den Boden und bevor sie es mitkriegten, stritten sie schon.

Sein Freund sprach über die Gefahren der alten Umgebung und benutzte alle möglichen Ausdrücke aus der „Wiedereingliederungs"-Sprache, von denen Apollo nicht einmal geahnt hatte, daß sie zu seinem Wortschatz gehörten. Der Freund sagte, er wolle, daß Apollo arbeite, aber nicht in diesem sozialen Umfeld. Er legte eine knochige Hand auf Apollos Arm und packte ihn wie ein Ertrinkender. *Ich hab Angst, dich zu verlieren,* wiederholte er immer wieder, *ich hab Angst, es verschlingt dich wieder.*

Apollo deutete wieder auf das Geld und zog eine Riesenshow darum ab. Er malte Pläne zukünftiger Unabhängigkeit mittels der mageren Summe aus, behauptete, jetzt was zur Miete beisteuern zu können und sogar noch Geld für eine eigene Wohnung beiseite zu legen.

Im glasigen Schimmer der betrübten, leicht vorstehenden Augen seines Freundes konnte er ein wüstes Durcheinander von Botschaften lesen. Ihm kam die Möglichkeit in den Sinn, sein Freund fürchte gerade seinen sich abzeichnenden Erfolg am meisten, das Lösen der alten Bande – und das Abnabeln von ihm selbst.

Der Schlafentzug drückt auf Apollos Augen. Er sieht Baby Pop im Gegenlicht der Morgensonne, wie er die Tür aufmacht. Transparent liegt die Vision auf dem gezeichneten Gesicht seines kranken Freundes. Diese Verknüpfung ist ihm bis jetzt nicht aufgefallen. Der Junge mußte AIDS haben.

Er sinkt aufs Bett und wimmelt seinen Freund ab. Es ist völlig gleich, was er macht, die Geister kommen zurück, um ihn anzuklagen. Mit oder ohne Dope, er bleibt ein Verbrecher. Nichts braucht er jetzt mehr als einen Druck, einen Zug, einen Drink – irgendwas!

Sein Freund gibt auf, schwach und bedrückt, und zieht sich in tattrigem Schweigen ins andere Zimmer zurück. Über die Innenseite von Apollos Lidern schlängeln sich weiterhin die Gespenster der ersten Nachtschicht bei Tina. Murren und gereiztes Lachen, zerschlagene Flaschen, Drohungen und haltloses Betteln hämmern ihm in den Ohren.

Im Reigen der Eindrücke nimmt ein Traum nach und nach Gestalt an. Zum ersten Mal seit seiner Drogenzeit taucht ihr Gesicht wieder auf. Mrs. Huxton sitzt mit einer neuen Frisur drei Stockwerke über dem wimmelnden Chaos in Tinas Club. Für das Treiben da unten interessiert sie sich sowenig wie der Besitzer eines blühenden Gartens für das Liebesleben der Würmer in der Erde.

Ein Spiralkabel führt von ihrer Wohnung auf die Straße hinunter. Mrs. Huxton nimmt den Telefonhörer ab und verlangt Pargero, der gerade aus Tinas After Hours Bar zurückgekommen ist. *Er ist am Ende des Luftschachts*, sagt sie, *holen Sie einen Mülleimer mit Deckel, um ihn reinzupacken, wenn er sich zeigt.*

Doch möglicherweise bittet Pargero sie, noch ein wenig zu warten. Vielleicht haben er und seine Mutter heute abend einen Auftritt.

Nein, Mama, hol ein anderes. Ich finde das hier ein bißchen zu sachlich ... Na, das hier könnte was sein: das Oberteil ist aus scharlachfarbenem Tüll mit Kirschen aus Papiermaché und die Manschetten sind mit Münzen besetzt. Ob es zu ihrem Hautton paßt? Also, um ganz ehrlich zu sein, Liebste, wir sprechen hier von einem sehr dunkelhäutigen Mädchen. Sie heißt Mercedes. Versteh mich nicht falsch. Sie ist eine von den Schönheiten im Block von Mrs. Huxton. Hat noch ganz schön Dampf. Wo ich sie getroffen hab? Bei ner Routinevernehmung.

Komm mir nicht wieder mit den guten alten Zeiten, Mama. Du bist besser dran hier draußen in New Jersey, so wie sich die alten Trampelpfade verändert haben. Ich weiß, daß du seit Jahren nicht mehr in der Stadt warst. Aber du würdest die alte Ecke gar nicht mehr wiedererkennen. Der Teufel weiß, wieso Mrs. Huxton so an dem Besitz hängt.

Leg das Zeug auf den Stuhl und mach mal ne Pause, Liebes, bevor die junge Dame kommt. Immer wenn ich dich dazu bringe, das burleske Zeug rauszukramen, denkst du, du wärst wieder ein Teenie. Du solltest nicht übertreiben in deinem Alter. Du warst den ganzen Tag am Kochen und du hättest dir nicht soviel Mühe machen sollen.

Wo ich sie getroffen hab? Hab ich dir doch schon gesagt, bei nem Routinejob. Du weißt doch, ich rede nicht gern über meine Arbeit, wenn ich Feierabend hab, Mama. Nein, nein, es geht nicht um Mord. Nur Körperverletzung. Das Opfer hat's überlebt. Wer? Arbeitet im Kino direkt unter Mrs. Huxton.

Nein, nein, das Opfer ist keine Frau. Mehr werd ich dir nicht erzählen. Ich will nicht, daß sich deine Rädchen zu drehen anfangen.

Ja, ich weiß wo sich der Täter aufhält, wofür ich mich bei Tina bedanken kann. Aber nachdem das Opfer jetzt übern Berg ist, hat sich der Fall verlagert. Ich mußte ihn ins Kittchen stecken. Mehr kriegst du nicht für dein Notizbuch. Warum holst du nicht die Karten und wir spielen ne Partie Gin Rommé?

Also schön, ja. Da war ne ineressante Sache – der Täter hat ne ungewöhnliche Mutter. Interessant auf ne Art, die du nicht erwarten würdest, wo er so ein Halbweltler ist und so. Sie ist weiß. Hat ne religiöse Macke. Wahrscheinlich würdest du sie Hippie nennen.

Nein, nicht unbedingt die *Sorte Hippie. Sie hat ne Art Altar zu Hause, vor dem sie singt. Sie hat versucht, mir Pfefferminztee anzubieten. Natürlich hab ich ihn nicht getrunken. Wie kommst du dazu, sowas anzunehmen?*

Der Vater ist schwarz. Die Mutter kommt aus der Oberschicht. Anwaltstochter. Sie sagt, weder sie noch ihr Sohn hätten den Vater in den letzten Jahren gesehen. Er ist jetzt wohl ziemlich abgewrackt, aber sie sagt, früher sei er mal recht talentiert gewesen. Sie hatte Tränen in den Augen und wollte nicht darüber reden.

Du verstehst mich schon wieder falsch, Mama. Ich versuche nicht, ihre gemischte Ehe runterzumachen. Du verwechselst immer diese Fälle mit deinem eigenen schlechten Gewissen. Wenn du glaubst, ich schäme mich wegen Vater, dann verkalkst du wohl doch ein bißchen auf deine alten Tage. Ich weiß, deine Mutter war dagegen. Erzähl mir nicht wieder, wie er sich angestrengt hat, gut für uns zu sorgen. Diese Mutter und ihre Heirat ... Wenn du den Brief lesen würdest, den sie an den Bewährungsausschuß geschrieben hat ... Ich wette, dir würden die Haare zu Berge stehen.

Hat mich so mitgenommen, daß ich zu Mrs. Huxton hoch bin, um mich nach dem Kerl zu erkundigen. Na klar hat sie sich nach dir erkundigt. Alt wie ne Mumie ist sie, aber ihr Verstand ist noch voll auf Zack. Sie erinnert sich an dich, und wie du damals die Attraktion schlechthin warst mit deinem Federtanz. Vermisst auch die alten Zeiten.

Was sie immer noch dort hält? Das dürfte eins der Sieben Mysterien sein. Sie hält die Stellung in der Gegend, die mittlerweile die ganze Stadt beleidigt. Wahrscheinlich gibt ihr das einen gewissen Stolz am Le-

bensabend. Hält die Szene am Laufen wie durch Zauberei, wo sie sich so ausgedünnt hat, durch die Drogen und Krankheiten.

Ich weiß, daß sie n Herz für die Kids auf dem Strich hat. Mama, so wie immer, aber das erklärt gar nix. Wenn du das heute sehen könntest, würden dir die Strapse abfallen. Wie ich schon gesagt hab, kein Vergleich mit der Zeit, als du noch getanzt hast und Mr. Huxton noch gelebt hat.

Naja, deine Vermutung ist nicht abwegiger als meine. Sie tut's, weil sie's tun muß, wenn du mich fragst. Was ich meine, ist, sie braucht die Kinder genauso wie die sie brauchen. Das bestgehütetste Geheimnis der Geschichte. Mal hat sie sie fest im Griff, dann wieder nicht, und für die andern sieht es aus, als sei sie die Gerechtigkeit in Person.

Ach, ich weiß auch nicht, Mama. Verteil die Karten und hör auf, in der Vergangenheit zu wühlen. Natürlich weiß ich, wo du hergekommen bist, als sie dich aufgenommen hat. Natürlich weiß ich, daß uns der Alte ohne einen Pfennig hat sitzenlassen. Ich versuch doch gar nicht, die alte Dame schlecht zu machen.

Jetzt hör auf zu weinen, meine Schöne. Du kannst nicht ändern, was vorbei ist. Wahrscheinlich überlebt sie uns beide. Was mich erstaunt, ist ihr Sinn für Timing. Sie spürt genau, wann ein Kandidat absackt, und bingo! schon sitzt er auf der Straße. Ein Tritt von ihr ist die Fahrkarte nach Pennerstadt, aber sobald sie sich zusammenreißen, nimmt sie sie in Gnade wieder auf.

Okay! Bloß Familie *ist definitiv nicht der richtige Ausdruck dafür! Meinst du nicht, du siehst die alte Frau durch die rosa Brille? Die ganzen Kids wissen, daß sie sie jederzeit rausschmeißen kann, nur können sie ihr die Schuld dafür nicht in die Schuhe schieben. Keiner denkt, es könnte ihr Fehler sein. Die andern sind selbst schuld.*

Sicher weiß ich, daß sie irgendwie leben muß. Das hält sie und die Kids ja zusammen. Sie hat Erfolg mit dem, was sich die Kids für sich selbst wünschen. Ich würds Haifischliebe nennen.

Ich geb dir n Beispiel dafür, wie aalglatt das alte Mädchen sein kann. Ich hab sie besucht, weil ich wissen wollte, ob ich mich bemühen sollte, das Verfahren gegen das Opfer einzustellen. Sie haben ein paar Drogen bei ihm gefunden, als sie ihn ins Krankenhaus gebracht haben. Jetzt ist er n Krüppel. Er war seit Jahren als Türsteher bei ihr angestellt, aber da sie sich sowieso überlegt, wegzuziehen, hat sie die ganze Sache einfach weggewischt. Der Bursche sitzt jetzt im Knast, nur weil die Huxton ihren Hals nicht für ihn hinhalten wollte. Aber soweit sie das angeht, ist der schon Schnee von gestern.

Mhm, sie will da weg. Und weißt du was? Sie hat sogar Renovierungsabsichten. Will die Läden aufmotzen und das Niveau der Kundschaft heben. Sie denkt daran, den alten Laden von O'Hara umzubauen.

Was soll das heißen, du machst dir Sorgen um die Zukunft, Mama? Keiner kann die Zeit zurückdrehen, aber das alte Mädchen sitzt da auf ner Milliarde. Du meinst, du machst dir Sorgen um die Kids, wenn Mrs. Huxton nicht mehr da ist? Tja, in dem Punkt hast du recht. Aber du legst dich dafür ja schwer ins Zeug.

Und ganz unter uns, weder Huxton noch Tina verlassen den Sumpf ohne ihre Millionen. Zur Zeit sahnt Tina wieder mal ganz schön ab mit ner neuen After Hours Bar. Mehr kriegst du von mir nicht zu hören. Gib jetzt die Karten. Aber leg zuerst den Rock schön auf den Sessel. Die junge Dame kann jeden Moment hier sein.

Apollo drehte sich auf den Bauch und preßte das Kissen an sein Gesicht. Er mußte die Dinge in den Griff kriegen. Die Nacht würde wieder zum Tag werden und umgekehrt, genau wie in den alten Zeiten. Die Vorstellung war irgendwie tröstlich und er glitt wieder in den Schlaf.

Es ist der Abend vor Allerheiligen, doch die frühen Morgenstunden werden von einem eisigen Regen heimgesucht. Draußen, unter den großen Tropfen, krallen sich die Gesetze der Nacht am Pflaster fest, undurchschaubar wie Dreck. Klamm kriechen sie in die Knochen der Exilierten, durchbrechen ihren Rausch. Bei Tina hat sich das Publikum stabilisiert. Die Streitigkeiten sind ausgefochten und die Hausverbote in Stein gemeißelt. In sich versunken kauert Perk an der Tür. Er trägt einen orangenen Hut, den eine Kürbisfratze ziert, und hält einen Hexenbesen statt seines Totschlägers in der Hand. Gerunzelte Stirn, zusammengepreßter Mund, aufgeputscht von Kaffee. Die alten Narben auf seinen muskulösen Armen passen zu seinem finsteren Äußeren und fügen sich zum vollen Monsterlook. Auch sein Anblick im Barspiegel kann die Stimmung nicht heben.

Er kann nicht fassen, wie bucklig, hager und finster er aussieht. Das Spiegelbild erinnert ihn an einen anderen Türsteher, ebenfalls mit Ringen unter den Augen, den er einmal zusammengeschlagen hat, in einem Kino, vor ein paar Monaten.

Und wie dieser Türsteher hat sich auch Apollo nicht eben beliebt gemacht. Auf der Straße führen die Opfer seiner Rauswürfe Strichlisten. Er hat eine kilometerlange Latte von Feinden und muß auf Schleichwegen zur Bar und zurück.

Ein vorgerückter Abend, an dem sich nur die ganz Verzweifelten in vergammelten Kostümen, auf miesen Drogen, zeigen werden. Sogar Tina hat das Handtuch geworfen und ihn auf seinem einsamen Posten zurückgelassen. Einer, von dem Apollo weiß, daß er ihn für seinen Todfeind hält, belauert ihn. Der kleine Baby Pop. Tinas überdekoriertes Haus in Brooklyn, drei warme Mahlzeiten am Tag und gute Medikamente haben ihn wieder ein bißchen Fleisch ansetzen lassen. Sein Jungengesicht ist wieder runder, die Kleider sind neu und sauber. Da Tina kein Potential verschwendet, muß er sich ein paarmal die Woche um die Beleuchtung kümmern. Immer wenn er arbeitet, vollführt er einen bitteren Torerotanz im Kreis um den in seinen Sitz geknautschten Perk. Wann immer Perk hochsieht, trifft ihn der brennende Blick des Jungen, in dem *cabron, cabron* geschrieben steht. Nicht gerade das, was Perk heute brauchen kann.

Genausowenig wie das Gefühl, wieder im Leichenhaus zu sitzen. Es ist etwas ganz anderes, einer der Zombies auf dem Block zu sein und nach einem Druck zu geiern, als völlig clean zwischen ihnen rumzuschleichen, wie ein Igor zwischen geklauten Leichen. Aber am schlimmsten ist heute Abend das Gefühl, irgendwo angespült worden zu sein. Halloween im Regen. An einem Ort, an dem keiner sein will. Apollo hing noch nie an Orten ab, wo nichts abging.

Perk, der gruslige Türsteher, sucht mit gerunzelter Stirn und einem Knurren auf den Lippen das Innere der Bar heim. Zwischen den ganzen Zugedröhnten bewegt er sich wie ein Mann, der keine Lust auf Süßigkeiten hat und in einem Faß voll Karamell gelandet ist. Manchmal denkt er, es wäre besser, den Mund aufzumachen und zu schlucken.

Tatsache ist, das Geschäft hat ziemlich nachgelassen. Manchmal kommen die Bullen vorbei und tun so, als würden sie Tina Ärger machen. Was sie als Grund anführt, strenger zu werden in der Auswahl der Gäste. Nach und nach hat sie die verfügbare Klientel heruntergestutzt.

Eine Veränderung liegt in der Luft, aber Apollo kriegt sie nicht zu fassen. Er macht dicht. Er nimmt ein paar Flaschen mit, die Baby Pop übersehen hat. Immerhin was zu tun. Er runzelt die Stirn über diese niedrigsten der Erniedrigten, die hier zum Schutz hereinkriechen. Angelo mit einem gebrochenen Arm, der feuchte Gips in Auflösung begriffen. Die Frau aus dem Pappkarton versucht hereinzukommen. Apollo springt vor und fängt sie an der Tür ab. Echte Heldentat. Er sieht ihr hinterher, wie sie zu ihrem Karton zurückwackelt. Heute gibt es nicht genügend Schutz von der Brüstung, es ist zu windig. Der Karton reißt, als sie ihn um sich zieht.

Später kommt ein verwirrter deutscher Tourist herein, um sich zu trocknen. Der einzige andere Gast, eine hakennasige Drag Queen, schiebt sich vor sein verdutztes Gesicht.

Um acht beschließt Apollo, den Laden dicht zu machen. Kein Trinkgeld, kein Bestechungsgeld peppt die fünfundzwanzig Kröten auf, die Tina beim Bartender in einem weißem Umschlag hinterlegt hat. Morgen ist sein freier Tag. Fünf steckt er sich in die Hosentasche, für Kaffee und ein Eisandwich, der Rest wird in den Schuh geschoben. Vorsorge ist besser als Nachsicht. Draußen im Regen lungern die ganzen Typen herum, die er irgendwann vor die Tür gesetzt hat. Er watet durch die Pfützen nach Osten, zur U-Bahn.

Im prasselnden Regen denkt er über eine Strategie nach. Seit drei Wochen arbeitet er jetzt schon, aber noch immer nervt ihn sein Freund mit den Scheiße-findet-sich-Sprüchen, wartet auf Apollos Rückfall in den alten Trott. Morgen ist die Miete fällig, aber Apollo hat es nicht geschafft, Geld zurückzulegen. Er ist und bleibt ein Schnorrer. Was tun, wenn es Daddy schlechter geht, oder wenn er stirbt?

Seine Sneakers saugen das Wasser wie ein Schwamm. Wie die klamme Hand eines alten Freiers streichelt der kalte, glitschige Geldschein seine Ferse.

XV

Viele Grüße und Küsse von deiner lieben Frau,
ich hoffe sie grillen dich, sonst reicht auch der Bau.

– *Gefängnisspruch*

SCHAU AN, WER DA WIEDER UNTER SEINEM STEIN VORGEKROCHEN kommt. Meine einzige und erste große Liebe, mein Casio. Ja, Baby, ich bins, Monica, die dir zurückschreibt, wie du gehofft hast. Du mußt verzeihen, daß ich nicht früher geschrieben hab, *papito.* Es kommt daher, daß ich nicht mehr die Angewohnheit hab, irgendwelchen Knackis im Bau zu schreiben. Da staunst du, *chulito,* wie? Wo du immer gemeint hast, daß ich sowieso der letzte Dreck bin, und nichts aus mir machen würde.

Ich hab Neuigkeiten für dich, starker Mann, ich ziehe nach Fort Lauderdale. Ich hab mir meinen Kosmetikerinschein geholt und ein Cousin von Pablo macht einen Salon auf. Ich hab nichts mehr mit dem Knackischeiß zu tun. Und ich hab beschlossen mich von allen fernzuhalten, wo mich runterziehen wollen.

Wie du weißt, hab ich zwei Kinder von Pablo gekriegt, wie du ausgezogen bist und bin Cubby und die ganze Bande losgeworden. Übrigens werd ich verdammt dafür sorgen daß ihr Leben besser aussieht wie meins. Da unten in Florida gibts billige Wohnungen und schönes Wetter. Und ich kenn keinen, wo plötzlich bei mir reinschneien kann. Und das find ich gut so.

Hör zu, Meister Sträfling! Zerreiß dir nicht wegen Baby Pop das

Maul über mich. Ich hab dem Jungen jede Chance gegeben, die ich ihm geben konnte. Also, vor paar Monaten finden ich und Pablo einen Müllsack voll Klamotten vor der Tür. Ich hab ihn zum Müll gebracht und hab mich ins Bett gelegt. So um drei in der Nacht donnert einer an die Tür. Da steht der Baby Pop da wie ausm Nichts und sagt er zieht wieder ein!

Schön und Gut sag ich, aber ich hab mein eignes Leben. Ich wohne hier mit meinem Ehemann und zwei Babies und ich glaub nicht, daß die dich hier haben wollen. Und weißt du was? Wie wir am Morgen aufstehen, hat er auf seinem Müllsack im Gang gelegen. Pablo kommt raus und sagt ihm daß er verschwinden soll, und da hat er ihn übel angemacht. Er ist nix als kalter Kaffee und will nichts wissen über keine Gesetze, die normale Leute befolgen müssen. Mit dir wars immer finster wie die Nacht und jetzt kommt endlich ein bißchen Sonne in mein Leben. Nimms nicht persönlich, aber du solltest mir nicht mehr schreiben.

Nimms leicht, mein Großer Böser Homeboy

EX – Frau Monica

P.S. Ich hab bei deiner Tante angerufen und gesagt, daß sie dir die Haare schickt. Und wegen die Bilder mit Titten und Beinen. Tut mir leid, aber mein Scheiß ist nicht zu haben. Ich hab dir was in den Brief getan das vielleicht mehr deine Art ist. Wie ich höre geht es ihr so gut daß sie nach Kalifornien gezogen ist.

Das Verschließen der Gitter hallte in Casios Ohren nach wie ein zermürbendes Echo. Es ging ihm durch Mark und Bein und drohte seine Knochen zu zermalmen. Mit zitternden Fingern zog er ein Bild aus dem Brief.

Es stammte offenbar aus einem Pornomagazin. Monica hatte gewisse Stellen geschwärzt, damit das Bild die Gefängniszensur passieren konnte.

Angelita war mollig und schaute sinnlich aus einem „Denver Clan“-Schlafzimmer, die schwarzen Haare zu einer steifen Mähne gegelt. Über den neuen Wassersäcken spannten sich die nackten Titten fest und lüstern. Am Rand einer der Einschwärzungen konnte er die Spitze ihrer harten Erektion ausmachen. Es sah aus, als wollte sie gerade in den blonden, gespreizt liegenden Mann eindringen, der halb auf der Satindecke, halb auf einem Webteppich lag. Er hatte seine fleischigen Arme nach hinten gestreckt, um seine Arschbacken auseinanderzuziehen.

Der in seiner Welt der ewig klingenden Stimmgabel Eingekerkerte ließ das Bild aus den weißknöchigen Fingern fallen. Statt die Hand gegen die Zellenwand zu schmettern, tastet er unter der Matratze nach der Haarlocke, die er wie einen Talisman fest in die Hand preßte.

Sein Gegner kam naß bis auf die Knochen zu Hause an, verschlang Kaffee und Eisandwich, riß sich die patschnassen Turnschuhe runter und nahm den Schein heraus. Von Wasser, Schuhpolitur und Fersenreibung war der halbe Aufdruck gelöscht. Er konnte kaum das Gesicht Präsident Jacksons erkennen oder die Ziffer 20 in zwei der Ecken. Die andere Seite war ein Netz aus feinen Papierrissen. Angeekelt legte er den Schein auf den Nachttisch, wo eine Nachricht für ihn lag, gekrakelt auf den Rand einer halben Seite, die hastig aus einem Block gerissen worden war.

42 Fieber. Bin in der Notaufnahme an der 12. und 7.

Ohne genau zu wissen warum, geriet Apollo in Panik. Fluchend glättete er den Zwanziger und zog eilig seine feuchten Sneakers wieder an. Den Schein stopfte er in seine Hemdtasche unter dem Parka.

Es schüttete noch mehr, als er wieder zum Koreaner trottete, bei dem er sein Frühstück gekauft hatte. Mit einer Schachtel Schokodoughnuts ging er zur Kasse. Als er jedoch dem Kassierer seinen Schein hinhielt, setzte der Bursche eine ausdruckslose Miene auf und schüttelte den Kopf. Apollo vermutete, sein eigener feindseliger Gesichtsausdruck sei der Anlaß für die Weigerung, konnte aber die Miene nicht lockern. Als das hübsche blonde Mädchen hinter ihm ihre zwei Karotten mit einem auch nicht gerade knackigen Zwanziger bezahlte, veränderte sich der Ausdruck im Gesicht des Angestellten zu einem gutmütigen Lächeln.

Apollo schmiß die Doughnuts auf den Tresen und tauchte wieder in den Regen. Die strapazierte Banknote hatte keine Chance bekommen, weil sie Ausdruck des Kurzschlusses war, der seine ganze Welt bestimmte. Tinas Kasse war voll mit ähnlicher Währung, abgegriffen, mit Tesa geklebt oder samtig vor Schmutz. Dieselben Scheine wechselten von Freiern zu Strichern zu Dealern zu Barmännern und wieder zu den Freiern und immer so weiter. So hermetisch war die Welt der User.

Nicht die Sorge, zwei Tage mit den verbleibenden zwei Dollar bestreiten zu müssen und auch nicht der Aufwand, den Schein irgendwo zu wechseln, gingen ihm an die Substanz. Es war die Tatsache, daß, obwohl das Gesicht des toten Präsidenten Jackson für jedermann seinen Dienst tat, Apollo offenbar in dessen Reich die Bürgerrechte verwehrt waren. Nur Tote und Sterbende waren für ihn da, und sie nützten ihm immer weniger und immer seltener.

Wut stieg in ihm hoch, nadelspitz wie der Regen, unter dem er sich zur Bank am Ende des Blocks buckelte. Obwohl er noch nie ein Konto gehabt hatte, war die Bank doch nicht seiner Aufmerksamkeit entgangen, wenn er an der Ecke vorbeikam. Drinnen standen meistens Menschen, die schon immer die gleiche dumpfe Verachtung in ihm geweckt hatten, wie er bei ihnen. Zu bestimmten vorhersehbaren Zeiten konnte er sie in ihren seltsam albernen Kleidern zu einer schlechtgelaunten Schlange vor dem Geldautomaten aufgereiht sehen. Sie ließen Handtaschen oder herausnehmbare Autoradios baumeln und Geld aus der Maschine erscheinen. Oder hamsterten es weg, nach einem System, das Apollo nie begriffen hatte. Andererseits konnte er ihren anderen Sinn für Zeit und deren Vergütung fast nachvollziehen, wo er kaum noch irgendwelche Freuden kannte, seit er das Dope aufgegeben hatte. Er war fest überzeugt, diese camouflierten Klone besäßen irgendeine brauchbare Art sich zu vergnügen, die sie vor ihm verheimlichten, der immer noch in seiner Welt des schnellen Nepps und mieser Ausbeute festsaß.

Im Umgang mit Banken gab es, wie er wußte, ein unabdingbares Protokoll. Die wenigen Male, die er mit seinem kranken Freund auf der Bank gewesen war oder sich neben einer Schalterschlange rumgedrückt hatte, während ein Freier Geld zog, um ihn zu bezahlen, hatten seine Sinne dafür geschärft, welches Verhalten verdächtig sein könnte. Also plante er seinen Auftritt sorgfältig. Er würde in der Schlange warten, bis eine Nummer erschien, und dann ganz unauffällig zu dieser Nummer spazieren und so tun, als wüßte er genau, was er tat.

Apollo war sich nicht sicher, ob er die richtige Schlange gewählt hatte, hinter zwei schwarzen Mädchen, die gehässig auf jemandem namens Tahara herumhackten, die an der Stechuhr geschummelt hatte. Als dann eine offiziell aussehende Frau in einer Art Tweedkostüm „Lohnstreifen" schrie, standen ihm die Haare zu Berge. Wie einen Gefängnisbefehl hatte die Frau das Wort gebellt. Aus einem rebellischen Impuls heraus verengten sich seine Augen und die Muskeln spannten sich, als er die Schlange wechselte.

Ein Weißer stand so nah vor ihm, daß er die Poren in seinem frisch rasierten Nacken sehen konnte. Unruhig, aber vage fasziniert, betrachtete er das kurzgeschorene, gelglänzende Haar und die von einem ausgeklügelten Fitnesstraining verbreiterten Schultern. Er konnte die Augen nicht von diesem Nacken, dem weißen Hemdkragen und dem Anzug abwenden. Sie schienen die Macht zu haben, ihn zu einer langsamen Vernichtung zu verurteilen. Noch nie hatte er dieses Gefühl so unmittelbar gespürt. Es verkrampfte seine Gesichts- und Kinnmuskeln zu einer Grimasse, gegen die er vergeblich ankämpfte. Er belauschte die Unterhaltung des Mannes, ein irgendwie gespenstisches Erlebnis.

Mit einem ähnlich beanzugten Partner unterhielt der Mann sich über die Mädchen im Büro. Einer der Männer war ein „Bündel" losgeworden, als er eine zum Essen eingeladen hatte, die ihre „Möse nicht hergeben" wollte. Kumpelhaft zog ihn der andere damit auf, er habe „sich zu sehr in die Karten schauen lassen".

Das Gespräch versetzte Apollo in nicht zu kontrollierendes Erstaunen. „Möse", als Beschreibung einer weißen Büroangestellten, und der Gebrauch des Wortes „Bündel" – das in seiner Welt zehn Tütchen Dope bedeutete – schienen ihm ausgeborgt und falsch. So sprachen sie also – stahlen Sätze, Ausdrücke und Empfindungen aus seiner Welt, um ihr eigenes langweiliges Leben zu beschreiben! Was für ein Witz, daß sie wie er sprechen mußten, um sich über Mösen zu unterhalten! Die sollten wissen, er hatte kein einziges Mal abgespritzt oder auch nur an Sex gedacht, seit er drogenfrei war! Und was hatte *er* von ihrem Betrug? Er beschloß, dieses Mal würden die Karten anders ausgeteilt.

Der Fortgang ihrer Unterhaltung fügte seinem Vorhaben sowohl große Verblüffung als auch ein Gefühl von Minderwertigkeit bei. Als gäbe es eine Verbindung zwischen Mösenmangel und Lebensunterhalt, begannen sie, sich über die Wirtschaft zu unterhalten. Irgendwas von wegen ungerecht hohen Steuern für die Mittelschicht. Über den harten, geschmeidigen Ton ihrer selbstgerechten Empörung brach er in manisches Gelächter aus. Aber er verstummte sofort, als sie sich umschauten. Was genau waren eigentlich Steuern? Und welche Rolle konnten sie in jemandes Leben spielen? Hatte das, worüber sie sprachen, irgendeine Auswirkung auf sein eigenes Schicksal, was zu begreifen er zu dumm war? Kein Wunder, daß er festsaß, wenn seine Zukunft in ihren manikürten Händen lag.

Plötzlich wechselten die beiden die Schlange an einen Schalter, der mit „Vorzugskunden" ausgezeichnet war. Intuitiv spürte Apollo, er selbst müßte bleiben, wo er war. Endlich blinkte eine Nummer auf und ein Pfeil wies ihn zu einem Schalter. Trotzdem wurde er das irrationale Gefühl nicht los, alle Augen richteten sich auf ihn.

In seiner Welt spannte man in solchen Momenten den Arsch an und marschierte vorwärts, darauf bedacht, die Arme tief und affenartig baumeln und im Schritt streifen zu lassen. Ganz automatisch nahm er diese Stärkepose ein. Aber die plötzliche Erkenntnis, daß die beiden Männer in seiner Nähe eher tot umfallen als sich so bewegen würden, verdarb ihm die Show und er zockelte linkisch zum Schalter.

Mit seinem steifen Kragen und den stehenden Haaren sah der blasse, blonde Mann ganz eindeutig schwul aus. Ein oder zwei Typen vom selben Schlag schauten ab und zu bei Tina rein. Sofort schoß ihm ein halb kokettes, halb anzügliches Szenario in den Kopf. Er war sich sicher, der Schwule würde seinem Körper nicht widerstehen können, wenn er Gelegenheit hätte, ihn ohne Kleider zu sehen. Das wollte er den Mann wissen lassen, weil der unförmige Parka dazu nicht geeignet war. Wollte ihm durch die Plexiglasscheibe ein wenig seines eingefleischten Machismo veranschaulichen, den der Mann ohne Zweifel selbst gern besäße. Verbeug dich ein wenig, und dann bitte ihn, den ekligen Zwanziger zu wechseln.

Doch die Absurdität einer derartigen Anmache in einer Bank verdarb auch diese Überlegung. Ohne Vorwarnung war er zu der ungewohnten Taktik gezwungen, sich bescheiden und höflich zu geben.

Warum war ihm diese so naheliegende Sache nicht schon vorher eingefallen?

Aufgeregt stöberte Apollo in seinem schmalen geistigen Ordner höflicher Umgangsformen. Heiß fiel ihm ein, daß man sich teils wie eine verklemmte Möse, teils wie zu seinem Tun berechtigt, zu benehmen hatte. Aber die beiden gegensätzlichen Muster vermengten sich zu einem nervösen Strudel von Absichten. Auf der Straße verbanden sich Zurückhaltung und Aufdringlichkeit ganz anders. Er fand sich in der Brusttasche nach dem Zwanziger fummeln und ihn mit Daumen und Zeigefinger vor die Scheibe halten.

„Hörnse, könnse mir den wechseln?" hörte er sich hervorblubbern. „Ich habn mir inn Schuh gesteckt un irgendwie is der Präsident halb weggewaschn wordn."

Der Angestellte war eher unbeeindruckt – um genau zu sein, er war peinlich berührt. Wenn Apollo in diesem Moment irgendeine männlich animalische Kraft ausstrahlte, so schien er sie nicht zu bemerken. „Haben Sie ein Konto bei uns?" fragte er mit zweifelnd gewölbten Brauen und strapazierter Geduld.

Apollo wußte, was ein Konto war, aber nicht, ob er lügen sollte. Also antwortete er: „So ähnlich." Und aus den Augenwinkeln kam es ihm vor, als würden ihn die Geschäftsleute am Vorzugsschalter amüsiert beobachten.

„Kontonummer?" seufzte der Angestellte.

„Hörnse, meine Ferse hats abgerubblt, dass alles. Gehmse mir einfach n neuen, ja?" Er schob den schäbigen Schein aggressiv durch den Schlitz.

Der Angestellte schreckte davor zurück, als würde der Schein stinken. Geziert schob er ihn Apollo mit der Spitze eines Kulis zurück. „Wenden Sie sich an einen Officer."

Apollos Magen reagierte panisch auf das Wort „Officer" und er fiel zurück in seinen Straßenstolz und zog den Schein mit brennender Verachtung aus dem Schlitz. Er hob die Schultern und stopfte den Lappen wieder in die Tasche. Seine Augen spieen Feuer. „Denkste, ich hab son Scheißtheater nötig? Ich brauch eure Scheißbank nicht!" sagte er, weswegen ihn jetzt wirklich jeder in der Bank anstarrte. Er setzte sein überzeugendes Strahlen auf und stapfte zur Tür.

Nicht wieder nach Hause. Er wollte nicht wissen, ob sein Freund zurück war oder ob er ihn ans Krankenhaus verloren hatte. Und erst jetzt registrierte er den Penner, der im Vorraum bei den Automaten lag. Möglicherweise war er nicht dagewesen, als Apollo die Bank betreten hatte. Aber nun, da außer ihnen beiden niemand mehr in diesem Raum war, konnte er den Anblick des kranken Mannes nicht vermeiden. Er roch den sauren Urin in den Kleidern des Mannes und sah die dreckbespritzten Knöchel über den strumpflosen Schuhen.

Erst als er bereits einen halben Block weit zielstrebig mit dem Schein losmarschiert war, merkte er, an wen er dachte. Verdeckt von Schmutz und Aufgedunsensein überbrachte das schwarze, stopplige Gesicht die Erinnerung an seinen Vater, den er seit Jahren nicht gesehen hatte.

S war damals in der Zelle, als ich die Vision gekriegt hab. N Methadontraum. Zwar, die Dosis hattn se runtergesetzt, aber trotzdem biste n bißchen nebn der Schüssl, wennde das Zeug geschluckt hast. Ich lieg in der Zelle, mit nem siedend heißn Arm, daß mir fast einer abgeht. In meiner Armbeuge liegt ne Katze, die Junge bekommt. Ich muß ganz still liegn, weil die Kleinen eins nachm andern aus der Muschi kommn un sichn Nest auf meim Arm machn, weilse n mit der Katze ihrm Bauch verwechsln. Dann kommt die Nachgeburt raus und die Katze frißtse auf. Abuela kommt in die Zelle un sagt: Du bis der Vater. Un auf einmal wird eins der Kätzchen zu nem winzign Baby Pop, wo sagt, seine Mutter is bös un ich soll aus der Zelle komm.

Der Traum issn Zeichen, daß ich mich um meine Entlassung kümmern soll. Damitse Geld sparn, hamse den Entzugsplan kürzer gemacht – vierzehn Tage statt einundzwanzich, die Säcke. Ich hätt gute Lust ihnn zu sagn, daß ich auf die Votze ihrer Mutter scheiß. Ich hab son Haß auf die, ich denk fast die ganze Zeit bloß ans Dope, das da draußn auf mich wartet. Ich werd kein Junkie mehr werdn, aber so ab un zu am Wochenende geh ich zu eim von den großen Mackern un hol mir was von dem DOA, Dead On Arrival. Das tu ich mir rein, aber ohne daß ich richtich draufkomm, weil jetz wartet mein Junge Baby Pop draußn auf mich, un ich will nich zu kaputt aussehn. Scheiß auf Monica un Angelita un die ganzn andern Mösn, die hörn nix mehr von mir bis die Hölle zufriert.

Muß bloß aufpassn wie ich das mit den Urinprobn mach, die die von der Bewährung wolln. Ach Scheiße, weißte nich mehr, was Sugar Bear gemacht hat un immer geklappt hat, die ganze Zeit? Du schnappst dirn leeres Fläschchen Nasenspray un gehst zur U-Bahn und checkst die Typn aus, wo dort rumhängn. Du suchst dir ein wo aussieht als tät er Geld brauchn, muß aber klar sein, daß er nich auf Dope is un keine Drogn nimmt. Genau anguckn mußten dir. Die Augn, un ob er Stiche inn Armn hat un was fürne Farbe auf der Haut. Die Hände. Die Nägl müssn sauber sein.

Tschuldigung, sagste, willste dir paar Dollar verdienn un hier in das Fläschchen pissn?

Dann mußte die Flasche nehmn un mitm Faden an dein Hosnlatz bindn. Den Faden wickelste um den Hals von der Flasche. Steckst dir die Flasche in die Unterhosn genau unter dein Schwanz. Wennde jetz in den Becher vom Urintest pissn mußt, nimmste die Flasche unter deim Schwanz un drückst drauf. Wenn einer zuschaun will, sagste, was los, biste schwul oder was?

Ich muß dauernd an die Katze denken, wo die Nachgeburt auffrißt.

Du bist der Vater, *hatse immer wieder gesagt.*

XVI

Irgendwie sah der Typ vertraut aus, wie der Geist eines Bekannten. Wer immer es war, er hatte abgenommen und war gealtert. Er stand gegen die Nacht, wie ein weißes Feuer auf einem Negativ, aber er flackerte, als könne man die Hand durch ihn stecken. Eine alte Kerze in einer ausgebrannten Nacht.

Ein Flecken in der Landschaft des Big Man. Apollo wußte, Big Man würde seinen Zwanziger nicht ablehnen. Der Big Man wies keinen ab. Um von ihm beachtet zu werden, brauchte man keinen rasierten Nacken, keinen Anzug, mußte nicht von Mösen schwafeln oder am Vorzugsschalter warten. Zerstreut grübelte Apollo, ob das Dope des Big Man wohl so gut war wie das letzte Mal. Obwohl er sich zuvor nicht mehr erinnern konnte, wie es war, high zu sein, fiel ihm jetzt, wo er sich entschlossen hatte, ein Tütchen zu kaufen, plötzlich die Wirkung des letzten Drucks wieder ein, den er auf der 112. gekauft hatte. Der Big Man würde zehn für Dröhnung und Besteck verlangen und einen ordentlichen Zehndollarschein rausgeben. Apollo würde es nur dieses eine Mal tun und übermorgen zur Arbeit wieder voll auf dem Damm sein.

Jetzt, da alles klar war, warum flackerte dann hier diese geisterhafte Erinnerung an Stelle des Big Man auf? Nicht, daß er sich beschweren wollte. Immerhin war der Anblick dieses Gespenstes aus irgendeiner Vergangenheit noch besser als die losen Fetzen der Erinnerung an seine Mutter und seinen Vater, die ihn den ganzen Weg von der Bank hierher bedrängt hatten. Aber er wußte nicht, woher er diesen weißen Typen in den ruinierten Turnschuhen und zu weiten Jeans kannte, der dieses zwei Blocks fassende Rechteck der Neunten Avenue von einer Ecke zur nächsten und zurück heimsuchte.

Die Überlegungen, wer der Kerl sein könnte, sogen Apollo in einen Tunnel, der sich im zähflüssigen Teer der Nacht auftat. Die Nacht drang in Nase, Ohren, Augen und verlangsamte seinen Kreislauf. Tief unten in der trägen Schwärze dämmerte ihm wieder, wer der Kerl war: der Spinner mit der Hundenummer. Der ihm beim Drücken zugesehen und dann an seinen Zehen gesabbert hatte wie ein Hund. *Erinnerst du dich?* Unten, in den Tiefen des Asphalts, sah Apollo die Erinnerung. *Und jetzt schau ihn dir an.* Den hatte die Nacht also auch verschluckt.

Flügelschlagend wie eine Motte im Teer hing der Mann im Schwarz der Neunten Avenue zwischen den anderen Usern. Die Schädelknochen changierten unter seinem verklärten Gesicht, eine Miene, als wolle sie sich selbst auffressen. Apollo fragte sich, was der wohl getan hatte, um hier zu landen. Die Antwort kam sofort, als Big Mans schwarze Limousine am Rinnstein hielt. Der Geist des Fußnucklers stand als erster in der Schlange. Big Mans Hemd war ein enormes Zelt aus plissierter schwarzer Seide, die Hände von zahlreichen Kettchen und Ringen geschmückt. In einem Arm hielt er seinen rothaarigen Pekinesen, der sich in seine schwabblige Brust wühlte, als könnte er den Anblick der Süchtigen auf diesem schwarzen, nächtlichen Block nicht ertragen.

Fast jovial flötete Big Man seine Hallos, während ihn der Userhaufen umschwirrte. Die Motte aus der Vergangenheit war der erste. Er flatterte dicht vor Big Mans Gesicht und den geschwollenen, überfressenen Backen hin und her. „Hast du Rockets?" fragte er besorgt.

Das war's also: Der Forscher/Hund, oder was zum Teufel auch immer er sein wollte, war jetzt nichts weiter als ein weißer Crackschädel. Beweis, daß auch Weiße mit schmutzigen Turnschuhen und Kreditkarten in der Nacht hängen bleiben konnten, wenn ihnen Timing und Geduld durchgingen. Apollo stellte sich die beiden glattnackigen Geschäftstypen vor, wie sie in den Teer stolperten. Sie traten und schlugen mit ihren Attachéköfferchen für ein paar kurze Momente um sich und beschwerten sich kreischend über hohe Steuern und die unverschämten Preise der Fitnesstudios. Dann erstarrten sie wie Fliegen in frischem Bernstein. Jetzt kriegten sie soviel Möse, wie sie nur brauchen konnten, jetzt, wo sie in dieser glibbernden Kloake der Nacht festsaßen. *Ich werd euch besteuern,* summte Apollo grinsed vor sich hin. *Jetzt werd* ich *euch besteuern.*

Für einen Zehner bekam er von Big Man Stoff und Besteck und sogar ein kleines Fläschchen Wasser. Das Gefühl, die durchsichtigen Tütchen in der Hand zu halten, hatte jedoch nichts von der Magie, die er sich erträumte, als er am Nachmittag schließlich dem Drang nachgegeben hatte. Vielleicht, weil er fast vierundzwanzig Stunden auf den Beinen war und zu erschöpft, um erregt zu sein. So konkret und unromantisch fühlte sich das Tütchen an, daß er Zweifel bekam, ob so ein kleiner Klumpen in Plastik überhaupt irgendeine Kraft besäße. Wie ein Talisman aus einem Zauberladen oder heiligen Schrein. Früher oder später öffnete man die Hand und fand nur ein Stück Stein oder eine billige kleine Glocke. Andererseits würde es sich vielleicht verwandeln, wenn man es nur weiter drückte.

Das redete er sich ein und passierte den Eingang zum Tunnel, wo Mercedes und sechs weitere Transvestiten überdreht in Strapsen, Strümpfen und Pumps beim Anschaffen waren. Sie stolzierten in gekünstelten Tanzschritten umher, begleitet von Rufen und Zischen, rissen die Jacken auf, um in der frischen Nach-Halloween-Luft die Titten zu zeigen. Wie ein Leichenschänderzug schlichen Autos vorüber, aus den Fenstern spuckte es der Reihe nach Anmachen oder Beleidungen, bevor sie im Tunnel verschwanden.

Apollo dachte sich den Tunnel als eine Reise in die Schwärze, wo ein Fahrzeug sich verfangen und von etwas eingesponnen werden konnte, das es nie mehr losließ. Dann würden die Queens ins Maul des Tunnels furzen und ihren großen lippenstiftbemalten Mündern ein Kichern entweichen. Jetzt wollte er das Dope nicht mehr reinziehen. Ein Science-Fiction-Loch könnte sich unerwartet in seiner Haut auftun und die Spritze und alles verschlucken. Möglich, daß es sogar seine Hand bis zum Gelenk auffräße, bloß weil er dieses eine Mal was drücken wollte.

Er kam an einer Peepshow vorbei, wohin er früher gelegentlich seine Freier mitnehmen durfte. Er sah Angelo in vernuscheltem Streit mit dem indischen Manager, der ihn aus der Tür scheuchte. Angelo war so stoned, daß er seinen eigenen Standpunkt für vollkommen logisch hielt, und sein teils zahnloser Mund haspelte Worte. Wacker bestand er auf seinem Recht, in den Kabinen nach

Freiern zu schauen, um seinen Lebensunterhalt zu verdienen. Die Kabinen, behauptete Angelo, waren wie Parkuhren. Solang der Kunde, den er bediente, Münzen einwarf und der Manager absahnte, gab es keinen beschissenen Grund, zu nerven.

Einem Impuls folgend schlüpfte Apollo an den beiden vorbei in eine der Kabinen und beschloß, sich den Druck zu setzen. Er schob zwei Vierteldollar in den Schlitz und stellte sich Angelo als menschliche Münze vor, die in einem Riesenschlitz versank. Und blitzartig sank die ganze Erde ein und mit ihr Apollo, so rasch, daß ihm der Magen zur Gurgel hochstieg. Die ganze verdammte Welt, sein kranker Freund, sein Job, die Bank, zum Klo runtergespült. Er stand in den Farben des Pornofilms und nutzte dessen schwaches Licht, um den Arm abzubinden und die Nadel zu führen. Das Begräbnis der Nadel in seinem Fleisch hatte er genauso vermißt, wie das Dope selbst. *Der große Unterschied is gar nich so das Dope*, dachte er, als es hineinströmte. *Das Drücken an sich isses.* Diese Einsicht verschob seine Aufmerksamkeit. Zum erstenmal seit Monaten war er erneut auf Heroin und sah trotz seines Schlafmangels endlich wieder klar. *Sowas wie niedrigere Steuern wollen oder Büromösen aufreißen.* So was wie ein Verlangen, das in die Nacht hinabsank, aber wieder und wieder auftauchte.

Er zog die Nadel wieder heraus und sah, wie alles in Zeitlupe zurückströmte, weniger als zeitliche Verkehrung, sondern als räumliche: Die Münzen quollen aus dem Schlitz, die Autos strömten aus dem Tunnel, der Mottenmann löste sich sauber aus dem Teer und schlug wieder mit den Flügeln, Dope und Blut drückten sich aus der Vene, Crackrauch züngelte zurück in die schwarze Nacht.

Als er, ein paar Blocks entfernt von Mrs. Huxtons Pornokino, zu Tinas Lounge gelangte, bekam er einen Schock, als er das Gebäude gegenüber komplett abgerissen fand. An der Stelle gähnte dunkles Grau. Eine Decke aus Abrißstaub lag über dem ganzen Block. Zentimeterhoch lag das Zeug auf Gehweg und Straße zwischen den Absperrungen der Polizei. Auf den Vorsprüngen, an den Ecken und in den Rissen der Fassaden, auch der von Tinas Lounge, sah man Spuren des puderartigen Staubes wie Schnee. Er bedeckte die Fensterbretter von Tinas Lounge und die Ziehharmonikafalten des offenen Stahlgitters. Tina hatte es nie gesagt, aber die Bar war kein Treff für

Transvestiten und Stricher mehr. Durch die trüben Scheiben machte er Pullover und Daunenjacken aus. Studententypen spielten Pool.

Die Straße sah aus wie die gesprayte Kulisse für ein Stück über den nuklearen Winter, so rätselhaft, verpestet und einförmig war alles unter der Staubdecke geworden. Dieser Abschnitt des Viertels war im Umbruch. Es war passiert, während er bei Tina gearbeitet hatte. Wo waren die Queens und die Penner, fragte er sich. Matt ergab er sich in eine Rolle in dieser künstlichen Szenerie, dachte an seinen zerknitterten Parka und seine Hände, die sich wie Spinnen vor dem grauen Einerlei abhoben. Er war allein in der Sraße, wohl weil die Leute den Asbest in dem Abraum fürchteten. Er vergnügte sich damit, in dem Gift zu posieren, als sei er dessen Logo oder Maskottchen.

Wie ein Bild, das träge auf einem Schwarzweißfernseher erscheint, brannte sich ein Gesicht in sein Gesichtsfeld. Zu seinem bedröhnten Erstaunen ähnelte es bizarrerweise dem Angestellten am Bankschalter. Der blond-bleiche Schaltertyp irisierte vor dem Grau wie ein weißes Krankenhauslaken ... Doch seltsam, es waren zwei Erscheinungen, nicht eine.

Natürlich war keine davon der Angestellte. So vollkommen war keine Rache, niemals. Aber es waren Bankschaltertypen. Zwei dünne, blonde Schwule in gestärkten Hemden, mit übertrieben sauber frisiertem Haar. In ihren hellen, vorgebleichten Jeans hielten sie ihn an, sagten, sie kämen aus Missouri und könnten Tina's Lounge nicht finden. In einem Schwulenführer hätten sie darüber gelesen und nun schien sie nicht mehr da zu sein.

Diesmal hielt Apollo die berechnenden Gebärden einer eitlen Männlichkeit nicht zurück, nutzte sie im Gegenteil als Herausforderung und Protzerei. Er verschränkte die Arme im Rücken und zog die Schultern nach hinten, damit sich der Parka über seiner Brust und den Oberarmen spannte. Er führte ihre plastische Fleischigkeit vor und lächelte ordinär.

Erschrocken reagierten die Touristen auf sein besitzergreifendes Glimmen in den bedröhnten Augen, traten erregt zur Seite und beredeten sich hastig, um ihn dann in ihr gepflegtes Zentrumshotel einzuladen. In nervösem Hochgefühl schmuggelten sie ihn an der Rezeption vorbei zum Aufzug.

Mit zynischem Vergnügen registrierte er ihre fahrig provinzielle Gastfreundschaft. Sie boten ihm einen Sessel an, knautschten sich auf die Bettkante und falteten die Hände im gebügelten Schoß. Geduldig und höflich fragten sie ihn, ob er gebürtiger New Yorker sei und was er arbeite, wobei sie bemüht waren, ihre Augen nicht allzu sehr auf seinen Schritt zu heften, den er gelegentlich mit einer raschen Bewegung durch die Hosen streichelte.

Sie erzählten von ihren Familien und Apollo von seiner „großartigen“ Beziehung zu seinem Vater. „Ich bin sein Liebling“, sagte er. Offenbar überraschte sie der Ausdruck, denn plötzlich wurden sie auffallend schweigsam. Also schlug Apollo einem der beiden vor, einen Heteroporno anzuwählen und ihn auf die Hotelrechnung setzen zu lassen. Einer der Blonden ging unsicher, aber mit gleichbleibender ländlicher Herzlichkeit zum Fernseher. Der andere fragte, im Tonfall biederer Geradheit, ob das bedeute, Apollo sei Hetero? Dreist antwortete Apollo, ja, aber er betrachte sie beide als Mädels.

Die Beleidigung verfärbte ihre Gesichter. Apollo verstand. Entschlossen und besonnen hatten sie hart daran gearbeitet, eine schwule Identität zu schmieden, frei von Lächerlichkeit, Zwiespältigkeit und Zweifel. Gerade deshalb machte es ihm Spaß, den Grad der von ihm verursachten Beleidigung-bis-Empörung auszumessen und ein wenig gegen ihr Kartenhaus zu pusten.

Er kam aus dem Stuhl hoch und ließ sich frech auf ihr Bett fallen. Film ab, kommandierte er und streifte die Hosen ab. Und als der Film losging, lief endlich auch der Film seiner Vergangenheit wieder an. Er war zwar angedopt, aber das alte Gefühl hatte sich noch nicht einstellen wollen, bis er jetzt dieses Verbindungsstück gefunden hatte. Sexuelle Meisterschaft, die sich aus Verachtung speißte. Sie verschaffte sich ohne Umschweife Platz im Gegenüber und spielte mit dessen Identität. Sie nahm sich sowohl seiner als auch der anderen an, ohne daß es Apollo, im Gegensatz zu den anderen, etwas anging. Darin eingeschlossen, gab er alles, was er hatte, und verlor nichts. Vor allem war es eine Billigung des Umstands, noch nie etwas besessen zu haben. Darin bestand das Vergnügen, high zu sein und den Körper zu verkaufen, um noch higher zu werden.

Seine geschäftsmäßige Hingabe war so ekstatisch und ausschließlich, daß die beiden Blonden wie mesmerisiert waren. Unter ihnen,

auf dem Bett, lag seine ganze physische Gesundheit, die er seit seinem Entzug gehamstert hatte wie die Spießer das Geld auf der Bank. Jetzt begriff er, was sparen und verschwenden hieß, und er hoffte, von einer unbekannten Macht in der Zukunft noch einmal die Erlaubnis zu einer solch unverhofften Akkumulation zu bekommen. Wie sein Schwanz in hohem Bogen aufstieg, um die stöhnenden Pornoakteure auf dem Bildschirm zu vögeln, fickte er die ganze Welt der Banken und die Münder der beiden Männer, die über seine prickelnde Haut glitten. Er fickte kranke Freunde, die er gerne gerettet hätte, und Väter, die vor Geldautomaten liegend starben.

Sie waren jetzt nackt, und auf ihren larvenartigen Körpern zeigten sich rote Flecke, wo er sie zu hart gepackt oder geschlagen hatte. Seine Berührungen schienen ihm wie Brandeisen. Durch die schmerzenden Male wurden sie nur wilder. Vergnügt stellte er fest, wie die steigende Lust sie dazu brachte, die ihnen zugedachte Mädchenrolle anzunehmen.

Das siedende Blut seiner gedopten Venen war sein Beitrag zu ihrer Reinkarnation. Von ihm bekamen sie, was selbst die besten Psychogurus nicht für möglich hielten. Er schenkte ihnen die selbstmörderische Extase, die ganzen Reserven eines Lebens zu verheizen. Unter seiner Anleitung zertrampelten sie ihre bemüht maskulinen Gärten und verschwendeten ihre Früchte. Wie wild die blonden Jungs werden konnten. Wie gierig sie diesen echten Mann genossen, der da Pornos guckte und sie vom Überfluß der Lust kosten ließ. Die Bewunderung für seinen bis zur Wurzel am Anus versteiften Schwanz wurde auch durch den Gedanken, einen Drogenschwengel zu bearbeiten, nicht gemindert. Unendlich lange konnte ein Drogenschwengel steif an einem Junkiekörper stehen. Zwar war ein Orgasmus Lichtjahre entfernt, aber wenn er kam, war er ebenso ins Unendliche gedehnt. Aber die Welt des Junkies war den beiden fremd. Sie leckten und saugten an dem magischen, unaufhörlich unter Strom stehenden Schwanz. Die drei Männer schwebten und bebten auf einer Ebene.

Jetzt wollte er den Gesichtsausdruck des korrekteren der beiden sehen, wenn er ihm den Dopestecken in den Arsch schieben würde. Denn die Teernacht zerschmolz in einen überfließenden Ozean. Die Entbehrungen des Entzugs, die von Nüchternheit geprägten vergangenen Wochen, lösten sich ab und wurden fortgeschwemmt. Die weißen Leiber hatten die Saugnäpfe an seine Nippel und den Schwanz angesetzt, schienen ihm wie riesige Segel, die an seinem dahintreibenden Körper zerrten. Und Apollo überließ sich dem Sturm, der die gewaltigen Seidenblasen blähte. Er katapultierte eine heiße Entladung in diesen Ozean, und konnte nicht unterscheiden, ob er pisste oder spritzte. Mit der Hilfe von zwei weißen Macker-Tunten, hatten Apollo und das Heroin endlich weiße Gewässer erreicht.

Pikiert stand der korrektere und größere der beiden Blonden in seinen Unterhosen vor dem Fernseher. Wütend hatte er ihn abgestellt und zählte nun die von Apollo verlangten sechzig Dollar ab. Hinter ihm lag der rosigere und schmächtigere, noch immer nackt, und bedeckte mit dem Arm seine Augen, um die Scham zu verbergen, einem Stricher aufgesessen zu sein.

Während Apollo seine zerknitterten Hosen und die abgetragenen Treter anzog, betrachtete er eingehend das lederne Gepäck und die Zweitpaare polierter Schuhe beim Bett. Ein schicker, digitaler Reisewecker auf dem Nachttisch stach ihm ins Auge und sofort bemerkte er den bedeutsamen Blick, den der Stehende dem Liegenden zuwarf, der daraufhin eine Grimasse zog.

Na also. Endlich ging ihnen auf, wer sie waren.

Und er selbst? Ein Gelegenheitsjunkie, sagte er sich. Reinigte das System und half gegen Durchhänger. Ein Rückfall in die Sucht kam nicht in Frage, aber im Moment hatte er die drei neuen Zwanziger in der Parkatasche. Egal, womit er die restliche Nacht zu verbringen sich entschließen würde, es würde kein Problem werden, obwohl er seit vierundzwanzig Stunden auf den Beinen war.

Er hielt ein Taxi an. Euphorisch, fast krähend vor Freiheit, schaukelte er in seinem Sitz, auf dem Weg zur 112. Straße, eine der besten Einkaufsstraßen der Stadt – nur auf einen letzten Schaufensterbummel.

Mit Anbruch dieser Nacht tauchte er aufs neue kopfüber zurück in die alte Welt. In Bildern von seinem letzten Abstecher hierher kam die während der letzten Monate ausgelöschte Erinnerung zurück. Krank neben seinem kranken Freund, war er unterwegs gewesen, sich einen Druck zu kaufen. Damals war es seinem Freund noch viel besser gegangen.

Ein Anflug von Wehmut überkam ihn beim Gedanken an die alten Zeiten. Draufsein war eine lockere Sache gewesen und sein Freund noch nicht so von AIDS gezeichnet. Die Erinnerung brachte ein idiotisches Grinsen auf sein Gesicht.

Dem Fahrer fiel es im Rückspiegel auf.

„Sind Sie in Ordnung?“ fragte er.

Apollo nickte und zauberte aus dem Grinsen ein strahlendes Lächeln.

Bald darauf kam wie in einer Nachtaufnahme die legendäre Ecke in Sicht. Er konnte die Wiederauferstehung dieses Schattens der Vergangenheit kaum glauben – die alte Schule mit scheinbar geschrumpften Korridoren, die Heimatstadt mit neuen Nachbarn. Das kalte Weiß zweier Augen schwamm in der dunklen Ecke, wo er einzukaufen pflegte. Die Augen des Dealers, nahm er an. Wie ein Fisch von phosphoreszierendem Glitzern wurde er von ihnen angezogen. Beim Näherkommen bemerkte er jedoch das helle X auf der Mütze des Dealers. Er wollte schon wieder zurück zum Taxi, aber das war bereits zur nächsten Ecke gekrochen und fuhr weiter über eine grüne Ampel.

Während er auf der Straße zurückwich, rannte die grobe Strumpfmütze mit dem X ihm hinterher. Die X-Mütze ließ Schläge auf ihn niederprasseln und versuchte gleichzeitig, ihn zum Stolpern zu bringen.

„Du beschissener Junkie Rausschmeißer“, zischte sie, „wo is jetz deine Leibwächtertunte?“

Ungewöhnlich klar registrierte er jeden Schlag, der ihn traf. Aber seine Nervenenden widerstanden mit merkwürdiger Taubheit. *So ist es, bedröhnt verdroschen zu werden,* erinnerte er sich. *Das passiert einem anderen Körper, nicht meinem oder seinem.*

„Du hast Angelos Cousin umgelegt“, sagte er wie aus dem Drehbuch.

„Und wenn, was dann?“

Wie ein bizarrer Monolith kam er sich vor, der Rhythmus seines Körpers war so lahm, daß er nicht hinfallen würde. Teils nahm er die Schläge als Strafe, teils mit Verbitterung, und einem nicht ganz geheuren Sinn für die Ironie. Es war wie beim Zahnarzt, wenn die Novocaininjektion erfolgreich auf betäubende Wirkung geprüft wurde.

Als es vorbei war, gönnte er sich die beste Marke, D.O.A., und schleppte sich zu einem Junkietreff in Harlem, tagsüber eine Werkstatt, wo er vermutlich der X-Mütze nicht über den Weg laufen würde. Der Laden war voller Uraltjunkies, Vierzig-, Fünfzigjährige, mit ebenso betagten Vorstellungen. Immerhin störte sich keiner an seinem zerrissenen Parka, dem geschwollenen Auge und der blutigen Lippe. Hier war Blut eine reichlich vorhandene Ware – die Junkies drückten es aus ihren Pumpen in schmutzige Wassergläser oder zogen es sich aus dem angestochenen Hals. Allerdings teilten sich dieser Tage kaum noch welche die Spritze.

Er hockte sich zu ihnen und setzte einem Mann, der Probleme hatte, eine letzte taugliche Vene zu finden, höflich einen Schuß in die Armbeuge. Sobald er jedoch die Nadel aus dem Fleisch zog, zuckte der Mann unter Krämpfen und fiel von seinem Stuhl. Jemand kam mit Salz angerannt, Apollo riß ihm den Mund auf und kippte etwas davon hinein. Dann preßte er die Lippen zusammen und hoffte, das Salz im Mund würde den Kreislauf stabilisieren und verhindern, daß er an einer Überdosis draufging. Währenddessen bereitete ein anderer eine Salzwasserinjektion vor. An diesem Ort war man mit solcherart Problemen vertraut und wußte, wie man sie beseitigte. Alles lief wie am Schnürchen.

Als der Typ wieder zu sich gekommen war, setzte sich Apollo seinen Schuß und kippte ohnmächtig auf eine Matratze. Kopfnickend sahen ihm die alten Junkies zu und begannen schläfrig zu philosophieren.

„Guck mal den Jungspund, wie er da weggetretn auf der Matratze liegt. Kanns dich noch erinnern, wie fertich er vorn paar Monat ausgesehn hat?“

„Sieht richtich gut aus, jetzt, als käm er aus Hollywood oder so.“

„Oder ausm Knast.“

„Mhm, die füttern die gut ab, heutzutag.“

„Ich habn Haftbefehl laufn. Vielleicht sollt ich mich stelln und zwei Monat mit dem Zeug aufhörn.“

„Könnt genauso gut sein wie ne Kur."

„Genau, heut holnse dich in siebn Tagen runter statt in einunzwanzich wie früher."

„Dann könnses Bett schneller wieder belegn."

„Is nich strafbar, geldgeil zu sein."

„Weißte, was mich echt runterbringt? Du darfst nich mehr rauchn im Kranknhaus. Ich war auf soner Entziehungskur und hab auch den Entzug überstandn."

„Weiß ich noch. Paar Tage später biste dann ab, bloß um ne Zigarette zu kriegn."

„Genau."

„Un die Methadonärsche setzen dich runter, statt rauf, wennse Opiat im Blut findn."

„Perverse Säcke."

„Nix wie Rache, wennde mich fragst."

„Mein Gott, guck dir die Venen von dem Baby an. Die sind so frisch, daßde die Klappn sehn kanns."

„Alles würd ich gebn, damit ich noch mal sone Röhrn hätt und nich mehr inn Hals stupfen müßt."

„Ich wett, du machs das noch mit achzich."

„Wenn ichs so lang mach."

„Wennde das schaffst wirsten Heiliger oder sowas."

„Kannste dich an die sechsunsiebzichjähriche Junkiebraut erinnern, die hier in Harlem gelebt hat? ‚Mutter' ham wer se genannt."

„N völlich sauberes Glänzn im Gesicht."

„Wie is die eigntlich abgetretn?"

„Der Knochnbrecher hatse erwischt. Hats so eilich gehabt, dasse keine Watte un kein Filter für ihr Zeug genomm hat."

„Genau, die Brösl könn direkt ins Herz gehn."

„Da muß ich dran denkn, wie ich mal die Nadel in der Ader abgebrochn hab. Hab das Scheißding mit ner Pinzette rausgebuddelt, bevors angefangn hat mit Wandern."

„Guck, wie dem Kleinen die Hosen übern Hintern rutschn. Die tragn heut die Hosn so riesich, dasse ihre Waffn versteckn könn."

„Man sollt meinn, das wärn klares Zeichn für die Bulln."

„Jetz hör auf, Rupert. Die könn doch nich aufn Klamottnstil losgehn."

„Ich mag nich wie die Jungn heut drauf sin. Wenns den maln bißchen gut geht, hängse sich gleich Gold um wie die Blöden."

„Bloß, damitse die andern Habenixe in der Gegend neidisch machn und sich aufblasn könn."

„Denkste, daß die alle aufn Image-Scheiß reinfallen?"

„Was die nich wissn is, mir ham uns ja alle immer schon was vorgemacht, un so gehts auch weiter bis zu Sanktnimmerlein."

„Alle miteinander, der eine machts besser, der andere schlechter, dass alles. Der hier hat heut mindestns schon achtmal gelogn."

Apollos Alarmanlage riß ihn aus tiefstem Schlummer, wie er das Kraftfeld aus Feindseligkeit spürte. Orientierungslos sprang er auf.

„Kein Grund zur Panik, Jungchen, wir ham nur unsre Meinung gesagt."

„Ich will mir noch n halbes Tütchen reintun", sagte er.

Apollo pflanzte sich auf einen kaputten Stuhl, band sich ab und kochte noch was auf. Er spürte den Ruck der Erregung in den ausgetrockneten Körpern der alten Junkies, als sie zusahen, wie butterweich die Nadel in seine jungen Venen schlüpfte.

Der Druck wirkte wie ein Speedrausch – das kam gelegentlich vor – und Apollo fing an, von seinen dicken Zukunftsplänen zu plappern. Die alten Junkies fielen beinahe um und klatschten sich vor Lachen auf die Schenkel.

Er fühlte sich zapplig wie eine Marionette.

XVII

Was für ein altes Mädchen ich werde,
ohne jeden Mut, mich in den Tod zu verlieben.

– ARTHUR RIMBAUD, *Eine Zeit in der Hölle*

MAN HAT MICH GERETTET, NUR: WOZU? KEIN APOLLO UND KEIN WORT von ihm. Die Wohnung verlassen, der nicht entsorgte Müll stinkt unbeschreiblich, der Schimmel auf dem ungespülten Geschirr im Abwasch ist dichter als es der Pilzbefall in meinem Hals im Krankenhaus war. Meine Nachricht liegt noch genau dort, wo ich sie vor anderthalb Monaten hingelegt habe. 42 Fieber … *Alle Glühbirnen sind durchgebrannt, als wären sie wochenlang an gewesen.*

Er war nie im Krankenhaus. Und wenn ich versucht habe, zu Hause anzurufen, ging keiner ran. Irgendwann haben sie gesagt, das Telefon sei abgestellt. Die dunklen Tiefen haben ihn wieder verschluckt, wie ich es befürchtet habe.

Ich bin eine menschliche Spritze geworden, mit einem Hickman's Katheter in der Brust, damit man mir die Medikamente direkt ins Herz pumpen kann. Das verlangsamt die Verbreitung des Zytomegalovirus, der mein Fieber verursacht und auch die Netzhäute befallen hat, sagen sie. Der Katheter ist der Traum eines jeden Junkies, nehme ich an. Wenn ich Apollo noch mal über den Weg laufe, sollte ich ihm vielleicht vorschlagen, sich auch so ein Ding legen zu lassen.

Man könnte alles durchjagen, eine höchst simple Art, sich umzubringen. Zur Zeit hänge ich allerdings nur zweimal am Tag ein komisches intravenöses Zeug daran. Ein wenig Gancyclovir läuft durch meine Venen, um die drohende Erblindung hinauszuzögern.

Apollo fühlte sich wahrscheinlich genau umgekehrt. Als würde sein Körper auslaufen und ein Teil seines Ichs davonfließen, ein Gefühl der Scham. Ein paar Nächte hatte er in einem Billighotel in den westlichen Dreißigern verbracht, wo man Hühnerställe vermietete. Zumindest sahen sie so aus. Jeder Schlafsaal war in primitive, winzige Holzverschläge mit Vorhängeschlössern und Deckenverspannungen aus Hühnerdraht aufgeteilt, in denen Holzkisten mit Matratzen standen. Und es gab nur Gemeinschaftsbäder.

In diese Verschläge hinein- oder aus ihnen herauszukommen war nicht gerade leicht. In den Gängen wimmelte es von Säufern und Paranoikern. Ihm gegenüber wohnte ein Mädchen, das von Sozialhilfe lebte. Er verbrachte eine Nacht mit ihr in dem verschlossenen Käfig, aber als sie ihm erklärte, sie könne sich durch die Kraft ihrer Gedanken in Michael Jackson verwandeln, kriegte er es mit der Angst und zog sich in seinen eigenen Stall zurück.

Nach der ersten Drogennacht war er nie wieder in der Wohnung oder in Tinas After Hours Bar gewesen. Und als sie gleich nach der Wahl die Bar dicht machten, gab es Gerüchte, sie würden nach ihm fahnden.

Die Veränderung der Atmosphäre in Tina's Lounge war dauerhaft, Transen und Stricher hatten keinen Zutritt. Jeder aus der Szene quetschte sich jetzt in einen neuen After Hours Laden über einem portugiesischen Restaurant. Sie benutzten Videoüberwachung, mit deren weitwinkliger Kamera sie einen durchcheckten, noch bevor man überhaupt klingeln konnte. Geöffnet wurde um drei Uhr morgens, wodurch es oft zu verzweifelten Wartespielchen kam. Seit Apollo wieder anschaffte, war dies seine Operationsbasis. Oder Port Authority am Nachmittag. Allerdings gab es Gerüchte über einen weiteren Club, der demnächst aufmachen sollte. Für Apollo gab's keinen Zweifel, daß Mrs. Huxton die treibende Kraft dahinter war.

Er hielt sich von der Wohnung seines kranken Freundes fern und versuchte, nicht an ihn zu denken. Anfangs bediente er einige Freier mit dem Muttertick, den er so gut kannte. Sie standen auf seine Haut und den verlorenen Blick und widmeten ihm ihre ganze Aufmerksamkeit. So lange es ging, nahm er alles mit, was er konnte. Sie schenkten ihm kleine Adreßbücher, damit er sie besuchen und sein Zeug „auf die Reihe bringen“ konnte. Aber wie jeder hier draußen, verlor er diese Adreßbücher ständig. Er konnte sich Telefonnummern und Gesichter, aber keine Namen merken. Eine einmal gehörte Telefonnummer wurde sofort in sein Gehirn tätowiert. Dann startete er das Spielchen „Hallo, wie gehts?“, ohne seinen Namen zu nennen. Auch wenn am anderen Ende überraschtes Schweigen herrschte, ließ er nicht locker. Das ersparte ihnen die gegenseitige Peinlichkeit, sich nicht an die Namen zu erinnern. Wenn einer seine Stimme sofort wiedererkannte, wußte er, daß er gewonnen hatte. Gleich wurde er mutiger und meldete R-Gespräche an. Wenn einer den Anruf entgegennahm, hatte er nicht nur einen Vierteldollar gespart, sondern vermutlich auch den Abend in der Tasche. Und dann gab es immer noch die Einschüchterungstour. Morgens um zwei stand er vor der Wohnung des Kunden und heulte zu seinem Fenster hoch wie ein Säugling in der Nacht.

Die Routine von Sucht und Prostitution produziert Unmengen von Stilen und Charakteren. Während der nächsten paar Monate bemerkte er, wie er langsam aber sicher in eins der vielen Stereotypen abglitt. Manche werden immer dünner und ausgemergelter, verlieren jede Lust und sexuelle Ausstrahlung, wobei sich die Straße ihrer bemächtigt. Mit schwindendem Sexappeal werden sie bitterer und reizbarer. Anderen geht es genau umgekehrt: Sie entdecken einen sexuell reizbaren Punkt in sich, der klammert und wehleidig ist und sich anpassen möchte. Ein weiterer Typ geht auf eine schwerfällig männliche Art in die Breite und verschmuddelt ein wenig. Dieser Typ zerrt sein Selbstbewußtsein aus einem immer weniger nachvollziehbaren Stolz. Apollo hatte das Glück, zu dieser letzten Gruppe zu gehören.

Kam es von einer vergrößerten Leber? Oder kam es von dem öligen, mehligen Zeug, das er futterte, wann immer sich die Gelegenheit bot? Jedenfalls zeigte sich ein leichter Bauchansatz. Das Gesicht fülliger, der Körper schwerer, wirkte er nun reifer und sein Gang kräftiger. Er wurde jetzt von Kunden bevorzugt, die auf richtige, kräftige Kerls standen, und verlor bei denen, die nach Söhnen suchten. Er mußte seine Technik anpassen und entwickelte eine gewisse Grobheit, einen beiläufigen Sadismus. Wenn er dann in seine Dopepassivität rutschte, machte es die Freier an, den Riesen straucheln zu sehen.

Sein Schlüssel zur Sexualität bestand in einer speziellen Tour, das wußte er. Die Welt stand Kopf und die Herzen schlugen höher, wenn ein stämmiger Speckarsch, der wie ein Bauarbeiter aussah, unter einem liebkosenden Mund oder Handgriff zu stöhnen anfing und passiv wurde. Was war schon dabei, wenn er dazu ein bißchen Dope brauchte? Wenn er aus dem Bett stieg, war er wieder genauso grob und kompromißlos, genauso unerreichbar wie zuvor. Deshalb warfen sie auch weiterhin die Münzen in den Schlitz.

Er hatte sich den Schädel kahlrasiert, nachdem er sich im „Hotel Hühnerstall" Läuse geholt hatte, und nannte die Frisur scherzhaft „fünfundzwanzig bis lebenslänglich". Bei einem großzügigen Freier staubte er sich olivfarbene Arbeitskleidung und eine Armeejacke ab. Tauschte seine Turnschuhe gegen Arbeitsstiefel ein, wodurch sein Gang ein schwerer Tritt wurde. Seine Ausstrahlung wurde bodenständig, sein Humor zotig, und er trug eine etwas einfältige Gradlinigkeit zur Schau. Dieser Exibitionismus besserte sein aufgesetztes „Kontroll"-Image auf und förderte die Nachfrage bei weiteren Kunden des gleichen Typs.

An einem bitterkalten Nachmittag, im frühen Winter, stand er mit einem erkahlenden Geschäftsmann in einer Drogerie. Der Typ meinte, er habe keine Kondome mehr zu Hause. Aus irgendeinem Grund lagen die verschiedenen Kondommarken durcheinander in einem Glaskasten. Der Kunde war leidenschaftlich auf eine bestimmte Marke fixiert, Trojan Plus, deren Gummis spitz zuliefen und goldfarben waren. Aber im Durcheinander der Sprachen und Alphabete konnten weder der syrische Geschäftsführer noch der haitianische oder auch der koreanische Angestellte, die sich um den Kasten versammelt hatten, die Marke ausmachen. Als schließlich das richtige Päckchen nach einer Reihe von Fehlschlägen herausgefischt wurde, trieb Apollo die absurde Situation auf die Spitze und forderte seinen Kunden lautstark auf, die Größe durch eine Anprobe zu testen. Der Vorschlag sorgte für Gekicher und peinlich berührte Blicke. Aber Apollo bestand darauf. Der Kunde fühlte sich durch das öffentliche Aufsehen gleichzeitig gedemütigt und erregt. Er stand da in seinem Anzug, mit seinem Aktenkoffer, einen harten Skinhead in Arbeitskleidung neben sich, der eine vulgäre Aufmerksamkeit auf sie beide lenkte. Nach und nach wurde diese Art Schauspielerei ein immer größerer Bestandteil von Apollos Verkaufsstrategie.

Darüberhinaus nahm er den ausgeprägten Narzissmus des alternden Outlaws an – die Sorte, die ihr Selbstbewußtsein durch lautstarke Prahlereien betont. Einmal schickte ihn ein betrunkener Kunde aus dem After Hours Club los, um Pizza und zwei Schachteln Zigaretten, eine als Trinkgeld für Apollo, zu besorgen. Schließlich fand er trotz der gottlosen Uhrzeit, was er suchte und kam damit in den Club zurück. Er war allerdings viel zu stoned, um das Wechselgeld nachzuzählen. Der Kunde beschuldigte ihn, Geld unterschlagen zu haben, und drohte mit dem Geschäftsführer. „Nichts gegen dich", lallte er in seinem Suff. „Ich will bloß keinen, der mich bestohlen hat, auf andere Freier loslassen, okay?"

Apollo plusterte sich zu voller Größe auf und schob die Brust raus: „Geh hin un sags ihm. Er wird antwortn ‚Diese Person, Perk, kommt seit Jahrn in mein Club, ich hab volles Vertrauen zu ihm. Warum gehnse nich in den Nulln-Laden die Straße hoch un guckn, obse dortn Schwanz zum Lutschn findn. Dann könnse wieder herkomm un hörn vielleicht auf, hier rumzustänkern.'"

Es störte Apollo nicht, daß er nicht einmal wußte, wer der Geschäftsführer war.

Der Mann beschwerte sich tatsächlich und Apollo wurde für den restlichen Abend vor die Tür gesetzt. Seine Ehrentiraden boten nur schwachen Schutz vor der Winterkälte und dem Pappdorf, wo er die Nacht ohne seinen Kunden verbringen mußte. Nach der Schließung von Tinas After Hours war der ganze Block gesäubert worden. Das Dorf war an die Docks umgezogen, wo die Einwohner es zum Wärmen mit einem Halbkreis aus Blechtonnenfeuern umgeben hatten.

Um mit seinem aufgesparten, letzten Schuß dorthin zu gelangen, mußte er an Tinas Bar und dem alten Pornokino vorbei. An Stelle des gegenüberliegenden Abrißlochs stand jetzt ein unpassender Wolkenkratzer mit einer großen Anzeigefläche, die für Condos warb. Ein Patchwork aus verfallenden Altbauten und neuen, halbleeren Türmen war Midtown geworden. Die Gegend brüllte einen mit einer brüchigen Rhetorik an, gegen die sterbende Après-Théatre-Restaurants angesichts der neuen, gesichtslos monströsen Fassaden vergeblich von vergangenem Glanz und Luxus anredeten. Nichts paßte zusammen. Ähnlich wie in Apollos Kopf. Apollos Beitrag zu dieser schizophrenen Vorstellung war ein wildes Selbstgespräch auf dem Weg zu seinem Heim aus Pappe. Den verfallenden Gebäuden, die unter dem Gewicht der gesichtslosen neuen Gebäude erstickten, fügte er ein paar falsche Vorsätze und müde Legenden hinzu.

Er hielt Mrs. Huxton für die Bauherrin eines neuen Midtown-Reiches, das sie schlau den neuen Regeln angepasst hatte. Sie kombinierte die alten Tricks der schnellen Kicks mit moderner Massenvermarktung. In Gedanken sah er ihren in Art Deco gehaltenen Megaclub, der zwar Erinnerungen an die alten Times Square-Zeiten wachrief, aber auf neues Neon gebettet war. Alle Kellner trugen Jackett und die Kundschaft stammte aus der obersten Schublade. Reiche Freier, die ins Viertel zögen, würden ganz sicher sein Schicksal zum Guten wenden.

Beim Pappdorf angelangt, entdeckte er ein leerstehendes Zelt, aus einem Müllsack gemacht. Schnell schlüpfte er hinein und klappte den Eingangsdeckel zu. Es gab einen kleinen Kerosinofen, in dem noch ein wenig Benzin war. Er zündete ihn an und hatte damit nicht nur eine Wärmequelle, sondern gleichzeitig eine günstige Kochgelegenheit für seinen Stoff. Die neue Dröhnung kam gut und beruhigte den rasenden Monolog in seinem Kopf. Mit diesem Gefühl von Luxus läutete er eine neue Runde seiner Legendenbildung ein.

Mein Leben: Ein Kartenblatt, das illegal an den vermülltesten Orten ausgeteilt und zwischen Schüssen des allerbesten Dopes ausgespielt wird. Daher bin ich gewöhnt, die Joker zu ziehen. Auf der Kippe zu leben, ist die einzige Möglichkeit, mich lebendig zu fühlen. Schaun wir der Wahrheit ins Auge: Wenn mein einziger Freund mich auch bloß an der Hälfte der Sachen hindern wollte, die ich getan hab, würd ichn wie nix umlegn, wenns nich son Haufen Ärger bedeutn würde und ich weg vom Fenster wär.

Meine sagenhafte Härte kommt daher, daß ich weiß, es is kein großes Ding, wenns mal weh tut. Wo ich so drüber nachdenk: Ich hab gesehn, wie mein Vater meiner Mutter wehgetan hat, un hab festgestellt, daß man sich daran gewöhnt. Wenn nix als Scheiße passiert, wird sichn alter

Soldat wie ich ja grad das Auge des Sturms aussuchen. Ich bin n großer sauböser Elefant, der schnurstracks inn Ring stapft, genau wie mein Papa.

Das Wort „Papa" war wie ein Kiesel, der versehentlich in den tiefen Brunnen seines Selbstgesprächs fiel. Er brachte alles zu einem abrupten, nachhallenden Stillstand. Und statt dessen stellte er sich die frühvergreisten Vaterfiguren des Junkietreffs vor, wie sie sich lachend auf die Schenkel klopften und riefen: „Genau, Mann, klasse, weiter!"

Meine bürgerlichen Freunde waren eine zuverlässige Unterstützergruppe, nachdem ich aus dem Krankenhaus zurück kam und es schwierig für mich war, allein zurechtzukommen. Wie froh waren sie, mich wieder im sicheren Heim zu sehen, nach meinem überraschenden Abstieg in die Unterwelt. Jetzt waren sie gern bereit loszugehen und Rezepte einzulösen oder mir beim Ordnen meiner abwärts trudelnden Konten zu helfen. Sie kamen ein paar Mal die Woche mit warmen Essen oder zum Kochen vorbei.

Ich war mit einer schrecklichen Panik ins Krankenhaus gekommen, die meine superschlaue Philosophie umhaute. Nachdem sie das Fieber gesenkt hatten und den Pilz aus Mund und Rachen entfernt, bin ich ein äußerst kooperativer Patient gewesen. Vermutlich gibt es kaum eine bessere Gehirnwäsche als die dieser Lebensretter, die dein Leben in die Hand nehmen, egal wie kurz der Aufschub ist, den sie dir bieten. Dabei fällt mir ein, wie der berüchtigte französische Blaubart Gilles de Rais angeblich sein Vergnügen am Foltern kleiner Kinder gesteigert hat, indem er sich als falscher Retter ausgab, der in den Raum stürmte und seine Helfershelfer zurückhielt. Wenn dann das gequälte Kind erleichtert in seinen Armen seufzte, wechselte er die Rolle und wurde zum Anführer der Folterknechte. Ebenso führte die medizinische Haltung, die zunächst so plausibel wirkte, mit der Zeit zu immer verirrteren Schlußfolgerungen. Allem Anschein nach war es deren Pflicht, meine Zellen funktionstüchtig zu erhalten. Doch was sie euphemistisch „Lebensqualität" nannten, hielten sie für eine ausschließlich private Angelegenheit. Dieses Desinteresse an der Libido entfremdete mich einmal mehr, und ich begann wieder an Apollo zu denken, fragte mich, wo er wohnte und wie es ihm wohl ging. Es war mir klar, daß er wieder an der Nadel hing, nicht zuletzt, weil die Erhöhung seiner Lebenserwartung kaum seine größte Sorge war.

Solcherart Gedanken quälten mich, während ich mich zweimal am Tag zwecks Gancyclovirinfusion an meine intravenösen Vorrichtungen hing. Trotz, oder vielleicht zum Teil wegen der freundlichen Anteilnahme meiner Freunde wurde ich immer stiller und verschlossener. Manchmal fiel ich in einen geradezu infantilen Zustand, in dem ich Apollo beschimpfte, weil er mich verlassen hatte. Es spielte keine Rolle, daß er nie mehr als leise Andeutungen von Zuneigung zu geben gelernt hatte, wie damals, als er mir Orangensaft holte. Was ich unvernünftigerweise von ihm erwartet hatte, war das Einsehen, daß er für mich eine ganze Welt offenbarte. Ohne diese Welt, mußte ich wieder dorthin kriechen, wo mein vorgesehener Platz war, und wofür ich mich aus ganzem Herzen verachtete. Aber natürlich war seine Welt notorisch abweisend, wenn die Dinge schlecht standen.

Ich bereitete gerade die abendliche Infusion vor, als ich einen Schlüssel in der Tür hörte. Er kam herein, als wäre er kaum ein paar Stunden fortgewesen, obwohl die äußerliche Veränderung eher nach Jahren aussah. Er war noch immer hübsch, fast auffallend hübsch, und doch war seine Erscheinung ungewohnt grobschlächtig, und durch die millimeterkurzen Haare wirkten seine sonst eher tellerrunden Augen ein wenig verschlagen. Vielleicht war es auch sein gedunsenes Gesicht, was sie enger werden ließ.

Ich beschwerte mich nicht über seinen unerwarteten Besuch und fragte nicht, ob es fair sei, noch immer den Schlüssel zu benutzen. Statt dessen schlug das kleine Stück Herz, das ich noch besaß, voll Erwartung ... als brächte er einem neues Schmerzmittel oder einen geheimen Erinnerungsdämpfer mit, obschon ich es natürlich besser wußte.

Wir gaben eine denkwürdige Vorstellung lässigen Umgangs, saßen plaudernd auf der Couch und brachten uns auf den „neuesten Stand". Beide waren wir schmerzlich seiner Veränderung bewußt, seiner dröhnenden Stimme und händewedelnden Prahlereien. Er behauptete, er sei stolz auf seine Unabhängigkeit, und schwor, „es selbst auf die Reihe zu kriegen". Vielleicht würde er zur Schule gehen, nachdem er ein Weil-

chen auf dem Bau gearbeitet hatte. Er sagte, er lebe mit einem Kumpel, der keine Miete von ihm verlange, „weil er an mich glaubt". Aber als ich genauer nachfragte, wurde er schweigsam und blaffte dann: „Was steckste deine Nase in mein Kram?"

„Du würdest so etwas nie sagen, wenn du nicht wieder an der Nadel hängen würdest", meinte ich mit der albernen Pose des aufklärerischen Besserwissers.

„Na und, scheiß drauf!" antwortete er und packte ein Glas, als wollte er es an die Wand werfen.

Dann stellte sich heraus, daß er so gut wie obdachlos war. Und als er den Schmerz über sein Geständnis in meinen Augen sah, nutzte er das umgehend aus und fragte, ob er duschen dürfe. In meinem jämmerlichen Bedürfnis, vom Weiterbestehen unserer häuslichen Übereinkunft zu träumen, erlaubte ich es ihm, obwohl ich wußte, daß ich weder physisch noch finanziell in der Lage war, jemanden um mich zu haben, der ständig Drogen brauchte.

Für den Moment spielte er jedenfalls den Häuslichen und vertauschte seine Secondhand-Söldnerpose mit dem Bild des Jungen, den ich gekannt hatte. Es war erstaunlich. Abgesehen davon, daß er ein bißchen kräftiger war, bot der nackte Apollo das blühende, sinnliche Bild von vor einigen Monaten. Andererseits, wie weit hätte er sich in so kurzer Zeit verändern können?

Er lief zur Waage und schien sich zu freuen, schwerer geworden zu sein. Ich weiß, Gewicht ist ein wertvolles Gut für die Leute auf der Straße, genau wie für HIV-Positive. Um dem ganzen einen noch selbstverständlicheren, heimischen Charakter zu geben, beschloß ich, die Infusion vorzunehmen, wie immer um diese Zeit. In Unterhosen half er mir bei der Vorbereitung. Doch statt unter die Dusche zu gehen, kochte er sich Dope in einem Löffel über einem Feuerzeug. Als ich ihm einen vorwurfsvollen Blick von meiner Nadel-und-Kanüle-Installation her zuwarf, zwinkerte er und deutete zum Ofen. „Erinnerst du dich, wie ich immer kochen wollte? Tja, jetz mach ich fast nichts anderes mehr."

Er bekam seine Medizin, und ich meine. Mir war klar, selbst wenn das, was er da nahm, von einem Arzt verschrieben worden wäre, hätte der es wohl kaum als Ausflucht vor psychischer Beklemmung in Richtung Wohlbefinden bezeichnet – auch wenn der Arzt wüßte, daß Apollo es nahm, um das Leid der Obdachlosigkeit zu betäuben. Ein Arzt brauchte die Ausrede nachprüfbarer Symptome einer Besserung, etwa eine Veränderung der Schlafgewohnheiten, der Verhaltensregulierung oder die Verbesserung der Sprachmuster. Das war ihr einziger Kanon.

Unsere getrennten Infusionen wurden ein perverses Duett, wobei er sich für einen kurzen Moment besser fühlte, und ich Bakterien vernichtete, die bald durch neue ersetzt würden. Gibt es angesichts des Zustandes der Menschheit wirklich so etwas wie „Medizin"? Ich war versucht, ihn um einen halben Teelöffel seines Präparats zu bitten, um es mit meinem zu mischen. Aber die Big-Brother-Erinnerung der Rettung aus meinem letzten Trauma im Krankenhaus ertränkte diese Eingebung in ideologischen Schuldgefühlen.

Als er sich seinen Schuß gesetzt hatte, saß er da und sah zu, wie meiner fortdauerte. Es braucht jeweils ungefähr fünfundvierzig Minuten. Er war fasziniert von meinem eingesetzten Katheter und stellte viele Fragen über Funktion und Wartung. Er interessierte sich viel weniger für die Substanz und deren Wirkung als für die Art, wie sie verabreicht wurde. Für einen Junkie sind Nadeln, Spritzen setzen und Venen finden ewige Themen. Ich verfügte jetzt über einen jederzeit offenen Kanal, und erklärte ihm, wie der Hickman-Katheter in meiner Brust Flüssigkeiten direkt über das Herz in den Kreislauf beförderte und wie eine eingebaute Klappe den Rückfluß verhinderte.

Seine wachsende Vertrautheit mit meiner mißlichen Lage schwächte meine Abwehr noch mehr und unterstützte den Wunschtraum von seiner Heimkehr. Er spürte das, worauf er sich sofort bedröhnt auf die Couch lümmelte, und wir setzten das warme und sanfte Geplauder fort. Es war die am wenigsten beklemmende Infusion, die ich bis dahin erlebt hatte. Als jedoch seine Bemerkungen andeuteten, daß er davon ausging, wieder eingezogen zu sein, mußte ich deutlich werden.

Ich hatte in meinem momentanen Zustand keinerlei Möglichkeit, mich seinen Problemen zu widmen. Er nahm es als grobe, grundsätzliche Zurückweisung und setzte mir kalt auseinander, auf niemand angewiesen zu sein, auch nicht auf mich. Als ich ihm erklärte, er habe mich falsch verstanden, und daß ich mich noch immer um ihn sorgte, fuhr er mir zornig ins Wort, dann brach er in Tränen aus und flehte mich noch einmal an, wieder bei mir wohnen zu dürfen.

Ich gebe zu, so sehr es mir gefiel, ein wenig Familienglück zu spielen, so sehr ich mir wünschte, geborgen und gesund zu sein, so sehr brachte die Vorstellung, ihn um mich zu haben, den frischgebackenen Reaktionär in mir zu Tage. Infusionsstundenpläne, ungestörte Ruhezeiten und Pfennigfuchserei hatten einige der alten Gelüste verdrängt und mir die krankhafte Sehnsucht nach der Straße ausgetrieben. Ich beabsichtigte, auf meiner schrumpfenden Insel zu verharren, und blieb hart.

Seine Kapitulation hatte ihn gedemütigt. Schnell und wortlos zog er sich an, ohne einen Gedanken an die Dusche zu verschwenden. Er zog seinen Blaumann über, wie man eine gnadenlos abweisende Schale erneuert. Mit seinen schweren Arbeitsschuhen stampfte er durch die Wohnung. Er riß dreist den Kühlschrank auf und stopfte sich wahllos Essen in den Mund. Dann löste er zitternd die Kabel des Videorecorders. Die Aktion wurde von einem harten und bösen Monolog von „auf der Straße überleben müssen" begleitet, aber seine Stimme klang brüchig.

Da ich immer noch an meinem Tropf hing, konnte ich nicht aufstehen. Also forderte ich ihn auf, mir den Betrag zu nennen, den ich ihm seiner Meinung nach schuldete. Mit ihm als Lehrer hätte ich so einiges übers Leben gelernt, sagte ich nicht ohne Sarkasmus. Aber ich wollte nicht mehr dafür zahlen, als mich der Sex mit ihm gekostet hatte. Soweit es mich betraf, sei die gesamte Ausbildung etwa fünfzig Dollar, keinesfalls mehr wert, was einer sexuellen Einheit entsprach. Das Videogerät sei dagegen hundertachtzig wert.

Tief getroffen warf er das Gerät auf die Couch. Warum nimmst du nicht die Vase da drüben? fragte ich. Sie kostet ungefähr fünfzig Dollar. Die bringt auf der Straße kein Scheißdreck, schnauzte er zurück. Ich machte weiter mit der schwarzen Komödie, schlug ihm weitere Gegenstände der Wohnung vor, wählte jedoch unter den verbleibenden mit Absicht nur solche, die außerhalb der Hoheitsgrenze des Yuppietums kaum etwas einbringen würden. Als Teil der seltsamen Komödie fing er an, jede Klassik-CD, jede italienische Klobürste, StairMaster, Noguchi Lampe oder abstrakten Siebdruck, den ich nannte, hochzuheben und mit lakonischer Verachtung auf den Boden vor meine Füße zu werfen. Dann riß er in einem Zornausbruch alle Schubladen aus der Kommode, schmiß den Inhalt auf den Boden und durchsuchte ihn nach Geld. Er zerrte die paar Dollar aus meiner Brieftasche und warf sie ins Klo. Danach krachte er einen Holzstuhl auf den Tisch, wobei beides zerbarst. Er schüttelte den Videorekorder vor meinem Gesicht und schrie, Glaubst du, ich brauch dein Scheiß?, und schmiß auch den zu

Boden. Unter uns klopften die Nachbarn an die Decke. Rasend streifte er ein paar Seidenhemden von den Bügeln im Schrank und stopfte sie in eine Einkaufstasche. Obendrauf kamen dann noch die CDs, und dann zog er ab.

Seit diesem Tag kreisen meine Gedanken immer wieder um den Raub, wie um einen Monolithen, ein unbegreifliches Bauwerk aus geheimen Motiven und geheimer Angst. Ratlos stehe ich vor den versiegelten Eingängen des erschreckenden Gebildes, das kalte Gewalt und Verrat gebiert. Doch ich bleibe ausgeschlossen, und hoffe teils, es zu bleiben, um nicht im Innern das Ich zu finden, das ich stets gemieden habe.

Jetzt, da ich weiß, daß er für immer fort ist, lüftet sich der alte schützende Schleier der Erregung, wie von einer Sinnestäuschung, als würde jemandem ein wichtiges Medikament abgesetzt. So fühlt es sich wohl an, wenn man stirbt, es ist ein Häutungsprozeß.

War ich nichts als ein einfältiger Bourgeois gewesen, der die Regeln eines verkommenen Spiels gebrochen hatte? War die Heilung des Aussätzigen – in Aufopferung und Sorge – nur Einbildung? Ich liege im Bett, Augen geschlossen, Arme ausgebreitet, Handflächen nach oben, und versuche noch immer, den Schmerz in den Luftraum zu stoßen, damit alle gezwungen sind, seine Schwaden zu atmen.

Zeitweilig wollte er Apollo so heftig verletzen, daß es sogar das Heroin selbst strafen würde und beide den Schmerz zu spüren bekämen. Dann wieder dachte er, Apollo könnte nur im Knast vom Heroin loskommen und er sei verpflichtet, ihn anzuzeigen. In seinem Zustand als Vollzeitkranker hatte er, wie er feststellen mußte, einen Sinn für „Bürgerpflicht" entwickelt. Wenn Apollo schon so mit ihm umging, einem kranken Freund, wie würde er dann mit anderen umspringen? Schließlich sah er den Gedanken, Apollo zu verpfeifen, jedoch schlicht als Schrei nach Nähe, als letzte Möglichkeit, nach ihm zu greifen.

Die Polizisten reagierten wenig überrascht, als er sie anrief und ihnen den Standort des Pappdorfes beschrieb. Wenn sie gewollt hätten, wäre genug Zeit gewesen, die Schlupfwinkel des Viertels nach Apollo zu durchkämmen. Um jedoch die Mühen auf sich zu nehmen, Apollos Gesicht aus tausenden ähnlichen Polizeifotos von

Gleichaltrigen herauszufischen, brauchten sie eine stärkere Motivation. Jetzt hatten sie zwei Anzeigen, den Anschlag auf Casio und den Raubüberfall auf einen kranken Mann, dem er die Wohnung verwüstet hatte.

Am frühen Morgen, als die Feuer im schmutzigen Zwielicht verblaßten, näherte sich der Polizeiwagen dem Dorf. Zwei pausbäckige Anfänger waren losgeschickt worden, die Drecksarbeit zu machen. Nur weil irgend jemand entschieden hatte, es ausgerechnet auf den Plan für den heutigen Tag zu setzen, sollten sie einen Jugendlichen fassen, der bereits seit mehr als sieben Monaten auf der Fahndungsliste stand.

Beide Polizisten waren Weiße. Beide hätten sie von sich behauptet, der Gesellschaft ihren Tribut gezollt zu haben. Der eine hatte seinen alkoholkranken Vater pflegen müssen und die Familientradition von Nichtstuern durchbrochen, als er Bulle geworden war. Der andere war der Sohn einer trinkenden Mutter mit bitterem Haß auf die, „die auf unbescholtenen Bürgern rumhacken."

Wie ein außerweltlicher Virus in einen bereits verseuchten Körper, drang der blau-weiße Polizeiwagen in das Pappelend. Angeekelt und trübsinnig beobachteten sie einen Mann, der aus einem der beiden Plastikzelte kroch und seine morgendliche Notdurft im Fluß verrichtete. Das war nicht der Gesuchte. Ihr Verdächtiger war viel jünger und weniger dunkelhäutig. Schließlich sahen sie ihn in verdreckten Arbeitshosen aus dem Zelt krabbeln. Der Kopf war noch immer fast kahl und sein gelbliches Gesicht vom Entzug verzerrt. Er erbrach eine dünne Flüssigkeit ins Dämmerlicht und sein stämmiger Körper wurde geschüttelt.

Als er fertig war, wischte er sich den Mund mit dem Ärmel und ging zuckend zur Straße. Er lief nach Norden und der Wagen löste sich vom Bordstein und folgte im Schrittempo. Dann fuhren sie längsseits und riefen seinen Namen.

„Apollo Nelson?"

„Ich heiß Perk."

„Was für ein Name soll das sein?"

„Is Spanisch. Perdido. Perdido T. Colon."

„Komm her. Wir wollen deinen Ausweis sehen."

Widerwillig ging er zum Polizeiwagen und die beiden Männer sprangen heraus. Sie bogen ihn über die Motorhaube und ließen ihn die Arme ausstrecken, filzten ihn und fanden sein Besteck und ein Messer. Sie drückten ihn auf den Beifahrersitz. Einer klemmte sich hinters Steuer, der andere stieg hinten ein. Apollo lief die Nase, sein Gesicht zuckte vom Entzug und sie fingen an, ihre Fragen abzufeuern.

„Wo ist dein Ausweis, Perdido?“

„Habn verlorn.“

„Adresse?“

„Keine.“

„Warum arbeitest du nicht?“

„Find kein Job.“

„Weißt du, daß die Pumpe illegal ist?“

„Ich wart aufn Therapieplatz.“

„Sozialversicherungsnummer?“

„Drei-fünf-sechs, null-neun, sieben-eins-neun-eins.“

Die Bullen gaben seinen Namen und die Nummer durch, aber es fand sich kein Eintrag. Im Wagen verbreitete sich der Gestank des Verdächtigen. Sie waren sich ziemlich sicher, daß sie den Richtigen hatten, aber sie wollten keinen Fehler machen. Auf dem Revier machte man sich nicht eben beliebt, wenn man Zeit und Platz verschwendete und jemanden einbuchtete, bloß weil er eine Pumpe bei sich trug. Vor allem deswegen verfielen sie in einen bemüht lockeren Ton. Mag sein, daß die Hartnäckigkeit des kranken Junkies, der ihren Wagen vollstank, auch den Wunsch nach Abwechslung weckte. Möglich auch, daß sie nur hofften, ihre Sorte Humor würde ihn zum Widerstand reizen und so eine Verhaftung rechtfertigen.

„Ich wette, daß man nen Haufen Mösen für umsonst kriegt, in dem Dorf.“

„Keine Ahnung.“

„Wieso nich? Bistn Schwanzjunkie oder sowas?“

„Genau, biste einer von den Spermaschluckern?“

„Solltest es ab un zu mal mitm bißchen Futt probiern. Ich wette, daßde dir die Schwuchtel abgewöhnst.“

„In die Tasche rotzen macht mehr Laune als am Stiel kauen.“

„Ich nehm an, ihr zwei Bulln kennt euch da aus.“

„Willst du uns Schwule nenn, du dumme Sau?"

Apollo griff nach der Tür, aber der Bulle beschleunigte und fuhr so nah an einen geparkten Wagen, daß er sie nicht öffnen konnte.

„Versuch bloß nich abzuhauen, Arschloch."

„Du bist hiermit verhaftet."

„Wir ham Grund zu der Annahme, daß du Apollo Nelson bist."

„Besser, du gibst zu, dassdes bist."

„Das nächste Mal könnten wir echt mies gelaunt sein."

„Raus damit, Schwuchtel!"

„Scheiße, was wollt ihr von mir?"

Als sie bemerkten, wie eine Welle durch seinen Magen rollte und die Backen sich hamsterartig blähten, wußten sie, er würde gleich seine Beine und den ganzen Wagen bekotzen. Der rückwärtige Bulle tauchte rasch nach vorn, um das Fenster runterzukurbeln. Er schob Apollos Kopf nach draußen, knallte ihn jedoch gegen die Scheibe des anderen Wagens. Der Bulle am Steuer fuhr ein Stück vor, damit der Verdächtige auf die Straße kübeln konnte. Er packte ihn am Kragen und zerrte ihn vor, damit der Kotzstrahl nicht die Wagentür traf.

Apollo sackte zusammen und ließ den Kopf aus dem Fenster hängen, als die Wogen abebbten. Dann, eine ungeheure Kraftanstrengung aus dem Nichts, zwängte er sich durch die Öffnung, bis er zur Taille draußen war. Er wand sich und zappelte, trat gegen Hände und Gesichter der nach ihm greifenden Cops und krachte aufs Pflaster. Rappelte sich auf und spurtete die Straße hinunter.

XVIII

Tinas letzter Auftritt fand zu Beginn des folgenden Frühlings statt. Die Anzeige lautete:

Tina Shaughnessy
Appleton Beerdigungen
Dienstag 17 – 20 Uhr
Einziger Abend

Für die irischen Barbesitzer des Viertels bedeutete das, es würde keine ausgedehnte Totenfeier geben. Die große Mehrheit der Queens verstand die Worte im Theatersinne. Tinas privater Krieg gegen die Krankheit war, wie bei Jacqueline Susann, still und allein ausgetragen worden. Obwohl Baby Pop noch immer bei ihr wohnte, hatte er nicht gewußt, daß sie AIDS hatte, bis zu ihrem ersten – und einzigen – Krankenhausaufenthalt wegen einer Lungenentzündung und TB.

Nachdem sie jetzt so rasch gestorben war, bekam ihr Entschluß, ihn aufzunehmen, eine tiefere Bedeutung, die seine Ängste und Hoffnungen verstärkte. Wohlgenährt und umsichtig medikamentiert, war er mit seinen fünfzehn Jahren die einzige männliche Figur auf der Beerdigung. Keiner von Tinas Protegés und keiner ihrer Liebhaber hatte es für nötig gehalten, sich zu zeigen.

Man hätte Baby Pop auch als ihren Witwer betrachten können, denn durch ihren Tod wurde ihre Lebensgemeinschaft gekündigt. In ein paar Tagen sollte er ihr Haus geräumt haben. Verwaist und tief berührt starrte er auf das stark geschminkte Gesicht im Sarg hinab, innerlich schon dabei, sich auf seine Mannesrolle bei der ernsten

Feier am Abend vorzubereiten. In ihrem Hang zum Rituellen traten ein paar der Queens auf ihn zu und sprachen ihm wie einem Ehemann ihr Beileid aus.

Baby Pop brodelte vor Wut über die vermeintliche Fehlbehandlung Tinas in diesem verfluchten Krankenhaus – dort, wo sein Vater im Vorspiel aufs Gefängnis aufgenommen worden war, wo man ihn selbst HIV diagnostiziert hatte, wo der *cafre* von einem reichen Arzt beschäftigt war, der Drogen gegen Arsch tauschte. Ein Vorfall besonders blutete in seine Überlegungen hinein. Ohne es zu bemerken, hatte eine Schwester die Infusionsnadeln aus Tinas Arm gerissen. Es sprudelte nur so aus der Öffnung in ihrem Fleisch. Das halbe Bett war schon vollgesaugt und die Schwester spazierte locker aus dem Zimmer. Baby Pop rannte ihr auf den Gang hinterher, wobei er den sicheren Eindruck bekam, daß Queens und *homeboys* nicht ihre Sprache sprachen. Auch an die verächtliche Miene erinnerte er sich, mit der ein Arzt das Fischessen, das Baby Pop auf Tinas Bitte hin mitgebracht hatte, in den Abfalleimer schmiß. Was den Doktor betraf, war ihm seine Diätvorschrift für ihre angegriffene Leber wichtiger als ihr Gefühl, schon halb verhungert zu sein. In jenem Moment hatte sich Baby Pop eine gedankliche Notiz gemacht, Jura zu studieren und den Arzt zu verklagen. Seiner Meinung nach war Tina verhungert.

Die Queens waren zahlreich erschienen und bewiesen bei dieser Gelegenheit einen seltenen Sinn für angemessenes Verhalten. Baby Pop hatte sie noch nie so zurückhaltend und schlicht gekleidet gesehen, geschweige mit sowenig Makeup und schon gar nicht so früh am Abend, bevor es dunkel war. Die Absätze niedrig, die Röcke lang. Zum Anlaß der Trauer hatten sie auf das parodistische Imponiergehabe verzichtet, mit dem sie sonst unangenehmen Situationen begegneten. Nicht wenige darunter wußten, daß sie selbst infiziert waren, oder laborierten bereits am Vollbild der Infektion. Zudem stellte Tinas Tod die Frage, wer jemals wieder eine Bar für Transen eröffnen könnte.

Im grellen Licht des Beerdigungsinstituts, eines der wenigen, das die Leichen von Transvestiten oder AIDS-Toten akzeptierte, wirkte der Aufmarsch wie eine Prozession bläßlicher Schwestern, vollgestopft zwar mit Drogen oder Krankheit, aber grimmig entschlossen, in stiller Würde voranzuschreiten. Die Fünfuhrschatten, die sich bei einigen unter der Schminkschicht zeigten, waren kein Anlaß für ironische Bemerkungen, denn in diesem Moment wollte keine die unheilvollen Zukunftsaussichten durch gespielte Leichtigkeit vertuschen.

Mit sicherem Instinkt fürs Zeremonielle ehrten sie Tinas Andenken mit einem gemeinsamen Ave Maria und verabschiedeten den Leichnam mit Küssen. Dann schien in dem totenstillen Saal selbst die Luft zu altern. Die abweisende Lichtflut der fluoreszierenden Lampen drückte allen aufs Gemüt. Eine nach der andern ging in den Empfangssaal, um eine Zigarette zu rauchen.

Sie drängten sich um die geschlechtsoperierte Angelita, die aus ihrem luxuriösen neuen Leben in Kalifornien eingeflogen war. Ein positives Vorbild, das sie umschwärmen und um Rat fragen konnten.

Sie wollten wissen, wieso sich seit der Operation auch ihre Beine verändert hatten, die so viel femininer und wohlgeformt aussahen. Angelita erläuterte ihnen freundlich, daß auch sie die Art und Form ihrer Beine verbessern könnten, wenn sie mehrere Schichten Nylonstrümpfe trugen – so viele, wie es eben ging. Der Druck wirke isometrisch und straffe sie.

Sie bewunderten ihre Ananas-Frisur und sie erklärte großzügig, wie man sie so hinbekam: man mußte nur die Haare mit tonnenweise Haarspray fest um einige große Colaflaschen wickeln, dann die Flaschen herausziehen und die riesigen Locken zusammenbinden.

Schließlich schnitten sie die Operation an, wollten wissen, wie lange die Heilung dauerte. Angelita sagte, man habe ihr empfohlen, zwei Monate nicht anzuschaffen, wovon sie noch einen vor sich hatte. Eine Transe fragte, ob es stimme, daß die Tiefe der Möse von der Größe des Schwanzes abhinge, denn sie hatte gehört, daß der bei der Operation sozusagen nach innen gestülpt wurde. Würde das heißen, Leute mit kleinen Schwänzen mußten mit flachen Mösen rechnen? Angelita antwortete ruhig, das solle die Fragende besser mit ihrem Arzt besprechen. Dann legte eine andere los und fragte, ob künstliche Mösen höher an der Scham säßen und nicht zwischen den Beinen, weil ja Schwanz und Sack höher am Körper seien als eine angeborene Möse. Angelita bejahte, meinte aber, es gäbe auch Unterschiede im Bau von Männern. Die Wurzel mancher Schwänze beginne tiefer, aus denen würden dann auch die besseren Mösen.

Danach wurde sie sehr gelöst und erzählte eine lustige Geschichte von ihren zwei Besuchen im Gefängnis von Leavenworth. Ihr reicher Gönner mußte dort sechs Monate absitzen, weil er einen Hostessen-service geleitet hatte. Als sie das erste Mal zu Besuch kam, wurde sie von den weiblichen Wachen gründlich durchsucht, wegen der epidemischen Drogenschmuggelei. Sie fanden ihr Ding zwischen den Beinen, ließen sie aber trotzdem durch den Fraueneingang. Beim nächsten Mal wurde sie wieder von ihnen gefilzt. Man kann sich das Erstaunen vorstellen, als sie feststellten, daß der Schwanz verschwunden war.

Die Geschichte von den düpierten Wärterinnen belebte die Angelegenheit und die Queens fingen an zu schnattern. Langsam setzte sich die Einstellung durch, das Leben würde neu beginnen und weitergehen. Selbst die schluchzende Mercedes schneuzte sich und fing an zu tratschen. Sie vertraute einer anderen an, wie Angelita immer gesagt hatte: „Schaun wir mal, wer der erste sein wird, der meine Möse ausprobiern kann, wenn ich sie hab machn lassn." Dann stellten die beiden ausführliche Vermutungen darüber an, wie reich oder mächtig der glückliche Mann sein mußte.

Aus der entgegengesetzten Ecke schaute Baby Pop mit ernster Miene zu, wie allmählich wieder Leben in sie kam. Als einziger Mann auf der Trauerfeier hatte er statusgemäß auf das mädchenhafte Geplapper verzichtet. Statt dessen fragte er sich, ob er Angelita gegenüber erwähnen sollte, daß sein Vater diese Woche rauskäme. Aber wie er sie so betrachtete, konnte er ihr neues Erfolgsbild nicht mit dem momentanen Zustand seines Vaters zusammenbringen. Statt dessen zog er die Möglichkeit in Betracht, mit Casio von dessen Sozialhilfe zu leben. Da sein Vater noch immer Schwierigkeiten beim Gehen hatte, könnte er vermutlich seine Hilfe brauchen. Und er wußte, körperliche Entbehrung konnte erneute Komplikationen seiner Infektion hervorrufen. Er war fest entschlossen, seine gesunde

Lebensführung fortzusetzen, und möglicherweise bot Casios Entlassung dazu die Chance.

So sehr das Leben in Baby Pops Sphäre auch auf dem Rückzug schien, fand, ohne daß er es ahnte, ein neues Kapitel gerade seinen Anfang. Baby Pop hätte sich vermutlich nur mit Mühe an das obdachlose Mädchen erinnert, mit dem er während seiner Zeit des Hungerns und der Übernachtungen in Grand Central geschlafen hatte. In dieser fast unbewußten Vereinigung waren Erschöpfung und Verzweiflung der beiden ineinandergeflossen. Und ausgerechnet heute erblickte die Frucht dieser flüchtigen Begegnung das Licht der Welt. Es war eine Geburt, die exakt in Baby Pops Stammbaum paßte, wo die Generationswechsel meistens im zarten Alter von fünfzehn oder sechzehn Jahren eintraten. Hätte die achtundsiebzigjährige Abuela nur acht Monate länger gelebt, wäre sie – wahrscheinlich ebenfalls ohne davon zu wissen – die Urururgroßmutter des Kindes geworden.

XIX

IM JUNI HATTEN SICH DIE BAUARBEITER AN DEN VERWAHRLOSTEN, laut schimpfenden Obdachlosen gewöhnt, der sich auf dem Gehweg vor der Baustelle häuslich eingerichtet hatte. Er ging sie um Almosen an und bettelte unbeeindruckt weiter, wenn jemand den Kopf schüttelte oder nein sagte. Manchmal waren seine Verzweiflung und sein schwarzer Witz unterhaltsam, aber gelegentlich geriet der Penner außer Kontrolle und sie mußten ihm einen Schraubenschlüssel oder Hammer unter die unverschämte Nase halten oder seinem wegtauchenden Kopf hinterherwerfen.

Im Juli hatte er es zum Maskottchen der Baustelle geschafft. Die Arbeiter warfen ihm ihre Vesperreste hin, die er schneller verdrückte, als man blinzeln konnte. Einer der Arbeiter schenkte ihm ein paar ausgetretene Arbeitsstiefel und er krempelte sich seine schmutzstarrenden Arbeitshosen hoch, damit man ihren Schaft sehen konnte. Den ganzen Tag trottete er auf der Baustelle herum wie ein Phantasiebauarbeiter oder Playgirlhengst. Seine Klugscheißereien und sein hirnverbranntes Geschwätz ließen die Arbeitszeit schneller vergehen. Trotz seiner aufgesprungenen Lippen, der stinkenden Kleidung und fahl-gelben Haut entwickelten einige der Jungs so etwas wie Sympathie für ihn. Er ging und sprach wie ein steinaltes Tier, das schon seit tausend Jahren dabei war. Aber schon durch ein wenig Freundlichkeit brachte man das Kind in ihm zum Vorschein, und ein dankbares Leuchten trat in seine Augen. Vermutlich weil er sich für Gottes Geschenk an die Menschheit hielt, hatte er sich den unglaublichen Namen „Apollo“ gegeben. Wenn er in seinen Lumpen und dem dunklen Haar daherkam, ließen ihn die Jungs gerne Bodybuildingposen vorführen, zum Beweis, daß er ein griechischer Gott war.

Im August fing er an, mit Kleinkram aufzutauchen, ganz nach dem Geschmack der Arbeiter oder deren Freundinnen. Er verscherbelte Gold- und Silberkettchen, gelegentlich ein Taschenbuch oder ein Hemd, an dem noch das Preisschild hing. Die Leute verbrachten Teile ihrer Mittags- oder Kaffeepause damit, zu handeln, den abgerissenen Penner zu verarschen oder aufzuziehen, oder ihm Kleingeld hinzuwerfen. Sie ließen ihn kleine Besorgungen oder Schmutzarbeiten erledigen, was er eilfertig tat. Besonders auffällig war sein nie gestilltes Interesse an dem Projekt, einem neuen Tanzschuppen, der hier anstelle des früheren irischen Pubs entstand. Er behauptete, ein persönlicher Bekannter der letztendlich Verantwortlichen des Projektes zu sein, einer angeblichen Mrs. Huxton.

Die Anweisungen kamen jedoch von einem tattrigen Achtzigjährigen namens O'Hara, dem ehemaligen Besitzer des Pubs, der den Penner wie einen räudigen Hund verscheuchte, wenn er ihn sah, und ständig jammerte, wieviel besser der Ort und das Viertel gewesen waren, als hier noch das schlichte Blarney Stone Gebäude gestanden hatte und Typen wie der nie soweit nach Downtown herunter kamen.

Jedes Stück, das fertig wurde – die eleganten Séparées, Stroboskoplichter und der Aluminiumtresen –, versetzten den Penner in hellere Aufregung. Er erledigte weiterhin Besorgungen für die Mannschaft und Kleinkram im Gebäude, dabei sprach er immer öfter über die wichtige Rolle, die er in dem Laden spielen würde, und vom Eröffnungsabend. Er war sicher, er würde Kellner werden, manchmal an der Bar aushelfen; mit großer Phantasie malte er sich die schicke Weste, das weiße Hemd und die feine Fliege aus, die angeblich bereits in seiner Größe bereitlagen.

Am späten Nachmittag verschwand er meist für ein Weilchen und kam in veränderter Stimmung zurück. Ziemlich daneben und in seiner eigenen Welt verfangen. Er lächelte schief, war ruhig und konnte eine Stunde lang auf seine Schuhspitzen stieren. Einige meinten, er sei wahrscheinlich süchtig, aber weil er in diesem Zustand so umgänglich war, wollte keiner das Thema weiter auswalzen. Sein Gesicht entspannte sich, schimmerte wie der Mond, sein Mund sah bedröhnt und sinnlich aus.

In diesen Zuständen bat er den Chef manchmal mit süßer, kindlicher Stimme, ihn im Gebäude pennen zu lassen. Wenn der Chef ablehnte, zog er eine Schnute und bettelte wie eine routinierte Hure.

Es war nicht gerade üblich, einen Penner mit teuren Installationen einzuschließen. Trotzdem gab der Chef gelegentlich nach und ließ den harmlosen Krätzearsch seinen Willen haben. Sie packten ihr Zeug zusammen, schlossen Werkzeug und andere wertvolle Dinge weg, während er auf eine Bank oder ein Regal kletterte. Wenn sie ihn einschlossen, fiel er in ein glückliches Delirium und murmelte etwas von seiner Huxton Lady und ihren gemeinsamen glorreichen Plänen.

Vielleicht ist die verschleierte Frau, die da mit ruhiger Eleganz in dem brasilianischen Midtownrestaurant speist, kein Traum. Sie trägt weiße Handschuhe. Ihre Brauen unter dem Schleier sind mit der Pinzette gezupft und etwas heller als ihre Haut nachgezogen. Beobachtet man die Kellner, die wie Hunde nach jedem ihrer Wünsche springen oder am Tisch rumhecheln, um die Zigarette in ihrer alten, zittrigen Hand anzuzünden, wird klar, daß sie immer noch Einfluß hat. Jedenfalls mehr als die großäugige, aber ältliche Blondine in Vorstadtoutfit, die ihr an den Lippen hängt.

Im Augenblick plappert die Blonde von ihrem großartigen Sohn, der Inspektor geworden ist, aber immer noch bei ihr lebt. Im einen Moment prahlt sie mit seiner grandiosen Karriere, um sich im nächsten aufzulösen in Sorgen um seine Sicherheit. Sie ist bemüht, der höherstehenden Älteren Informationen über ein Mädchen zu entlocken, mit dem er möglicherweise ausgeht.

Die Ältere läßt sie weiterschwätzen. Sie weiß, daß die Unbedarftere sich immer als ihr Darling, ihren Protegé betrachtet hat und dem Drang nicht widerstehen kann, bei ihren seltenen Treffen ein wenig darauf rumzureiten. Ein paar Dinge, die sie über diesen Sohn weiß, behält sie souverän für sich, aus Angst, ihre naive Freundin aufzuregen. Als Geschäftsfrau kann sie einige seiner Facetten verstehen, mit denen die Mutter vermutlich ihre Probleme hätte. Die beiden glucken zusammen, nicken und wackeln mit den Köpfen wie alte Harpyien und jeder, der aus der Ferne zusehen könnte, würde sie für zwei durchschnittliche ältere Damen beim Essen halten.

Im Hinterkopf der verschleierten Alten werden neue Pläne geschmie-

det. Gegenüber der dümmlichen Blondine spricht sie jedoch nur in sorgfältig formulierten Andeutungen davon. Ihr neuer Laden wird jeden Pornoschuppen und Club, den man je hier gesehen hat, übertreffen. Obwohl sie ein altes Fossil ist, kann sie immer noch stolz auf ihren cleveren Geschäftsinstinkt sein, der sie ihrer Meinung nach jung hält. Eine Menge der Räuberhöhlen um den Times Square mußten schließen, aber sie wird sich die große Chance nicht entgehen lassen. Die Stadt mag daran denken, ein neues Kongresszentrum zu bauen, sie aber wird sich Möglichkeiten erschließen, die müde Männerwelt auf moderne Art zu unterhalten. Sie hält es nach ihrer mehr als sechzigjährigen Geschäftserfahrung für völlig ausgeschlossen, daß sich die Geschmäcker und Bedürfnisse der Männer von den kleinlichen Saubermännern aus Manhattan austreiben lassen. Und immer wird es welche geben, die Arbeit brauchen und sich in ihrem Netz verfangen.

Klarsichtigere Länder wie Holland oder Dänemark, die aus der Erwachsenen-Unterhaltung eine weiche Industrie geschaffen haben, waren das Vorbild für ihren neuen Club. In einem der Räume wird niemals Alkohol ausgeschenkt werden. Dort werden sich die Achtzehn- bis Zwanzigjährigen aufhalten und die ganze Nacht auf ihre Freier warten, die währenddessen in den angenehmeren Räumlichkeiten im ersten Stock trinken, tanzen oder essen können.

Dann kommen sie nach unten und treffen ihre Wahl. Die Überwachung wird so streng, Kundschaft und Personal so handverlesen sein, daß die üblichen Betrügereien und rüdes Benehmen keine Chance haben werden. Die intimen Kontakte werden in einem speziellen Flügel stattfinden, so daß es gar nicht erst zu Beschwerden von ausgeraubten oder in einem Hotelzimmer verprügelten Kunden kommen kann.

Dann nimmt das Essen eine andere Wendung und die beiden packen ihr Leid aus; bittere Geschichten von Verrat und Betrug sind die Butter und das Salz der alten Mädels. In weinerlichem, gleichzeitig überdrehten Ton alter Damen beim Essen erzählt die Blonde vom Mist, den ihr Mann gebaut hat, was die mit dem Schleier schon tausendmal gehört hat. Die Geschichte handelt von Enttäuschung und Verlust, was manch eine hortet wie ein Vermögen. Aber als die Verschleierte anfängt, die Mißgeschicke ihres Lebens zu schildern, läßt das den häuslichen Kleinkram weit hinter sich. Obwohl bezahlte Fellatio, Drogen, eitrige Einsti-

che und allgegenwärtige tödliche Seuchen ausgespart bleiben, werden die Augen der Blonden rund wie Teller.

So distanziert sich die Verschleierte gibt, sie behält doch jeden einzelnen Bewohner ihrer Welt genau im Auge. Sie hat ihre Favoriten und Günstlinge, die sie als potentielle Rehabilitationskandidaten durchfüttert. Einer nach dem andern versagt unter ihren Augen und verbaut sich selbst die Chance auf eine gesicherte Zukunft. Solche Enttäuschungen haben sie hart gemacht, hart wie eine enttäuschte Mutter, nicht nur wie eine abgebrühte Geschäftsfrau. Sie kann mit gutem Grund behaupten, daß sie, wann immer sie sich aus dem Fenster lehnt, als Dank nur Scheiße und Betrug erntet. Diesmal jedoch wird all das von Hightech und brilliantem Marketing von vornherein ausgeschlossen. Präzise wie ein Uhrwerk wird das neue Geschäft gradewegs auf Erfolgskurs steuern.

Er lauerte an der Ecke, die Rasierklinge im Mund flach auf der Zunge, leicht nach oben gegen die Mundhöhle gedrückt. Vielleicht hielten sie ihn wegen des Rollstuhls für ein leichtes Opfer. Aber er konnte durchaus hochschnellen, sich mit den Armen auf den Seitenlehnen abstützen und ihnen an den Hals gehen, ehe sie es richtig mitkriegten.

Seit er einmal während eines Deals hier an der 112. von einem lachenden Teenager ausgenommen wurde, war er nie wieder ohne seine Klinge hier hoch gekommen. Der Junge hatte den Rollstuhl umgekippt und seine Taschen durchwühlt. Mit der Klinge brauchte er niemand mehr zu fürchten. Er kaufte etwas, rollte zu einem Taxi und ließ sich zu seinem Zimmer in der sieben Blocks entfernten SRO Unterkunft fahren.

Diesmal hatte er sogar eine Eskorte. Auf der gegenüberliegenden Straßenseite kaufte Baby Pop ein Dutzend Eier und zwei Dosen Chunky Hühnersuppe. Er wollte auf dem unerlaubten Gaskocher ein Festessen für Casio kochen.

Casio hatte seinen Stoff gerade bezahlt, als Baby Pop fertig war und zu ihm herüberkam. Er fragte sich, ob der Dealer sich daran erinnerte, daß er der Türsteher des Kinos gewesen war, in dem Carlos angeschafft hatte. Seit seiner Entlassung aus dem Knast war Casio noch in keinem der alten Läden gewesen. Und von Baby Pop wußte er, es gab die meisten davon ohnehin nicht mehr.

Den Stoff in der Tasche, gab er Baby Pop ein Zeichen, der ihn daraufhin in Richtung Zimmer schob.

Dem *cabron*, der ihn so zugerichtet hatte, ging es laut Baby Pop ziemlich dreckig. Er sah aus wie Scheiße, konnte niemand abschleppen und bekam Gott weiß woher das Geld für sein Dope. Trotzdem hatte Casio vor, irgendwann mal, mit der Rasierklinge im Mund ins alte Viertel zu fahren und dem Schwein ein bißchen einzuheizen. Das Problem war nur das Taxi, das er dafür brauchte. Denn nach seinen Drogenkäufen blieb ihm von der Sozialhilfe gerade genug fürs Essen.

Als er in den Fahrstuhl geschoben wurde, öffnete er den Mund und nahm die Klinge vorsichtig heraus. Er hatte seinen Stoff und oben erwarteten ihn ein bequemer Sessel und ein Fernseher mit Kabelanschluß. Hinter ihm stand Baby Pop, das Abendessen in der Tasche. Er würde es zubereiten und Casio außerdem mit der Spritze helfen, wenn es Schwierigkeiten beim Finden der Vene gab. Casio war entschlossen, in Reha zu gehen und danach ernsthaft über die Organisation seiner Finanzen nachzudenken. Er wollte seinen Jungen unbedingt aufs College schicken.

Auf ihrem Stockwerk schob Baby Pop die Fahrstuhltür auf. Er rollte Casio den Gang entlang zum Zimmer, das genauso sauber und ordentlich war wie früher bei Abuela. Auf der Kommode stand ihr Bild, in den Rahmen hatte Casio die Haarlocke geklemmt.

Im großen und ganzen standen die Dinge so gut wie lange nicht mehr. Was konnte man mehr verlangen als ein Dach über dem Kopf und genug zum Essen, keinen Ärger mit den Weibern, genug Dope und einen treuen Sohn an der Seite? Wann immer Casio seinen Sohn betrachtete, mußte er an Monica denken. Baby Pop sah ihr ähnlich und Casio fragte sich, ob Florida ihr geholfen hatte, von den Drogen loszukommen. Dann dachte er an Angelita und rätselte, wie sie sich wohl jetzt, als richtige Frau, anfühlte. Gehässig malte er sich aus, wie ihre Möse nicht tief genug war für seinen Apparat. Einmal hatte er ihren Schwanz gesehen, und der hatte nicht gerade viel hergemacht.

Apollo haßte die ganze Bande. Sie gehörten alle zusammen: Huxton, Pargero, Pargeros und möglicherweise sogar seine eigene weiße Mutter. Da stand er vor dem neuen Club, den er selbst mit aufgebaut hatte, und sie wollten ihn nicht reinlassen. Nicht weit weg von einem Restaurant, das einem scheißreichen Nigger gehörte, einem ehemaligen Model. Zwischen den beiden Läden wurde streng darauf geachtet, daß der Block sauber blieb. Auf der Straße patroullierten stündlich weiße Schläger.

Er konnte kaum glauben, wer da alles in den Laden ging. Keiner davon gehörte zu der alten Szene. Die überhaupt noch davon übrig waren, wie Mercedes und Cubby, hingen jetzt an der Neunten oder Achten Avenue herum und hatten keine Bar mehr, wohin sie gehen konnten. Die Kunden des neuen Clubs waren weiß, sahen nach College und teuren Frisuren aus. In seinen lichteren Momenten war ihm klar, das Ganze war Teil des Planes, den Times Square zu säubern. Aber wer zeichnete dafür verantwortlich und wo hatte der soviele Unterstützer aufgetrieben? Zum Plan gehörte offensichtlich auch, die entscheidende Ecke um die Zweiundvierzigste in eine Geisterstadt zu verwandeln. Dabei hatten die sich jedoch selbst reingelegt. Statt die Dealer und Nutten von der Deuce (42. zwischen Siebter und achter) zu verscheuchen, hatten die sich nur zerstreut. Und nun infiltrierten sie jeden Block zwischen der Achten und Neunten Avenue.

Beim Betrachten der Pärchen oder Gruppen, die sich vor dem Eingang stapelten, fiel Apollo auf, daß einige noch die Theaterprogramme in den Händen hielten und offenbar kein einziger nach einem Stricher oder einer Nutte suchte. Nun, mochte sein, daß es an ihrer weißen Schüchternheit lag, und waren sie erst mal drinnen, sah alles ganz anders aus. Als Apollo jedoch dem Türsteher klarmachen wollte, er sei ein Freund von Mrs. Huxton, wollte der nicht wissen, von was die Rede war. Dies sei ein Privatclub und er solle besser Land gewinnen.

Draußen Luft zu treten, machte auch nichts besser. Die Weißbrote kamen in Rudeln. Wenn man ihnen auf der Achten auflauerte oder ein bißchen vor ihnen angab, kriegten sie es mit der Angst. Sie beschleunigten ihren Schritt und drohten mit der Polizei. Die Typen hatten etwas gegen Muskeln, die nicht in einem HighTech-Studio hergestellt und in den richtigen Klamotten verpackt waren. Sollten sich die Transusen doch gegenseitig die Mösen schlecken. Zu seiner Zeit wollte man noch richtige Männer.

Er machte einen neuen Anlauf auf den Block, wo das Restaurant und der Club sich befanden, mit Plastiktüten voll heißer Waren in den schmutzstarrenden Händen. Wenn er das Richtige dabei hatte, riskierten sogar die Yuppieschwuchteln ein Auge. Ein Hemd von Ralph Lauren oder ein einwandfreies Uhrendesign garantierte ein paar gierige Blicke. Er verkaufte das eine oder andere, aber die Kerle waren Geizhälse und ließen nicht locker, bevor sie ihn über den Tisch gezogen hatten.

Das ging wochenlang so weiter, und nichts ging leicht von der Hand. Er mußte sich auf den Block schleichen und aufpassen, daß die Schläger nicht gerade reinen Tisch machten. Wenn sie ihn erwischten, verjagten sie ihn mit ihren Baseballschlägern und hauten seine Ware zu Klump. Eines Tages döste er in einem der Hauseingänge neben dem Club vor sich hin, als das geschah, was er sowieso für unvermeidlich gehalten hatte. Eine schwarze Limousine fuhr vor, aber statt eines Schwarms Schwuchteln auf einer bezahlten Vergnügungsfahrt stieg eine wunderhübsche Frau aus, die Angelita sehr ähnlich sah. Sie wurde von einem strengblickenden, mittelalten Typen begleitet. Sein Gesicht markant wie in Granit gemeißelt. Das Pharaonenkinn hatte in der Mitte eine Kirk Douglas-Kerbe, sein Kopf drehte sich wie ein Geschützturm und die Augen durchbohrten Apollo wie Laser. Aus seiner Smokingjacke zog er ein schwarzes Notizbuch und kritzelte staccato eine Notiz hinein. Er schickte ein tödliches Lächeln hinüber zu Apollo, nahm den juwelenbesetzten Arm der Schönen und bugsierte sie in den Club.

Wer würde auf die Wahrnehmung eines Mannes bauen, dessen Geist von Drogen und monatelanger Entbehrung zerrüttet ist? Wie wahrscheinlich ist es, daß ein fertiger Junkie mit einem verjährten Verbrechen überhaupt auf der Liste eines Bullen landet? Für Apollo stand jedoch fest: der Mann war Pargero. Und daß er ihn beim Besuch des Clubs – für Apollo Mrs. Huxtons Eigentum – gesehen hatte, festigte nur seine Verschwörungstheorien.

Es lag, dachte er sich, eine gewisse Gerechtigkeit darin, von einem Bullen im eleganten Smoking hochgenommen zu werden, vor allem, wenn der auch noch eine aufregende und scharfe Transsexuelle am Arm führte. Außerdem mußte er eingestehen, daß es keinen Grund mehr gab, sich nicht zu stellen. Der Knast schien ihm beinahe einladend, verglichen mit dieser Welt, die völlig aus den Fugen war und Kopf stand.

Wenn Junkietransen auf einmal echte Mädchen waren und an der Seite des Gesetzes höchstpersönlich antrabten, wenn Bullen Queens abschleppten und Limousinen mieteten, warum sollte er dann nicht für eine Tat bezahlen, an die er sich kaum noch erinnerte? Ganz offenbar konnte man die Resultate irgendwelcher Geschehnisse niemals ahnen. Im frischen Fleisch von gestern saßen heute die Maden. Den Kreaturen wuchsen durchsichtige Flügel, die im rechten Licht erstklassig aussahen. Aber kurz darauf waren sie selbst ein Teil des Misthaufens. Wenn Pargero ihn also wollte, konnte er ihn haben.

Wie eine treue Hure auf die Schläge ihres Luden, wartete Apollo in der Nähe des Clubs auf das Ende des Abends und das Wiederauftauchen des Bullen. Und nach allzu kurzem Verweilen kamen sie. Er sah die Schöne erröten und sich dichter an Pargeros Arm drängen.

Doch obwohl ihm Apollo herausfordernd und doch sehnsüchtig in die Augen starrte, so als wollte er sagen, `Komm schon, Arschloch, hol mich, bringen wirs hinter uns', dampfte Old Rushmore schnurgerade an ihm vorbei in die wartende Limo. Die Tür knallte zu und Apollo war ausgesperrt und genau dort, wo er immer sein würde.

Wenn ihn Pargero nicht in seiner Megawelt aus kaltem glatten Stein wollte, mußte er zur Brutstätte des ganzen Durcheinanders zurückkehren.

Er würde heimgehen.

Er ging ans Telefon und wählte 911.

911? Hier spricht Apollo T. Nelson höchstpersönlich und ihr habt heut euern Glückstag. Weil mein Arsch der meistgesuchte in der ganzn Stadt is. Ihr könnt in euern Aktn nachguckn un ich wart derweil aufm Dach von meiner Mutter. Ihr kriegt die Adresse nich un ich werd nich zu euch komm. Schickt die Bullenschwuchtel Pargero. Die wird euch auch sagn, daß ich wegn versuchtm Mord gesucht werd, wenn ihrs nich glaubt.

Hat kein Zweck zu fragn, wo ich bin – ich hab doch schon gesagt: bei meiner Mutter. Ich komm ja nich mal in den Club, den ich selbst mit aufgebaut hab, wohin zum Teufel sollt ich also sonst gehn? S komm bloß noch Bulln un Geschlechtsoperierte rein, die ihrn eignen Schwanz gehaßt ham. Vergesst nich: Ich will den Homo Pargero. Ich werd warten, bisser sein niedliches Gesicht zeigt undn pur nimmt.

Diesmal gab es auf dem Dach kein Brot für niemand. Fast ein Jahr war vergangen, seit er hier oben gewesen war. Dennoch nährte er die abseitige Hoffnung, die Taube werde sich aus dem Nichts zu ihm herabschwingen. Er stellte sich die Berührung ihrer Krallen auf seinem Gesicht vor, während er hörte, wie zwei Stockwerke tiefer seine Mutter ihre Morgengebete anstimmte.

Der Gesang schwebte sanft durch die Luft. Er stellte sich vor, wie sie sich über ihn beugte, die Sonne im blonden Haar. *Der Vogel frißt dir wieder aus dem Mund ...*

Obwohl der Gesang etwas anderes sagte, meinte er, es seien diese Worte, die sie endlos wiederholte. Er legte sich zurück und wartete auf die Ankunft des knallharten Detectives. In Gedanken sah er seine Mutter in ihrer indischen Bluse und Jogginghosen die Tür öffnen, um ihn einzulassen. Er wartete und wartete, daß ihr treuloser Finger den Weg zum Dach wies. Die Stunden vergingen, doch er konnte nicht mit ihnen Schritt halten. Sie segelten an ihm vorüber, zu hoch, um sie zu greifen. Langsam aber sicher erhellten sie den Himmel und ließen ihn zurück im selben finsteren Augenblick wie die Motte im Teer.

Wieder und wieder rief er den Vogel.

ICEBERG SLIM
Todes Fluch, Roman
Deutsche Erstausgabe
240 Seiten, Broschur
DM 27,-
ISBN 3-929010-23-2

„Er ist die Person, die ich während meiner ganzen Karriere bewundert habe. Sein Name ist Iceberg Slim. Von ihm habe ich meinen Namen. ICE T steht für ICEBERG.
Er ist derjenige, der mich wirklich inspirierte - nicht solche Gangsterphantasien auszuleben, aber zu lernen, davon zu erzählen."

- ICE T

„Icebergs Prosa verhält sich zur Sprache des Mainstream, wie seine Unterwelt zu der des Spießers."

- Esquire

Der schwarze Rebell Taylor organisiert einen Feldzug gegen die Mafia, die das Ghetto mit Drogen überschwemmt. Auf der anderen Seite will der Klein-Mafiosi Collucci mit Hilfe des Heroins zum Paten aufsteigen.
Das Scheitern Taylors wird zum Abgesang auf die leeren Versprechungen, die Amerika für seine Minderheiten bereithält. Keiner der beiden kommt über Chicago hinaus. Sie schießen sich gegenseitig in Fetzen.

Buddy Giovinazzo
Cracktown
Aus dem Amerikanischen
von Dietmar Dath
192 Seiten, Broschur
DM 25,-
ISBN 3-929010-26-7

Mit kurzen, schnellen Sätzen, meist im Rhythmus der Gossenpoeten und Rapper, erzählt Buddy Giovinazzo in seinem Buch »Cracktown« Geschichten von Pimps, Strichern, süchtigen Kindern, Nutten, Transen, Kleinkriminellen und Obdachlosen, die im Teufelskreis der crackverseuchten Elendskultur immer schneller rotieren, bis sie zermalmt werden.

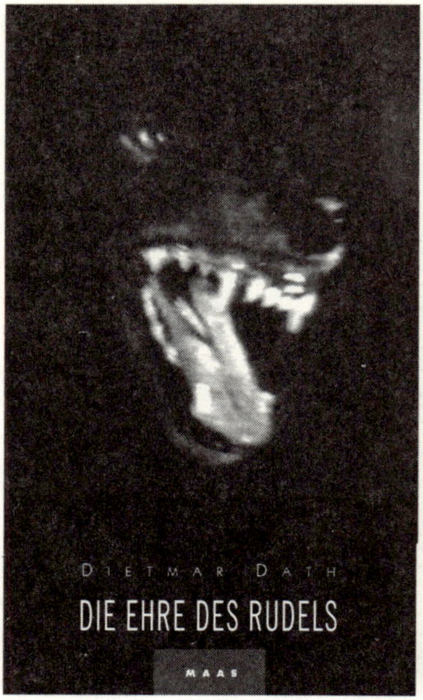

DIETMAR DATH
Die Ehre des Rudels, Roman
240 Seiten, DM 27,-
ISBN 3-929010-34-8

Eine süddeutsche Universitätsstadt wird von einer Serie unheimlicher Ereignisse heimgesucht.
Währenddessen träumt der Mathematiklehrer Reuland sich an die Spitze einer neuen Weltordung.
Die »Ehre des Rudels« ist eine Novelle aus dem Dreiländereck der Reiche Science-Fiction, Horror und Polit-Thriller und vordergründig der klassischen Invasion-from-within-Story verpflichtet. Dath verdichtet die Klischees der Genres, die Zeichen der Mathematik und die Symbolik fernöstlicher Philosophien zu einer Metapher für die Deformationen der von Menschen geschaffenen Verhältnisse.

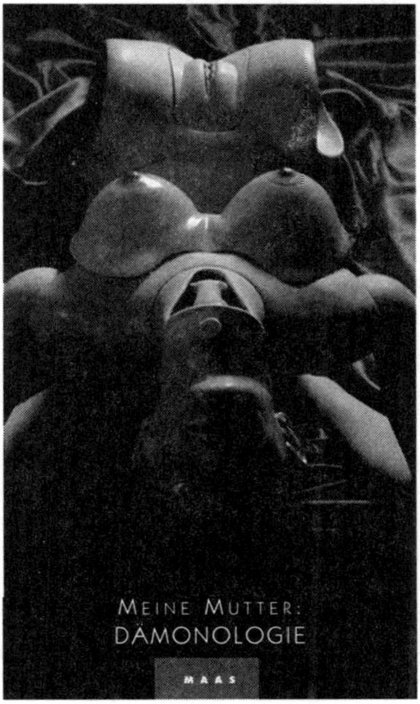

KATHY ACKER

Meine Mutter: Dämonologie Roman

248 Seiten, DM 27,-

ISBN 3-929010-24-0

Auf der Beziehung zwischen Colette Peignot und Georges Bataille basierend, erzählt MEINE MUTTER: DÄMONOLOGIE von den Verstrickungen einer Frau in die widersprüchlichen Impulse von Zuneigung und Einsamkeit.
Mit einem scharfen Sinn für Verschiebungen, die stattfinden können, wenn der Erzähler Gewalt, Pornografie und die Traumen der Kindheit streift, bewegt sich Acker auf diesem schmalem Grat sicher in Richtung ihrer Vision von einer neuen literarischen Ästhetik.

DARIUS JAMES

Negrophobia, Roman

192 Seiten, DM 25,-

ISBN 3-929010-22-4

Die blonde Bubbles Brazil, ein frühreifes Früchtchen, provoziert den Bannfluch ihrer schwarzen Küchenmagd. Der Voodoo-Zauber schleudert Bubbles in eine Parallelwelt grotesker Rassismusvisionen, mitten unter die Ausgeburten eines Horrortrips.
Negrophobia ist das Drehbuch zu einer bizarren Reise in die Ikonographie der populären Kultur. Der Roman wird zur Leinwand, auf die Darius James Träume und Ängste eines Amerika projiziert, das an seinen unterschwelligen Rassismen irre geworden ist.

DEREK RAYMOND
Roter Nebel
Deutsche Erstausgabe
Paperback., 3-929010-36-4
DM 18,80
Hardcover plus Bonus CD: »Changeless Susan«, mit Soundtrack. DM 36,80
3-929010-37-2

Der Tagesspiegel:
»Seitenweise verfaßt Raymond Dialoge, die sich hinreißend lesen und aus denen ein schwarzer Pessimismus trieft.«

Gust kehrt nach zehn Jahren Knast in die Unterwelt zurück. Kaum hat er einen Lkw mit druckfrischen Blanko-Pässen in seine Gewalt gebracht, beginnt der Body Count. Und als seine Exfreundin abgeschlachtet wird, ist für Gust nur eins sicher: irgend jemand wird dafür bezahlen. Doch es ist verdammt schwierig, sich zu konzentrieren, wenn man seine Umwelt durch einen roten Nebel aus Wut und Verzweiflung sieht ...

PAUL CAIN
Totschlag,
Sieben Pulp Stories
Deutsche Erstausgabe
Paperback, 3-929010-38-0
DM 16,80
Hardcover, DM 29,80
3-929010-39-9

Der Spiegel:
»Die Renaissance der Pulp-Literatur.«

Facts:
»Paul Cain machte dort weiter, wo die Pulp-Könige Chandler und Hammett Akzente gesetzt hatten: in der Beschreibung menschlicher Niedertracht.«

Süddeutsche:
»Sieben Exkursionen ins Genre der »hard-boiled fiction«, wie sie das Magazin Black Mask populär machte, aber näher an Musil und Doderer, als Hammett oder James M. Cain.«

TOTSCHLAG ist eines der raren Werke des hard-boiled Poeten Paul Cain. Er veröffentlichte wie auch Raymond Chandler und Dashiell Hammett in dem legendären PULP-Magazin BLACK MASK. Cains Figuren sind Betrüger, heruntergekommene Privatdetektive, Bodyguards, versoffene Sensationsreporter und unberechenbare Frauen, die im Los Angeles der dreißiger Jahre eine Spur zerbrochener Whiskyflaschen, eingeschlagener Schädel und geplatzter Illusionen hinterlassen ...

Hrsg. GRACIANO ROCCHIGIANI,
MARTIN H. GREENBERG,
TKO, Box-Stories
Deutsche Originalausgabe
Paperback 3-929010-41-0
DM 19,80
Hardcover ISBN 3-929010-42-9
DM 32,00

Die Welt:
»Action, coole Figuren, illusionslos und doch kraftvoll, irgendwo zwischen Dashiell Hammet, Ernest Hemmingway, Norman Mailer - nur eben unbekannt.«

Box-Idol Graciano »Rocky« Rocchigiani präsentiert zehn Box-Stories amerikanischer Pulp-Writer. Die Autoren fanden im Boxen das Abbild der amerikanischen Ge-sellschaft und den perfekten Rohstoff für ihre schnellen, präzisen Stories.
Zähe Fighter, die auf die große Chance lauern, gerissene Manager, die um des Profits willen junge Talente verheizen, ausgebrannte Veteranen, die sich für ein paar Dollar ein letztes Mal in den Ring quälen.

pulp master 4

Joe R. Lansdale
Drive In, Roman
Deutsche Erstausgabe
Paperback 3-929010-44-5
DM 16,80
Hardcover 3-929010-45-3
DM 29,80

Ein B-Movie made in Texas, mit Blut, Popcorn, Monstern und Bikergang. Im Mega-Drive-In-Autokino von Nagodoches/TX läuft auf sechs gigantischen Leinwänden die Friday-All-Night-Horror-Show. Für Bob, Willard und Randy die perfekte Party zum Abfeiern, wäre da nicht aus dem Nichts dieser blutrote Komet aufgetaucht. Schlagartig ist der Drive-In-Komplex von der Außenwelt isoliert. Eingeschlossen von einer schwarzen tödlichen Leere, scheint es für niemanden ein Entrinnen zu geben. Die Filme laufen weiter, bis die Nahrungsmittel knapp werden und das Chaos ausbricht. Endzeitorgien, Totschlag und Kannibalismus sind an der Tagesordnung, und die Realität ist schon bald grausamer als jeder Horrorfilm.

Der Texaner Joe R. Lansdale ist in den USA ein Geheimtip. Hunter S. Thompson meets Stephen King.

In Vorbereitung

Buddy Giovinazzo
Poesie der Hölle, Roman
Deutsche Erstausgabe
Paperback 3-929010-46-1
DM 19,80
Hardcover 3-929010-47-x
DM 32,00

Eddie hat ein Problem, denn die Diagnose lautet auf Gehirntumor. Harte Psychopharmaka und Chemotherapeutika haben seinen Körper ausgemergelt und lassen ihn periodisch in schwere Trancezustände fallen. Als seine Schwester Denise brutal ermordet wird und Eddie durch Zufall auf eine Spur stößt, die den Mord mit der New Yorker S/M-Szene in Verbindung bringt, taucht er noch einmal aus der Agonie seiner todbringenden Krankheit auf und macht sich in den Straßen und illegalen Nachtclubs von New York auf die Suche nach dem Mörder. Doch je näher er dem Geheimnis, das den Tod seiner Schwester zu umgeben scheint, kommt, desto heimtückischer wütet der Tumor in seinem Hirn, bis Wahn und Wirklichkeit zu einer apokalyptischen Vision verschmelzen.
Buddy Giovinazzo hat soeben seinen neuen Kinofilm »Gasoline Alley« fertiggestellt, in dem sich Tim Roth und James Russo als kriminelles Brüderpaar auf tödlichem Kollisionskurs befinden. Giovinazzo wird in den USA bereits als Nachfolger von Quentin Tarantino und Robert Rodriquez gehandelt.
Der Kinostart von »Gasoline Alley« ist vom deutschen Verleih zum Dezember '96 angekündigt. Giovinazzo bereitet zur Zeit die Verfilmung des bereits letztes Jahr bei uns erschienenen Bandes »Cracktown« vor.

in Vorbereitung

27,80
/7,

BACKLIST

BUBIZIN / MÄDIZIN, Magazin
Hrsg. Mario Mentrup, Texte und Comics, 200 S, Broschur, DM 23,-, Berlin 1995
ISBN 3-929010-25-9

"MATTHIAS" BAADER HOLST, koitusbonzen rotzen / zwischen bunt und bestialisch: all die toten albanier meines surfbretts / Texte
120 S, fester Einband, DM 25,60, Berlin 1992, ISBN 3-929010-02-x
traurig wie hans moser im sperma weinholds / Texte
64 S, fester Einband, DM 21,80, ISBN 3-9802852-5-1

FUNNY VAN DANNEN, Jubel des Lebens, Geschichten
160 S, Broschur, DM 19,80, Berlin 1993, ISBN 3-929010-17-8

FUNY VAN DANNEN, Spurt ins Glück
64 S, 6 Fotos, fester Einband, DM 19,80, Berlin 1991, ISBN 3-9802852-2-7

HARRY HASS, KoKo Metaller, Roman
152 S, fester Einband, Fadenheftung Berlin 1992, DM 28,00, ISBN 3-9802852-9-4

HUSEN CIAWI, leck mich am text
72 S, Broschur, DM 15,80, ISBN 3-929010-00-3

KARL E. JOHNSON, Ein sicherer Platz am falschen Ort, Roman
128 S, Broschur, DM 18,90, Berlin 1993, ISBN 3-929010-19-4

THOMAS KAPIELSKI, Aqua Botulus, Dia Roman
184 S, 179 Fotos, Broschur, DM 24,00, ISBN 3-929010-20-8

PETER WAWERZINEK, NIX - Roman
112 S, 16 Abb., Broschur, DM 18,90, Berlin 1994, ISBN 3-929010-21-6

SCARDANELLI, Elegien vom Ende der Welt
64 S, fester Einband Fadenheftung, DM 19,80, ISBN 9802852-0-0

ULRICH SCHLOTMANN, Entlöse
152 S, Broschur, DM 19,80, Berlin 1993, ISBN 3-929010-09-7

BLACK LIZARD BÜCHER:

DEREK RAYMOND, Ich war Dora Suarez, 220 S., DM 21,80, ISBN 3-929010-29-1

JIM THOMPSON U.A, Crime Anthologie, 347 S., DM 24,80, ISBN 3-929010-27-5

PETER RABE, Leben im Vakuum, 142 S., DM 16,80, ISBN 3-929010-32-1

JIM NISBET, Tödliche Injektion, 146 S, DM 16,80, ISBN 3-929010-28-3

MURRAY SINCLAIR, Kein Glück in LA., 217 S., DM 19,80, ISBN 3-929010-31-3

TED LEWIS, Schwere Körperverletzung, 229 S., DM 21,80, ISBN 3-929010-30-5